LE FIDÈLE ROUSLAN

DU MÊME AUTEUR

Le Grand Filon, Gallimard, 1963
Trois minutes de silence, Gallimard, 1978
Ne faites pas attention, maestro, Seuil, 1986
Le Général et son armée, Éditions de l'Aube, 2008

Présentation de l'auteur

Né en 1931 à Kharkov, en Ukraine, d'une mère juive et d'un père aux origines polonaise et biélorusse, Gueorgui Vladimov, fils d'enseignants, étudie le droit à l'université de Leningrad. Il décroche son diplôme en 1953, année de la mort de Staline.

C'est en 1954 qu'il commence sa carrière comme critique littéraire, puis devient rédacteur à la revue littéraire soviétique *Novy Mir* qui publiera en 1961 son premier texte *Le Grand Filon*, tragédie d'une vie ordinaire, qui lui vaut une presse importante. Le livre paraît dès 1963 chez Gallimard, chaudement recommandé par Louis Aragon. En 1969, paraît *Trois minutes de silence*, roman social sur la solidarité du monde des marins (Gallimard, 1978). Son ouvrage le plus connu, *Le Fidèle Rouslan*, tableau édifiant de l'univers concentrationnaire soviétique vu par un chien de garde, écrit au début des années 1960 ne sera pas publié en URSS avant la perestroïka. Il paraîtra en France en 1978 au Seuil qui publiera en 1986, *Ne faites pas attention, maestro*, roman satirique qui ironise sur la rivalité persistante entre le KGB et la police. Gueorgui Vladimov obtient le Booker Prize russe en 1995 pour *Le Général et son armée*, un roman sur la reconquête de Kiev après la Seconde Guerre mondiale (éditions de l'Aube, 2008). Lors du 4e congrès de l'Union des écrivains en 1967, il défend la liberté artistique et demande de débattre de la Lettre d'Alexandre Soljenitsyne sur les droits de l'écrivain. En 1977, il prend la tête de la section moscovite d'Amnesty International, qui était alors interdite en URSS. Constamment surveillé, menacé d'arrestation, il émigre en 1983 en Allemagne de l'Ouest. Revenu s'installer en Russie en 2000, Gueorgui Vladimov, ami de l'académicien Andreï Sakharov, connu pour être l'un des écrivains les plus courageux de sa génération, décède en Allemagne, à l'âge de 72 ans. Rapatrié à Moscou, il est inhumé au cimetière de Peredelkino.

GUEORGUI VLADIMOV

LE FIDÈLE ROUSLAN

Traduit du russe
par François Cornillot

belfond

Titre original :
VERNYI RUSLAN
publié par Possev-Verlag GmbH, Francfort-sur-le-Main

Retrouvez-nous sur
www.belfond.fr
ou www.facebook.com/belfond

Éditions Belfond,
9, avenue de France, 75013 Paris.
Pour le Canada,
Interforum Canada, Inc.,
1055, bd René-Lévesque-Est,
Bureau 1100,
Montréal, Québec, H2L 4S5.
ISBN : 978-2-7144-9922-6
Dépôt légal : janvier 2023

Belfond | un département **place des éditeurs**

place
des
éditeurs

« Qu'avez-vous fait là, messieurs ! »

Maxime GORKI, *Les Barbares*

1

Toute la nuit, la chose avait mugi, faisant danser, grincer les lanternes et ferrailler le loquet de la porte. Au matin, elle s'était calmée, et le maître était venu. Il était là, assis sur un tabouret, et fumait : il attendait que Rouslan finisse sa soupe. Il avait apporté sa mitraillette, le maître. Il l'avait suspendue à un clou dans un coin du box : ça signifiait qu'on allait partir en opération, ce qui n'était pas arrivé depuis longtemps ; en conséquence, il fallait manger sans hâte, sans traîner non plus.

Aujourd'hui, Rouslan avait eu droit à un gros os, gros et succulent. Un os si prometteur qu'il fut tenté de l'emporter sans tarder, dans un coin, de le glisser sous sa litière pour pouvoir le ronger plus tard, dans les règles, quand il serait seul, à l'abri des curiosités. Pourtant, devant son maître, il n'osait l'enlever de la gamelle ; il se borna, à tout hasard, à en arracher jusqu'à la dernière miette de viande : l'expérience lui avait appris qu'il risquait de ne rien retrouver au retour. Sans cesser de le remuer délicatement du bout de son museau, il lapait le bouillon et se préparait à avaler les chaudes boulettes de pâtée en les lâchant pour les rattraper au ras du bol lorsque, brusquement, le maître s'ébroua et dit d'une voix impatiente :

— T'es prêt ?

Déjà, il se levait en jetant son mégot. Le mégot atterrit au fond de la gamelle, dans un chuintement. Jamais Rouslan n'avait vu une chose pareille mais il ne laissa rien voir de sa surprise ni de son dépit ; au contraire, il leva les yeux vers son maître et agita sa lourde queue – il le remerciait ainsi pour sa pitance et s'offrait à le servir immédiatement. Ignorant son os, il se contenta de laper un peu d'eau dans le bol. Il était fin prêt.

— Alors, on y va.

Le maître lui présenta son collier ; Rouslan y engagea le cou de bon gré et remua les oreilles au contact des mains qui fermaient la boucle, vérifiaient si le collier n'était pas trop serré, passaient le mousqueton dans l'anneau. Le maître enroula une partie de la laisse autour de sa main et en fixa l'extrémité à sa ceinture – ils étaient toujours ainsi attachés l'un à l'autre durant les heures de service et ne se perdaient jamais. De sa main libre, il saisit sa mitraillette, l'attrapa au vol par la bretelle, il se la jeta derrière le dos, le canon gras de sueur pointé vers le bas. Selon son habitude, Rouslan vint se mettre à son poste : au pied gauche du maître.

Ils enfilèrent un couloir sombre où donnaient les portes des box. À travers l'épais grillage, des yeux humides et brillants lançaient des regards obliques – les chiens auxquels on n'avait pas donné à manger geignaient. Le front collé au grillage, au bout du couloir, l'un d'eux, dans un accès de jalousie cuisante et mauvaise, aboyait par sanglots ; et Rouslan était fier d'être aujourd'hui le premier à prendre son service.

Mais à peine la porte donnant sur l'extérieur se fut-elle ouverte qu'une lumière blanche et aveuglante jaillit devant ses yeux ; il fit un bond en arrière, cligna des paupières, poussa un grognement.

— Allez ouste ! dit le maître en tirant un bon coup sur la laisse. T'as perdu le goût du boulot, mon salaud. Qu'est-ce t'as à r'culer comme ça ! T'as jamais vu la neige ?

Voilà donc ce qui, toute la nuit, avait mugi. Et voilà comment ça s'était calmé : en jetant une nappe épaisse et duveteuse sur la cour déserte, sur les toits de la caserne, des entrepôts et du garage ; en posant une série de bonnets moelleux sur les réverbères et sur les bancs autour de la caisse à mégots. Ça lui était arrivé bien souvent de voir ça dans sa vie ; chaque fois, néanmoins, ça lui faisait une drôle d'impression. Il savait que les maîtres appelaient ça « neige », mais il aurait sans doute refusé de lui donner un nom.

Pour Rouslan, c'était simplement quelque chose de blanc. Moyennant quoi, tout perdait son nom, tout changeait, tout ce qui était familier à l'œil ou au flair, le monde devenait désert et sourd, les traces s'effaçaient, à l'exception d'un chapelet dessiné, de la cuisine vers le seuil de la porte, par les bottes du maître. Un instant plus tard, la chose blanche lui emplit les naseaux et souleva en lui une intense émotion ; il y enfouit son museau jusqu'aux sourcils et y creusa un sillon, si profond que la neige emplit sa gueule ; il s'ébroua à grand bruit et lança même à l'adresse de la chose blanche un aboiement saugrenu et joyeux qui voulait dire, à peu près : « Tu parles si je te connais ! »

Le maître ne le retenait pas, il avait laissé filer toute la longueur de la laisse. Tantôt Rouslan restait en arrière, tantôt il bondissait en avant, la barbe et les sourcils déjà blancs. Il n'arrivait pas à se calmer, n'en finissait pas de se remplir les poumons, de flairer.

Cela lui fit commettre une petite bourde : il n'avait pas jeté un coup d'œil du côté où il faut regarder quand on s'en va prendre son service. Pourtant, un détail le mit sur ses gardes ; il dressa bien haut ses oreilles et se figea. Une vague inquiétude le parcourut. Sur la droite se dressaient des poteaux soigneusement poncés et du fil de fer barbelé, et, plus loin, un grand champ désert et le sombre mur dentelé de la forêt ; sur la gauche, on apercevait les mêmes poteaux, le même fil de fer, un morceau du même champ, mais parsemé de baraques, basses comme des celliers et faites de rondins noircis par les années. Et, comme toujours, ces baraques fixaient sur lui leurs lucarnes couvertes de givre et vides comme des taies sur des yeux. Tout était là, rien n'avait changé. Cependant un silence inhabituel avait envahi le monde ; les pas du maître s'y enfonçaient, on eût dit qu'il marchait sur un épais tapis de feutre. Et, autre bizarrerie, là-bas, personne n'avait collé sa pupille à la lucarne, personne n'avait troué la couche de givre avec son haleine (par curiosité, pour contempler ce qu'il y avait de nouveau sous le soleil, car, sur ce plan, il n'existe aucune différence entre les hommes et les chiens). Les baraques paraissaient étrangement plates, comme peintes sur fond blanc, et aucun son ne s'en échappait. Ceux qui y habitaient, y faisaient du bruit et y dégageaient leur puanteur, étaient-ils donc morts, tous, en une seule nuit ?

Enfin, s'ils étaient morts, il l'aurait senti, n'est-ce pas ? Sinon lui, du moins d'autres chiens : l'un d'eux en aurait forcément rêvé et il aurait réveillé, par ses hurlements, tout le monde. « Ils n'y sont pas, pensa Rouslan, mais où sont-ils passés ? » Aussitôt, il eut honte de son manque de perspicacité. Ils n'étaient pas morts, ils s'étaient évadés. D'excitation il se mit à trembler de tout son corps, et sa respiration se fit bruyante, brûlante ; il eut envie de tirer sur sa laisse, d'entraîner son maître, comme naguère, en ces jours – rares, exceptionnels – où il leur était arrivé de parcourir plusieurs verstes avant de rattraper des fuyards – jamais il ne leur était arrivé de ne pas les rattraper ! Et c'est à ce moment-là que commençait le véritable Service, la plus belle expérience qu'il lui ait été donné de vivre !

Pourtant, l'explication demeurait insuffisante, quelque étranges que fussent les faits. Rouslan connaissait le mot « évasion », il opérait la distinction entre « évasion individuelle » et « évasion en groupe ». Mais la moindre d'entre elles provoquait tant de bruit, de nervosité, de remue-ménage ! Pour un oui, pour un non, les maîtres s'engueulaient. Et les chiens se faisaient houspiller, eux aussi, pour un rien. Abasourdis, enragés, ils échangeaient des coups de crocs, et ne se calmaient qu'au début de la chasse.

Non, Rouslan n'avait jamais connu un tel silence, et cela lui inspirait les plus affreux soupçons. On eût dit que les habitants des baraques avaient, en masse, pris la clé des champs et que les maîtres s'étaient jetés à leur poursuite, mais si vite qu'ils n'avaient pas eu le temps de prendre les chiens avec eux. Et, sans chiens, ça ressemble à quoi, une chasse à l'homme ?

Et maintenant il fallait qu'à eux deux, le maître et Rouslan, ils rattrapent tout ce beau monde et le ramènent au bercail : tout ce troupeau puant, hurlant, fou furieux.

Tenaillé par une angoisse et une peur qui lui glaçaient le cœur, il scruta le visage du maître. Là aussi, quelque chose clochait : son dos s'était voûté d'une façon insolite, il jetait à la ronde des regards maussades, et au lieu de tenir sa main à la bretelle de sa mitraillette, il l'avait frileusement fourrée dans la poche de sa capote. Lui aussi se sent le cœur glacé, pensa Rouslan. Rien d'étonnant, avec ce qui les attendait aujourd'hui ! Il se serra contre la capote du maître, se frotta contre elle – pour lui dire qu'il comprenait tout, qu'il était prêt à tout, même à mourir s'il le fallait. Il ne lui était encore jamais arrivé de mourir, pourtant il savait comment la vie quittait les hommes et les chiens. Il n'y avait rien de plus terrible. Mais, avec le maître, c'était autre chose : il tiendrait le coup. Seulement voilà, celui-ci n'avait pas remarqué qu'il le touchait, il ne lui avait pas répondu par des encouragements, ne lui avait pas mis la main sur le front, comme toujours en pareil cas ; et ça, c'était vraiment mauvais signe.

Ce qu'il aperçut, soudain, lui fit hérisser les poils sur la nuque. Dans sa gorge, on entendit gargouiller comme un rugissement. Certes, il ne se distinguait pas par une bonne vue – il se savait atteint de ce défaut et cherchait honnêtement à le pallier par davantage de zèle, un flair plus délicat : ce n'est donc que lorsque son maître et lui eurent franchi le portillon menant à la zone de transit qu'il vit – ce qui s'appelle voir –, devant la porte principale du camp, un spectacle étrange, inimaginable. Elle était grande ouverte, le vent faisait grincer ses longues charnières rouillées, et personne ne courait en criant et en tirant des coups de feu, pour la fermer immédiatement. Bien plus, la deuxième porte de l'autre côté de la zone de transit qu'on n'ouvrait jamais en même temps que la première était béante, elle aussi ; la route blanche s'échappait du camp sans en être séparée par une clôture, sans être barrée par une grille, elle s'enfuyait vers l'horizon sombre, vers les forêts…

Et le mirador, à quoi ressemblait-il ! Il était devenu complètement aveugle : l'un de ses projecteurs traînait sur le sol, recouvert de neige, l'autre pendait au bout de son câble et, avec son verre brisé, il semblait montrer les dents. Avaient également disparu du mirador la pelisse blanche, le bonnet de fourrure à oreillettes et le canon noir à ailettes de la mitrailleuse, toujours braquée vers le bas. Au-dessus de la porte, le calicot défraîchi était toujours là, mais réduit en lambeaux, qui pendaient lamentablement et battaient au vent. Or, dans l'esprit de Rouslan, cette bande d'étoffe rouge couverte de mystérieuses inscriptions blanches était liée à des impressions bien définies : il conservait au fond de son âme le souvenir de ces soirs où, rentrant du travail dans la nuit noire, par n'importe quel temps – qu'il gelât à pierre fendre, que le blizzard fît rage ou qu'il plût à verse –, la colonne des déportés, flanquée des maîtres et des chiens, s'arrêtait devant la banderole, et les deux projecteurs s'embrasaient, faisant converger sur elle leurs faisceaux brumeux ; alors, elle s'illuminait tout entière, sur toute la largeur de la porte : instinctivement, les déportés relevaient la tête et, rentrant les épaules, ils regardaient fixement ces inscriptions blanches, aveuglantes. Il n'était pas donné à Rouslan de comprendre la sagesse cachée qu'elles recelaient[1], mais elles lui procuraient à lui aussi des picotements dans les yeux au point de le faire pleurer et il se sentait, lui aussi, envahi par un tremblement, une tristesse voluptueuse, un enthousiasme délirant qui le faisait défaillir.

Rouslan était abasourdi par le spectacle de ces dégradations, de ces destructions, désemparé devant l'impudence des fuyards. Quelle certitude avaient-ils de ne pas être rattrapés cette fois-ci ! Ah, comme ils avaient tout prévu ! Que la neige tomberait et recouvrirait les traces ; que le travail des chiens serait difficile, dans ce froid ! Mais le pire, c'est qu'ils n'avaient même pas pris de précautions pour se cacher : car enfin il se rappelait parfaitement le comportement des déportés ces temps derniers, pendant ces journées insolites où les chiens se morfondaient dans

1. Sur ces bandes d'étoffe on pouvait lire généralement cette inscription : « *En URSS, le travail est une affaire d'honneur, de gloire, de vaillance, d'héroïsme. Joseph Staline.* » (N.d.A.)

l'inaction et où le seul homme qui vînt les voir – et encore, sans mitraillette – était le maître de Rouslan ; il leur donnait à manger et les sortait pour un brin de promenade dans la petite cour réservée à cet usage. C'était bizarre, au plus haut point : les détenus déambulaient par troupeaux à travers la zone des baraquements, faisant piailler leurs accordéons et braillant leurs chansons, allant même parfois jusqu'à singer les chiens ; c'était tellement inhabituel et absurde. Et comment le maître faisait-il son compte pour ne rien remarquer alors que tous les chiens, sans exception, sentaient bien qu'il y avait là quelque chose de louche ? Ils en rongeaient, de dépit, leur litière !

Rouslan n'accusait pas son maître, il ne lui faisait aucun reproche. Il n'était déjà plus jeune, il savait que les maîtres se trompaient parfois. Mais eux, ils pouvaient se le permettre. Les chiens et les détenus, eux, n'en avaient pas le droit ; ils répondaient toujours pour leurs erreurs et, souvent, pour celles des maîtres. Et puisqu'on en était là, cette erreur – il le savait bien –, il allait devoir la payer avec son maître et l'aider à la réparer coûte que coûte.

Repensant à l'adresse avec laquelle les fuyards avaient trompé son maître, Rouslan s'échauffait la bile en prévision de l'opération imminente ; à force d'attiser sa propre colère, il devenait hargneux pour de bon. Jaune, telle était la couleur de sa hargne. De jaune se teintèrent le ciel et la neige, jaune se fit le visage des fuyards qui se retournaient avec effroi en courant, jaunes, les reflets fugaces de leurs semelles. Devant cette vision il n'y tint plus, bondit en aboyant furieusement ; tendant la large courroie de cuir brut de la laisse, il entraîna son maître à l'extérieur.

— Non mais, qu'est-ce qui te prend, salopard !

À grand-peine, le maître réussit à rester sur ses jambes. Il tira Rouslan à lui et, pour le calmer, recourut à son truc habituel : il le souleva par le collier de sorte que ses pattes de devant pendaient en l'air. Rouslan ne rugissait plus ; cette fois, il râlait.

— Où c'est que tu vas comme ça ? T'es si pressé qu'ça d'aller au ciel ? Comme si on n'attendait que toi là-haut ?

Après quoi il le lâcha, défit le mousqueton, enroula la laisse et la fourra dans sa poche.

— Et maintenant vas-y. Droit devant, tu peux pas t'tromper.

De la main, il montrait le champ qui bordait la route blanche, et ça ne pouvait vouloir dire qu'une chose : cherche, Rouslan. Ces ordres-là, Rouslan les comprenait sans même qu'on les formule. Seulement voilà, il ne sentait aucune trace, pas même un soupçon de trace.

Au bord du désespoir, il jeta à son maître un regard bref et inquiet, puis, baissant la tête et fouillant la neige avec son nez, il décrivit le cercle réglementaire. Ça sentait l'herbe sèche, le moisi, la souris, la cendre, mais pas l'homme. Sans s'arrêter, il fit un deuxième cercle, plus large. Toujours rien. Ça faisait si longtemps qu'ils étaient passés ici qu'il était absurde de chercher à flairer quelque chose de cohérent. Bien sûr, il aurait pu mystifier le maître, l'entraîner n'importe où, au petit bonheur, et puis lui faire tout un cinéma, comme quoi c'était lui, le maître, qui l'avait embrouillé, et voulait maintenant qu'il s'y retrouve. Mais c'était là un genre de plaisanteries qu'il ne se permettait pas. Et puis le maître n'avait rien pu embrouiller, ils étaient sortis par la grande porte, c'était clair comme le jour, alors il suffisait de tournicoter à partir de là. Il se sentit bientôt à bout de forces, vidé, et s'affala, le derrière dans la neige. Laissant pendre sur le côté sa langue fumante, clignant les yeux d'un air coupable, remuant les oreilles, il avoua en toute franchise son impuissance.

Le maître le regardait, les lèvres tordues dans un mauvais rictus. Rouslan ne lut pas la moindre lueur de sympathie dans ses yeux – dans ces deux merveilleuses écuelles remplies d'un bleu trouble –, il n'y lut qu'un éclat froid et moqueur. Et il eut envie de se prosterner, de ramper sur le ventre, bien qu'il sût l'inutilité des prières et des plaintes. Tout s'accomplissait selon la volonté de ces écuelles adorées, quoi qu'on fît, qu'on geignît ou qu'on léchât même les bottes du maître, enduites d'un cirage âcre et puant ; chose que Rouslan avait bien essayé de pratiquer jadis, jusqu'au jour où il avait vu un homme en faire autant, et ça n'avait servi à rien à l'homme.

— Un peu plus loin, p't'être, demanda le maître, ou ça te plaît mieux ici, plus près de la maison ?

Il regarda en arrière vers la porte et fit glisser lentement sa mitraillette de son épaule.

— C'est du kif-kif. Ça peut se faire ici aussi.

Rouslan fut pris d'un tremblement ; il se mit soudain à bâiller à s'en décrocher la mâchoire, mais il se fit violence et se releva. Il ne pouvait pas faire autrement, d'ailleurs. Tout ce qu'il y a de plus terrible, les bêtes l'affrontent debout. Et il avait déjà compris que l'événement le plus terrible était survenu pour lui, qu'il s'était produit une minute plus tôt, que ce qui allait suivre était inévitable, n'était la faute de personne. À qui la faute si lui aussi, tout à coup, il ne comprenait plus rien à rien ?

Il savait pertinemment ce qu'encourait un chien dès qu'il en arrivait là. Aucun mérite antérieur ne pouvait le sauver. Le premier cas de ce genre dont il se souvînt avait été celui de Rex, un chien plein d'expérience et de zèle, le favori des maîtres, celui que Rouslan avait avec violence jalousé dans l'aveuglement de ses jeunes années. Le jour de la chute de Rex, un jour comme les autres, pas un des chiens n'avait pressenti l'événement. Comme d'habitude, on avait pris en charge une colonne de détenus, livrée par le poste de garde du camp et, comme d'habitude, on avait recompté tout le monde, et prononcé les paroles d'usage. Et juste à ce moment-là, alors que la colonne se trouvait encore tout près de la porte, un détenu avait poussé des cris d'orfraie comme s'il s'était fait mordre, puis il s'était sauvé à toutes jambes. L'insensé, où aurait-il pu aller comme ça, en rase campagne, et au vu de tout le monde, de surcroît ? Et, de fait, il n'était allé nulle part, son cri ne s'était pas même éteint que déjà retentissait le crépitement de trois ou quatre mitraillettes, renforcé par une rafale de la mitrailleuse du mirador. Eh oui, voilà le genre d'idioties dont sont capables les bipèdes, si curieux que cela puisse paraître !

Seulement, par sa bêtise, il avait joué un très mauvais tour à Rex, qui marchait à côté de lui et aurait dû être sur le qui-vive et tout prévoir ; qui aurait dû, pour le moins, une fois la gaffe faite, se lancer à la poursuite du fuyard et le jeter à terre. Mais, absorbé par le spectacle, Rex s'était assis, la langue pendante, et il n'était pas intervenu davantage lorsque trois autres hommes étaient sortis des rangs, avaient invectivé les maîtres en faisant de grands gestes avec leurs mains. On les avait aussitôt remis à leur place, à coups de crosse, les chiens s'en étaient mêlés, et Rex n'avait en rien participé à l'action ! Perdant complètement la tête, il s'était précipité vers l'homme qui gisait dans le champ – et qui ne râlait même plus – et il lui avait enfoncé ses crocs dans le bras droit. C'était si bête qu'il n'avait même pas grondé, ce faisant, mais geint de la façon la plus plaintive. Le maître de Rex l'avait tiré à lui et, devant tout le monde, il lui avait envoyé un bon coup de botte dans le ventre. Ce jour-là, Rex avait encore été chargé d'escorter des détenus ; les chiens avaient quand même compris qu'il s'était produit quelque chose d'irréparable, et Rex mieux que quiconque. Toute la soirée, après le travail, il avait ruminé sa honte. Il était resté allongé comme un chien malade, le nez tourné vers un angle du box, sans toucher à sa nourriture. La nuit, il s'était mis à hurler de telle façon que tous les chiens, affolés par d'horribles pressentiments, n'avaient pu fermer l'œil. Le lendemain matin, le maître de Rex était venu le chercher et Rex avait eu beau geindre et lui lécher les bottes, rien n'y avait fait. On l'avait conduit hors des barbelés, dans les champs.

Une courte rafale, et Rex n'était pas revenu. Non qu'il eût disparu d'un seul coup, pour toujours : pendant quelque temps encore, dans le camp, on avait senti sa présence, et les chiens avaient vu, non loin de la route, son flanc gonflé sur lequel des corbeaux s'ébattaient, et ils se souvenaient de l'effroyable faute de Rex. Puis il n'était plus resté la moindre trace du mort. On avait lavé au savon son box, changé sa gamelle et sa litière, accroché un autre écriteau à sa porte ; un nouveau locataire s'y était installé : Amour, un chien qui avait toute la vie devant lui.

Tôt ou tard, tel serait leur sort à tous. Les uns perdaient l'odorat ou la vue, avec l'âge ; les autres s'habituaient aux détenus qu'ils escortaient, et montraient de l'indulgence à leur égard ; d'autres enfin, abrutis par de longues années de service, étaient subitement atteints d'un terrible obscurcissement mental : ils grondaient et se jetaient sur leur propre maître. Et ils finissaient tous de la même façon : ils prenaient le chemin qui avait conduit Rex de l'autre côté des barbelés. On ne se souvenait que d'une exception : un chien était mort dans son box. Le jour où Blizzard eut l'échine brisée par une barre de fer au cours d'une bagarre avec deux fuyards, les maîtres le ramenèrent de la forêt sur un manteau ; ils le caressèrent, lui tirèrent l'oreille : « Bon chien, Blizzard, bravo. Blizzard, il les a arrêtés, arrêtés ! » Ils ne savaient que lui donner à manger, rien n'était trop bon pour lui. Mais, vers le soir, ils remplirent sa gamelle d'une pâtée qui le fit crever sur-le-champ dans des convulsions.

Tel était l'usage établi : le Service, pour un chien, débouchait toujours sur la mort, reçue des mains de son maître, et, durant les huit années qu'il avait passées à l'intérieur du camp, Rouslan avait eu constamment la sensation que, un jour ou l'autre, il connaîtrait le même destin. Cette sensation le terrorisait, lui inspirait des cauchemars tels qu'il s'éveillait en poussant d'effroyables hurlements, mais, peu à peu, il avait compris que si l'échéance était, certes, inévitable, on pouvait la reculer ; il fallait seulement se donner de la peine, se démener de toutes ses forces. Et le sort qui l'attendait lui était apparu à la longue comme la conclusion naturelle du Service, une conclusion honnête, judicieuse, honorable, comme le Service lui-même. Car aucun chien ne souhaitait connaître une autre fin : par exemple, être chassé du camp, être réduit à mendier en compagnie de ces cabots teigneux, accourus on ne sait d'où, qui furetaient dans la décharge publique et s'y nourrissaient des reliefs avariés de la cuisine. Pas plus qu'un autre, Rouslan n'aurait voulu de cela !

C'est pourquoi il ne rampait pas devant son maître, ne geignait pas pour implorer sa grâce, ne cherchait pas à s'enfuir. Si le maître avait vu ses yeux – ses yeux jaunes, qui restaient longtemps sans ciller, avec le trou bien net de leurs pupilles, pareil au canon oxydé d'une arme à feu –, il n'y aurait lu ni haine, ni souffrance, ni prière, simplement l'attente soumise, mais le maître regardait par-dessus sa tête, il avait détourné le canon de sa mitraillette vers le ciel. Il y avait derrière Rouslan quelque chose qui l'empêchait de tirer. Rouslan tourna la tête : cette chose, il l'avait déjà distinguée du coin de l'œil, il l'avait vaguement entendue pétarader et ferrailler, sans y prêter attention, absorbé qu'il était par la recherche des traces.

Un tracteur suivait la route blanche qui menait au camp. Il avançait à une allure d'escargot, comme intégré depuis un siècle à ce champ enneigé, à ce ciel blafard, qu'on ne pouvait imaginer sans lui. Remuant son mufle tout en dents et flanqué de deux énormes yeux, il tirait un traîneau rudimentaire dans des tourbillons de fumée noire. Sur ce traîneau roulait, tanguait, dérapait une masse écarlate encore plus énorme que le traîneau lui-même ; quand elle se fut rapprochée, on put distinguer un wagon de marchandises sans roues, arrimé avec des câbles rouillés.

Rouslan grogna et s'éloigna de la route. Les tracteurs n'étaient pas pour lui une nouveauté : ils venaient chercher les billes de bois sur les coupes, en forêt ; ils ne lui avaient jamais laissé un bon souvenir. Leurs fumées noires d'échappement lui noyaient pour longtemps l'odorat et il devenait la créature la plus désemparée du monde. De plus, ceux qui les conduisaient étaient des « libres », des gens qui lui étaient étrangers, des gens très bizarres qui se promenaient partout sans gardiens et qui ne manifestaient pas envers les maîtres le respect requis. Du reste, ils trouvaient tout seuls leur chemin pour se rendre dans la zone de travail. Avant même que la colonne des détenus ne se soit engagée dans la forêt, ils y pétaradaient à plein régime. C'était une engeance désagréable.

Le tracteur s'approcha en rampant et s'arrêta, sans toutefois cesser son tintamarre ; il poussait des hurlements sourds et indignés. À travers tout ce bruit, le chauffeur beugla une salutation à l'adresse du maître.

Rouslan en fut étonné à l'extrême. Si loin qu'il remontât dans ses souvenirs, il n'avait jamais entendu un seul bipède s'adresser sur ce ton au maître.

— Salut, le Vologdien !

À lui seul, l'air du chauffeur était révoltant : il avait une trogne luisante et rubiconde, une grosse bouche lippue, fendue jusqu'aux oreilles dans un sourire narquois ; et il exhalait une haleine de feu. De dessous son bonnet de fourrure, qu'il gardait sur sa tête devant le maître, pendait une mèche blonde de cheveux agglutinés qui lui barraient le front. Négligence impensable chez un détenu. Impensable également la série de questions que, d'un seul coup, il posa au maître !

— C'est pas moi que tu attends ? Hé, t'entends pas ce que j'te dis ? Regarde, j't'amène une cagna ; où c'est qu'tu veux que j'la mette, c'te saleté ? Ou alors c'est-y qu't'es pas le chef ici ? Tu contrôles les laissez-passer ? Eh ben, j'l'ai pas sur moi. C'est qu'après, t'es ben capable de plus me laisser sortir, hein ?

Et, affalé sur la portière, appuyant son pied chaussé d'une botte de feutre sur la chenille du tracteur, il partit d'un gros rire répugnant, révoltant.

Le maître ne répondit rien. Rouslan savait qu'il ne répondrait rien. C'était là une habitude des maîtres qui ne laissait d'enthousiasmer Rouslan : lorsqu'un détenu les interrogeait, ils répondaient avec beaucoup de retard ou pas du tout, en se bornant à le fixer d'un regard froid, serein, narquois. Et l'amateur de questions ne tardait pas à baisser les yeux, à rentrer la tête dans les épaules ; parfois perlait une sueur fine sur son visage. Et pourtant les maîtres ne lui faisaient aucun mal ; seuls ce silence et ce regard produisaient sur l'homme autant d'effet qu'un poing brandi ou un claquement de culasse. Au début, Rouslan avait cru que les maîtres venaient bel et bien au monde avec ce pouvoir magique ; par la suite, il avait remarqué que non seulement ils ne mettaient aucune mauvaise grâce à se répondre les uns aux autres, mais que lorsque le Maître Suprême – celui qu'ils appelaient « À-Vos-Ord'-Mon-Cap'taine » – les questionnait, ils répondaient très vite en mettant le petit doigt sur la couture de leur pantalon. Ce qui l'avait amené à subodorer que les maîtres suivaient, eux aussi, un dressage spécial pour apprendre comment se comporter avec les détenus : tout à fait comme les chiens !

— Et qu'est-ce t'as qui te chagrine comme ça ? demanda le conducteur.

Il n'avait pas baissé les yeux, pas rentré la tête dans les épaules, aucune sueur n'avait perlé sur son visage, qui avait simplement pris un air compatissant.

— Ça t'fait de la peine que le Service soit terminé. C'est un peu comme s'il fallait recommencer sa vie, pas vrai ? C'est rien, t'en fais pas, t'arriveras bien à te caser quelque part. Seulement, pas à la campagne, j'te conseille pas. T'as entendu parler du plénum ? T'aurais pas tellement à bouffer.

— Allez, avance, dit le maître, tu parles trop.

Mais il ne laissait pas la voie libre au tracteur. Et il tenait fermement sa mitraillette des deux mains contre sa poitrine.

— C'est vrai, ça, convint le chauffeur, c'est mon défaut. J'aime ça, moi, me tailler une bonne bavette de temps en temps. Qu'est-ce que j'y peux, moi, si la langue me démange ?

— Suffirait que je te la frictionne, elle ne te démangerait plus.

Le chauffeur hennit de nouveau.

— Tu me feras mourir de rire, le Vologdien ! Dis donc, mais c'est que tu es beau avec ton artillerie. Tu t'es fait prendre en photo au moins, histoire d'avoir un souvenir ? Sinon la Maroussia te croira pas, elle t'aimera pas. C'est qu'il leur faut de l'artillerie, à ces salopes, tandis que l'homme, elles le voyent pas.

Le maître resta silencieux. Et le chauffeur se rappela brusquement sa question :

— Alors, où c'qu'il faut la mettre, c'te cagna ?

— Mets-la où tu voudras, je m'en tape !

— Mais quand même, c'est bien toi qui fais fonction de chef ici.

— Débite-la en bois de chauffage. Qu'est-ce qui t'a pris de l'amener ici ? Vous allez pas loger dans les baraques ?

— Dans les baraques ? Ah non ! On préfère la tente !

Le maître haussa les épaules d'un air impatient.

— Ça vous regarde.

Le conducteur hocha la tête et, avec la même trogne épanouie, prit place sur son siège, tira la portière. Soudain son regard s'arrêta sur Rouslan. Il semblait se souvenir d'on ne sait quoi, son front plissé indiquait l'effort de réflexion. Une petite ride de commisération s'y forma.

— Et qu'est-ce que tu fabriques là ? Tu vas flinguer ce chien ? Et moi qui pensais qu'ils étaient à l'entraînement ! J'vous voyais de mon tracteur et je m'disais : « Qu'est-ce qu'il a à l'entraîner comme ça alors que c'est l'heure de la retraite ? » En fait, c'était pour le liquider... Mais peut-être que c'est pas la peine ? Tu nous le laisses ? C'est que ça vaut cher, un chien comme ça. On lui trouvera bien quelque chose à garder.

— Pour vous garder, il vous gardera. Vous serez pas à la noce.

Le conducteur regarda Rouslan avec respect.

— On peut pas le rééduquer ?

— Tous ceux qu'on a pu, on les a déjà rééduqués.

— Mm-ouais (le conducteur hocha tristement la tête), c'est le travail le plus dégueulasse qu'on t'a confié là, le Vologdien : fusiller les chiens. Eh ben, c'est du joli ! Voilà l'indemnité de départ qu'on leur verse en récompense de leurs loyaux services : neuf grammes de plomb. Et pourquoi lui seulement ? Et toi alors ? T'as pas servi ?

— Alors, tu passes, oui ou non ?

— Ouais, je passe.

Leurs regards se rencontrèrent ; celui du maître, fixe, glacial, et celui du conducteur, hilare et déchaîné. Le tracteur hurla, s'enveloppa de volutes noires. Le maître s'écarta à contrecœur. Mais le tracteur choisit une autre route. Avec un soubresaut, il détourna son mufle de la grande porte et traversa en rampant le champ de friche : il labourait avec ses chenilles la Bande Inviolable !

Un subit accès de colère précipita Rouslan sur la route. La couleur cramoisie du wagon et le crissement des patins du traîneau, qui imprimaient dans la neige leurs ornières sales et loqueteuses, l'avaient rendu fou furieux. Il ne distinguait plus que le gros coude du conducteur dans l'encadrement de la portière, et il brûlait d'envie d'y planter ses crocs, de le mordre jusqu'à l'os. Il aboyait, écumait, louchait vers son maître d'un air suppliant ; il attendait, implorait un mot : « Attrape-le. » Il allait retentir, ce mot ! Déjà le visage du maître avait blêmi, ses dents s'étaient serrées. Oui, l'ordre allait fuser, tel un éclair rouge qui semblerait jaillir non de la bouche du maître mais de sa main projetée en avant : « Attrape-le, Rouslan, attrape-le ! »

En de tels moments commençait le *vrai* Service. L'élan que l'on prenait impétueusement, rageusement, les bonds trompeurs que l'on faisait d'un côté, puis de l'autre, tandis que l'Ennemi courait dans tous les sens, ignorant s'il devait fuir ou se défendre. Et puis c'était le dernier bond, le choc des pattes contre la poitrine, l'homme tombait à la renverse, on tombait avec lui, en rugissant de manière frénétique au-dessus de son visage décomposé, mais on n'attrapait que sa main, sa main droite, qu'il serrait et on la tenait de plus en plus fort ; on l'entendait crier et se débattre, on sentait un liquide épais, chaud, enivrant vous remplir la gueule, et puis le maître vous forçait à lâcher prise en vous tirant par le collier. Alors seulement on ressentait les blessures, les coups reçus… Il était loin le temps où on lui donnait pour la peine de petits morceaux de viande ou des biscuits ; d'ailleurs, même à cette époque révolue, il les prenait moins comme une récompense que par politesse : de toute façon, il était alors incapable de manger quoi que ce fût. Et quand, par la suite, à l'intérieur du camp, devant les rangs de détenus maussades, on l'invitait à enfoncer ses crocs dans la jambe du fuyard qu'il avait repris, ce n'était pas non plus une récompense, car l'homme ne se défendait plus, il poussait des cris pitoyables, et Rouslan se contentait de lacérer son pantalon. En effet, la plus belle récompense pour le Service, c'était le Service lui-même. Curieusement, en dépit de leur intelligence, les maîtres ne le comprenaient pas. Pourquoi jugeaient-ils indispensable de recourir à d'autres stimulants ?

Quelque part, dans un recoin de sa conscience, dans un brouillard jaunâtre se profilait une silhouette noire aux contours ineffaçables : le sort que le maître projetait de lui faire subir. Eh bien, soit, que la chose se fasse donc, après. Mais qu'auparavant il puisse connaître une dernière fois ce Service-récompense ; qu'on lui dise, une dernière fois, « attrape-le », et il aurait assez de force et d'audace pour sauter sur la chenille cliquetante, tirer l'Ennemi hors de sa cabine, effacer de sa trogne insolente ce sourire narquois que le regard tout-puissant du maître n'avait pu chasser.

L'impatience lui contractait les mâchoires, il remuait la tête, geignait, mais le maître tardait toujours et gardait le silence. Et il se produisit un événement épouvantable, infâmant, parfaitement « impossible » ! Avec un gargouillement rauque, le mufle d'acier s'était collé à un poteau, on eût dit qu'il le flairait ; puis il avait rugi. Certes, il restait sur place, mais les chenilles rampaient, rampaient, et le poteau répondait par des grincements ; de toutes ses forces, il essayait de tenir bon, mais déjà il s'inclinait un peu, les fils de la clôture se tendaient, vibraient ; tout à coup, le poteau céda comme dans un grondement de canon. Seul le fil de fer l'empêchait de s'abattre au sol, mais le mufle continuait sa course et les fils de fer touchaient la neige les uns après les autres. Les chenilles les écrasaient, les transformaient en tortillons, puis les patins du traîneau glissaient sur eux avec un grincement strident. Et, lorsque le poteau réapparut, il gisait comme un homme tombé à la renverse, les bras en croix.

Là-bas, à l'intérieur du camp, le tracteur s'arrêta, faisant entendre, à présent, un grognement de satisfaction. Le conducteur descendit, embrassa du regard le travail accompli. Content lui aussi, il beugla à l'adresse du maître.

— Qu'est-ce que tu ferais sans moi, le Vologdien ! Prends-en de la graine, tant que je suis de ce monde, au lieu de passer ton temps à flinguer des chiens.

Dans sa veste molletonnée largement ouverte, la poitrine si bien offerte faisait une cible commode... Mais le maître avait suspendu sa mitraillette à la saignée de son bras, il avait sorti son étui à cigarettes de dessous sa capote, en avait tiré une qu'il tapotait sur le couvercle. Il contempla le dessin qui ornait le couvercle – il l'avait gravé lui-même avec une alène de cordonnier – et sourit malicieusement. Il aimait à regarder son œuvre et, ce faisant, il souriait toujours ; lorsqu'il montrait l'étui aux autres maîtres, ceux-ci rigolaient comme des baleines. Il le rangea et, souriant toujours de semblable façon, il regarda le tracteur progresser vers la deuxième ligne de barbelés et s'acharner contre un poteau qui résistait, résistait, au point qu'il dut prendre son élan pour le cogner à plusieurs reprises !

Quand le poteau fut abattu, le maître se tourna vers Rouslan et feignit de l'apercevoir.

— T'es là, saleté ? Je t'ai bien dit « va-t'en ». Que j'te l'répète pas !

Et, de nouveau, il tendit sa main – celle qui tenait la cigarette – vers la forêt : là où menait la route.

— Et que j'te revoie plus jamais, compris ?

Ce n'était pas que Rouslan ne pût le comprendre, mais le maître exigeait là ce que, pour rien au monde, il n'eût accepté si on l'avait consulté. Pour la première fois, il ne l'envoyait pas dans la bonne direction, mais dans la direction inverse. En outre, un bipède s'était approché des barbelés, les avait cassés et on le lui avait pardonné. En temps normal, pour pareille action, on tirait sans sommations. Il n'en éprouva qu'une haine encore plus farouche pour cette sale gueule de conducteur qui, par ses facéties insolentes, lui avait sauvé la vie, à lui, Rouslan, et du même coup aux autres chiens, qui attendaient leur tour dans les box.

Il obtempéra néanmoins et s'éloigna. Il parcourut une faible distance – le maître ne le suivait pas. Se retournant, il le vit qui regagnait le camp en empruntant le passage ouvert par le tracteur. Il tenait sa mitraillette par la bretelle, et il s'en fallait de peu que la crosse ne traînât dans la neige. Et, comme il contemplait son dos voûté, Rouslan sentit soudain que le maître n'avait plus besoin de lui, ni de sa mitraillette. De désespoir, de honte, il eut envie de se laisser tomber sur le postérieur, de pointer son museau vers ce soleil d'un gris jaunâtre et de lui hurler son chagrin insondable. La façon dont son Service s'achevait était pire que ce qu'il avait toujours redouté. On ne l'avait conduit hors des barbelés que pour le chasser à jamais, l'acculer à mendier avec les cabots teigneux qu'il méprisait de toute son âme et qu'il considérait à peine comme des chiens. Pourquoi cela ? En punition de quoi ? Car, enfin, il n'avait pas commis de faute qui justifiât cette peine extraordinaire.

L'ordre du maître, fût-il le dernier, demeurait un ordre : Rouslan s'élança sur la route blanche, vers l'horizon sombre et dentelé.

Il savait qu'il allait courir longtemps, toute la journée peut-être, et qu'au crépuscule il apercevrait à travers les arbres, du sommet d'une haute colline, le semis des lumières du bourg. Là, il trouverait des trottoirs en planches, fleurant la résine sous la neige, des palissades aveugles, aussi élevées que la barrière de saut sur le terrain d'exercice. Des odeurs de fumée et de bonne cuisine flotteraient autour des petites maisons basses dont les épais volets laissaient à peine filtrer quelques rais de lumière par de toutes petites fentes, suivie d'une autre odeur de fumée, une odeur de train, et il déboucherait sur le petit square rond situé devant la gare.

Dans ce petit square – tout comme au terrain d'exercice –, deux hommes sans vie, couleur gamelle d'aluminium, se tiennent perchés Dieu sait pourquoi sur des socles : l'un, sans bonnet, a le bras tendu en avant, la bouche ouverte, comme s'il venait de jeter sa canne et s'apprêtait à ordonner : « rapporte ! » ; l'autre, coiffé d'une casquette, ne montre rien du bras mais a la main glissée sous le revers de sa tunique d'uniforme : tout, dans sa personne, laisse entendre que c'est à lui qu'il faut « rapporter[1] ».

Et puis il atteindrait un large quai – à hauteur de chien – que les rails longent en dévidant leurs longs rubans, sinueux, enchevêtrés, bleutés durant le jour et rosés le soir. Les rails qui s'approchent du quai sont rouillés et ils s'arrêtent dès qu'ils l'ont dépassé ; de leur bout recourbé vers le haut, ils soutiennent une barre noire pourvue d'une lanterne où s'allume une lumière rouge à l'approche du train. Un train tantôt vert avec des grilles obliques aux fenêtres, tantôt rouge et bardé de planches clouées qui condamnent hermétiquement toutes les ouvertures.

C'est là que prenait fin la route de Rouslan, la seule qu'il connût.

---

1. On reconnaît ici les poses réservées traditionnellement à Lénine et à Staline par la statuaire officielle soviétique. *(N.d.T.)*

Il allait au petit trot, d'une foulée régulière, lorsque, tout à coup, il se ravisa et s'élança à toute allure. Il avait deviné pourquoi on l'avait envoyé dans cette direction. Il devait être là-bas, sur le quai, lorsque la lanterne rouge s'allumerait et que le train ramenant les fuyards s'engagerait lentement dans le cul-de-sac bien connu.

2

Le lendemain matin, les cheminots de la gare purent observer un tableau qui les aurait sans doute frappés s'ils en avaient ignoré la signification. Une vingtaine de chiens rassemblés sur le quai de la voie en cul-de-sac allaient et venaient, ou demeuraient assis, accueillant par un concert d'aboiements les trains qui passaient à toute allure.

Leur voix avait une résonance de métal. Ils avaient presque tous la même robe : la bande noire qui leur courait le long de l'échine coupait leur large front en deux, leur expression maussade et leurs oreilles petites donnaient à leur gueule courte un air encore plus féroce ; la couleur acier de leurs flancs virait progressivement du gris bistré aux tons rouille, puis feu, orange, fauve, et les poils qui pendaient sous le ventre avaient des reflets couleur « aurore ». Vraiment ! « Aurore » aussi le collier de fourrure qui cerclait la gorge, le lourd croissant de la queue, les pattes puissantes, musclées. Ces belles bêtes méritaient qu'on les admire de plus près, mais personne ne se risqua à monter sur le quai ; chacun savait qu'il serait plus malaisé d'en redescendre.

Passaient les heures, passaient les trains : rouges, les trains de marchandises, verts, les rapides ; les voix des chiens faiblissaient, leur sonorité métallique s'assourdissait, et au crépuscule le métal était devenu fer-blanc. Les chiens se promenaient de plus en plus rarement sur le quai ; de plus en plus fréquemment ils s'asseyaient et s'allongeaient, fixant d'un regard obtus les fins rubans rosés des rails.

Après cette vaine attente, jusqu'à la nuit claire, ils se rassemblèrent ; la meute quitta le quai et se dispersa par les rues du bourg.

Même phénomène les jours suivants, mais un observateur attentif eût pu remarquer qu'ils venaient de moins en moins nombreux, qu'ils s'éloignaient de plus en plus tôt ; que le métal de leurs voix était fêlé. Bientôt il cessa complètement de vibrer. Les cinq ou six chiens qui continuaient à observer cet emploi du temps n'aboyaient ni ne grognaient plus, ils faisaient docilement leurs heures de présence.

Dans le bourg, leur apparition, au début, suscita l'inquiétude. Ils mettaient trop de zèle à passer les rues au peigne fin, trottant toujours à la même allure et laissant pendre entre leurs crocs une langue fumante, violacée. Cependant, ils ne s'en prirent jamais à quiconque. On les vit bientôt se réunir comme pour tenir des espèces de conférences confidentielles : ils jetaient des coups d'œil à gauche, à droite, ne laissaient approcher personne. Ils avaient leur vie et ne se mêlaient pas de celle des autres. Indifférents aux femmes et aux enfants. Ils les bousculaient parfois dans leur course, involontairement, et constataient alors avec étonnement que ces étranges objets se déplaçaient dans l'espace. Seuls les hommes attiraient leur attention et, peu à peu, les chiens s'absorbèrent dans une activité bien définie : accompagner les hommes dans leurs allées et venues, quand ils se rendaient à leur travail, au magasin, en visite.

Lorsqu'un chien apercevait un passant et déterminait de loin son appartenance au sexe fort, il s'écartait de ses congénères et le suivait à distance. Ayant accompagné l'homme jusqu'à sa destination, il revenait vers la meute sans avoir rien quémandé. Si d'aventure on lui jetait quoi que ce soit à manger, il rugissait et se détournait en avalant convulsivement sa salive. Nul ne savait de quoi se nourrissaient ces bêtes, nul n'était initié au secret de leurs préoccupations alimentaires.

Leur comportement n'inquiétait les hommes que sur un seul point : ils n'aimaient pas voir se former des rassemblements de plus de trois personnes. Mais les trios sont la norme établie en Russie[1], une norme qui ne se trouve d'ailleurs pas souvent réalisée durant les hivers rigoureux. On s'habitua donc peu à peu aux chiens, et les chiens s'habituèrent au bourg : en tout cas, ils ne se disposaient pas à le quitter.

Seul Rouslan ne put s'y habituer. Du reste il n'en avait même pas le temps. Tous les matins, il suivait la route blanche qui menait au camp et restait des heures assis près des barbelés. Il avait beaucoup de renseignements importants à communiquer au maître : le train n'était pas encore arrivé, mais, quand il arriverait, quelqu'un serait là pour l'accueillir – il y avait toujours un chien qui montait la garde là-bas, immanquablement. Jusqu'à présent, ils ne s'étaient pas mal organisés, pour leurs débuts, et ils s'entendaient bien entre eux. Comment il s'y prendrait, pour communiquer les renseignements au maître, Rouslan ne se le demandait même pas. Il y était toujours parvenu d'une façon ou d'une autre, et le maître comprenait tant bien que mal. Ce qui le préoccupait, l'attristait, c'était plutôt ce qui se passait à l'intérieur du camp. Nombre de poteaux avaient été abattus. Entre ceux qu'on avait laissés debout, des passages et des trous énormes, hideux avaient été ménagés dans

1. Allusion aux rassemblements que forment de façon spontanée ceux qui se mettent à trois pour acheter et consommer une bouteille de vodka. *(N.d.T.)*

les barbelés ; et, devant les baraques, de nouveaux venus à l'aspect indéfinissable faisaient des feux. Ils déchargeaient et empilaient des briques apportées par camions, mais, tout cela, ils le faisaient comme en passant. Ils préféraient se bagarrer dans la neige, faire des pauses qui se prolongeaient une heure ou deux, ou encore chanter en chœur, assis côte à côte sur des rondins, voire – rendez-vous compte ! – sur les sacro-saints poteaux. Ils prenaient un plaisir tout particulier à fouiller les femmes en leur tapotant le pantalon ou la poitrine, et elles, pendant ces fouilles, elles riaient très fort ou criaient comme des cochons qu'on égorge. Cela ressemblait trop peu à la vie des détenus de naguère, et Rouslan éprouvait une tendresse croissante pour eux. Il leur aurait pardonné de s'être enfuis de façon stupide si seulement ils étaient revenus reformer de belles colonnes bien droites, encadrées par les maîtres et les chiens.

Il avait grande envie d'entrer dans le camp et d'aboyer un bon coup après ces nouveaux venus, histoire de leur rappeler que le camp ne leur appartenait pas, qu'ils n'avaient pas à y propager leurs usages. Mais le maître lui avait interdit de franchir les barbelés, et lui seul pouvait lever l'interdiction. Cependant le crépuscule tombait et le maître ne se montrait toujours pas. Pas une fois Rouslan n'était tombé sur sa trace, à aucun moment il n'avait flairé cette odeur virile qu'il aimait tant, une odeur de graisse de fusil, de tabac, de jeunesse robuste et bien lavée. Tous les maîtres sentaient comme ça, d'ailleurs. En outre, celui de Rouslan se parfumait volontiers avec une eau de Cologne qu'il achetait à la coopérative des officiers, mais le bouquet que formaient toutes ces odeurs lui appartenait en propre comme son caractère – et Rouslan savait que, comme les chiens, les hommes se distinguent par leur caractère, justement. C'était pour ça qu'ils avaient tous une odeur différente ; il suffisait de les flairer et le mystère était éclairci. Son maître, par exemple, à en juger par ce bouquet, n'était peut-être pas des plus courageux, mais il ignorait la pitié. Il n'était peut-être pas des plus intelligents, mais il ne faisait confiance à personne. Il n'était peut-être pas tellement aimé de ses amis, mais il aurait abattu n'importe lequel d'entre eux, pour peu que le Service l'eût exigé. Et, sachant tout cela de son maître, Rouslan l'imaginait là-bas, au milieu de ces étrangers, il imaginait les soupçons et la haine qu'il devait nourrir envers eux, les projets qu'il devait ruminer pour rattraper les fuyards et châtier les maîtres qui les avaient laissés s'évader… Pendant ce temps, le seul être capable de l'aider dans ses tâches restait là, assis, tout près, à attendre qu'on l'appelle !

Dans l'esprit de Rouslan, le maître était grand, tout-puissant, doué de qualités rares ; son seul défaut : ne pouvoir se passer de l'aide de Rouslan. S'il n'en avait pas été ainsi, à quoi cela eût-il rimé de venir là, chaque jour, pour endurer le froid et la faim ?

Car, depuis le fameux matin où il avait lapé sa dernière écuelle de soupe, il n'avait pas déniché grand-chose à se mettre sous la dent. Son ventre le brûlait, la nausée le faisait défaillir, il lui pesait de plus en plus de faire tout ce trajet aller et retour. Pourtant, il n'avait jamais rien accepté d'une main inconnue, jamais rien ramassé à terre.

Un ennemi secret et haïssable avait mis sur son chemin une boulangerie : quand la porte d'entrée battait, il s'en exhalait un nuage enivrant, visqueux, qui freinait sa course. Un jour, une femme sortit sur le seuil et lui jeta un morceau de pain ; Rouslan crut avoir heurté, de la poitrine, une barrière. Et il n'eut que la force de se détourner en grondant.

— Je parie tout ce que tu veux qu'il ne le prendra pas, dit l'homme qui sortait avec la femme de la boulangerie. C'est un chien des camps, ils ont reçu une formation spéciale.

— Qu'est-ce qu'il a donc ? Il a peur de s'empoisonner ? Mais j'en mange bien, moi, regarde, et il ne m'arrive rien !

Et, avec une expression attendrie, caressante, elle mordit dans la miche tiède, en arracha un morceau et le mâcha bruyamment.

— Tu vois, mon toutou, je suis encore en vie. Comme tu es bête !

Rouslan se détourna d'un air indifférent. Ce genre de truc, il le connaissait aussi : les gens avalent une bouchée, et il ne leur arrive rien, ils savent de quel côté ils peuvent y aller ; mais, dès qu'on mord dedans, ça vous met la gorge en feu, ça vous déchire les entrailles.

— Qu'est-ce que tu paries ? dit l'homme.

Il ramassa la tranche de pain et, avec une joie maligne, l'approcha du nez de Rouslan. Le stupide bourreau, il ne lui était pas venu à l'esprit que si le chien n'avait pas pris le morceau que lui tendait la femme, être sans importance, il l'accepterait encore moins de lui. Il ne parvint qu'à éveiller les soupçons de Rouslan, qui l'escorta jusqu'à sa porte et grava la maison dans sa mémoire.

Une idée vint en aide à Rouslan, une idée inattendue, qui avait sommeillé en lui toutes ces années, et se réveillait tout d'un coup : à savoir que, pour être inoffensive, la nourriture devait être vivante. Celle qui courait, sautait, volait, ne pouvait lui avoir été jetée intentionnellement par quelqu'un, ne pouvait contenir du poison, sinon elle en aurait elle-même subi les effets. Et, de la lointaine époque de ses chasses à l'homme, il se remémorait les traces étrangères, rencontrées dans la forêt, les plumes ensanglantées, les morceaux de peau, d'os, les restes provenant de proies vivantes. Dès son premier voyage, il avait tenté sa chance – avec succès. Quittant la route pour s'enfoncer dans les bois, il s'était, en une minute, transformé en chasseur. Comme s'il n'avait fait que cela toute sa vie, il avait sur-le-champ appris à flairer les galeries de mulots sous la neige et à creuser la neige juste à l'endroit où la bête passait ou se cachait. Cette maigre nourriture ne l'avait pas rassasié, mais l'avait apaisé, il avait retrouvé l'espoir et pu, de nouveau, faire face à ses obligations.

À part ça, la vie était franchement moche. Que peut-il advenir d'un chien habitué à dormir bien au chaud sur une litière propre, habitué à ce qu'on le lave, le peigne, lui coupe les griffes, à ce qu'on lui badigeonne plaies et écorchures, quand il se trouve privé de ces soins ? Il dégringole à un niveau auquel ne saurait tomber un vagabond, un sans-logis de naissance. Un vagabond ne se permettrait pas de dormir au beau milieu de la rue, encore moins sous la roue d'un camion en stationnement, comme Rouslan ; un miracle qu'il ne se soit pas fait écraser ! Un clochard éviterait de se chauffer sur les tas de mâchefer de la gare ; Rouslan l'avait fait par bêtise, et, en quelques jours, sa toison épaisse, sa plus sûre protection contre le froid et les parasites, avait commencé à se flétrir et à tomber, ses pattes s'étaient couvertes d'égratignures, de coupures. Il était chaque jour plus dépenaillé, plus maigre, il se faisait horreur à lui-même. Mais ses yeux brillaient d'un éclat de plus en plus vif. La frénésie y allumait d'inextinguibles flammes jaunes. Et, tous les matins, après avoir vérifié qu'on montait bien la garde sur le quai, il filait vers le camp.

Aucun autre chien ne l'avait jamais accompagné. Dès le premier jour, dès leur expulsion des box, ils avaient fouillé le camp et compris que les maîtres l'avaient depuis longtemps quitté ; leur seule chance de les retrouver, c'était de suivre la piste tracée par Rouslan, qui les avait menés jusqu'au quai. Rouslan, lui, avait été favorisé : son maître était resté au camp, il le sentait ; plus que son flair, un instinct supérieur, une foi inexplicable le lui dictaient avec une netteté aussi infaillible que la vision d'une proie vivante.

Qu'adviendrait-il si son maître partait, lui aussi ? Rouslan préférait ne pas y penser. À ce moment-là, assurément, il perdrait toute raison de vivre. Parce que, dans l'ensemble, les choses tournaient mal. Certes, le Service était encore assuré, la faim n'avait pas encore contraint les chiens à l'oublier ; depuis quelque temps, néanmoins, quand il les rencontrait – Rouslan l'avait remarqué –, ils l'évitaient, ils détournaient leurs gueules moroses ; faisait-il mine de s'approcher de la meute, ils se dispersaient. De plus, certains parvenaient à être moins décharnés que lui : probable qu'ils n'avaient pas dédaigné les charognes ou les tas d'ordures. Peut-être même – horrible soupçon ! –, peut-être même l'un ou l'autre avait-il déjà commis la faute suprême : demandé à prendre de nouvelles fonctions dans quelque cour, et on l'avait accepté, et maintenant il recevait sa nourriture de mains étrangères ! Se pouvait-il qu'ils eussent oublié ou qu'on ne leur eût pas inculqué cette règle : on ne t'a pas empoisonné aujourd'hui, on t'empoisonnera demain, mais pour t'empoisonner, on t'empoisonnera !

Et ses soupçons se confirmèrent. Un jour, il rencontra Alma ; tombant nez à nez à l'angle de deux palissades, ils furent tous deux comme désarçonnés par cette rencontre. Il ne s'attendait pas à voir la chienne si bien nourrie, gaie, débordante d'une joie qui n'appartenait qu'à elle. Il se souvint, à ce propos, qu'il ne l'avait plus vue sur le quai depuis bien longtemps. Alma, tout aussi surprise que lui, feignit de ne pas le reconnaître. D'une porte surgit un chien cagneux, à poil ras, noir comme du charbon, avec une raie blanche au-dessus des yeux ; Alma et lui s'éloignèrent en courant côte à côte. Et, ce faisant, elle permettait à ce monstre de lui mordiller l'épaule. Elle dut lui parler car le chien, tournant sa grosse gueule répugnante vers Rouslan, lui montra les dents avec insolence. Autrement dit, il le menaçait, en se tenant à une distance respectueuse, sous la protection de sa propre petite amie ! Rouslan se détourna avec mépris et reprit sa route clopin-clopant.

Alma avait feint de ne pas le reconnaître ! Et dire que, dans un passé qui ne remontait qu'à l'avant-dernier printemps, les maîtres les avaient réunis dans un coin de la cour et exemptés de tout service, afin qu'ils puissent s'acquitter d'une tâche spéciale à laquelle les maîtres attachaient une grande importance. Pour cette occasion, ils avaient même changé de noms : les maîtres les appelaient le Fiancé et la Fiancée. Le résultat de cette activité, il ne le connut jamais et resta longtemps sans voir Alma ; mais leur tâche commune les avait extraordinairement rapprochés. Quand ils se rencontrèrent par la suite, dans le cadre du Grand Service, ils essayèrent de se rapprocher, autant que le permettait leur laisse, ils échangèrent mille démonstrations d'amitié et d'affection. Il espérait qu'on les réunirait encore une fois, mais les maîtres en avaient décidé autrement ; on amena un autre chien à Alma. Pour la première fois, Rouslan eut envie d'égorger l'un de ses semblables, mais il ne rencontra jamais le fameux chien, il ne sut même jamais son nom.

Quant à ce pékin à l'œil enfariné, Rouslan ne voulait pas avoir maille à partir avec lui, tant l'affaire lui paraissait pitoyable, écœurante.

Une autre fois, il tomba sur les traces de Djoulbarss, le doyen des chiens du camp. La piste le conduisit sous un porche humide et puant, puis dans une cour encombrée de linge suspendu et de tas de bois. Et là, Rouslan resta interdit à la vue de Djoulbarss, couché sur un paillasson crasseux, près d'un tas de bûches qu'il avait l'air de garder ! Aux yeux de Rouslan, garder ce tas de bois était aussi absurde que de garder l'eau d'une rivière ou le ciel au-dessus de sa tête ; il n'avait aucune valeur, ce bois ; seuls les hommes avaient de la valeur. Et si au moins il n'avait fait que roupiller près de son tas. Mais non, lui, le féroce d'entre les féroces, le roi de la pègre canine, avec sa gueule labourée de cicatrices, il agitait la queue, la bouche fendue dans un large sourire servile ! Agiter la queue, c'était peu dire : il envoyait de grands coups de queue sur le tas de bois, dans un accès de basse flagornerie ! Et à qui ces transports étaient-ils destinés ? À une espèce d'avorton vêtu d'une peau de mouton sans manches, qui bricolait devant un méchant petit hangar, s'affairait autour d'une vilaine petite machine à deux roues, qui ne dégageait même pas l'odeur des voitures mais un mélange puant d'huile cramée et d'essence. Et, avec ses joues enfoncées, cette demi-portion avait plutôt l'air d'un détenu – et encore, d'un détenu qui aurait mariné dans les camps –, non d'un maître !

Et si elle avait su, la demi-portion, quel genre de cadeau c'était, Djoulbarss, au lieu de bricoler son petit engin minable elle aurait vite attrapé une barre de fer. Il mordait tout ce qui se présentait : déportés ou camarades chiens, pas de différence ; pour lui, un jour passé sans que ça saigne, c'était un jour perdu. Pas besoin qu'un homme s'écarte d'un pas de la colonne, il suffisait qu'il trébuche ou chancelle de fatigue (un chien sait bien reconnaître une infraction involontaire !) pour que Djoulbarss le happe sans même l'avertir par un rugissement. De plus, secrètement, il avait toujours rêvé de mordre son propre maître, et il avait fini par y arriver, sous prétexte que celui-ci lui avait marché sur la patte. Le cas était grave, tous les chiens s'attendaient à ce qu'on envoie ce salaud de Djoulbarss rejoindre Rex, et Djoulbarss lui-même n'escomptait guère un autre destin. Pourtant il avait drôlement bien su s'en tirer : quand son maître était venu le voir, tout plein de pansements, le lendemain matin, Djoulbarss lui avait fait fête, comme si de rien n'était, allant et venant dans son box pour montrer qu'il boitait atrocement. Et on lui avait tout passé, il y avait même gagné trois jours de congé. Il faut croire que les maîtres lui avaient donné raison, ou qu'ils le jugeaient indispensable. Il est vrai qu'il était cité en exemple à tous les chiens : on s'accordait invariablement à voir en lui un « sujet d'élite » pour la « méchanceté », la « méfiance envers les personnes étrangères au Service ». Qui eût alors soupçonné qu'il pouvait remuer la queue pour faire fête à un étranger ?

Rouslan s'approcha et s'allongea en face du renégat en plongeant dans ses yeux un regard furibond. Bien que pris au dépourvu, Djoulbarss ne se troubla pas trop. Il envoya encore deux ou trois coups de queue sur le tas de bois, bâilla, découvrant son palais noir et bosselé – titre de gloire, signe distinctif du mordeur et du batailleur infatigable. Il bâilla si voluptueusement que des larmes perlèrent au coin de ses yeux de sanglier (l'un d'eux ne s'ouvrait qu'à demi à cause d'une balafre) et, tandis qu'il refermait les mâchoires et joignait ses lèvres – elles étaient d'un noir violacé –, sa gueule labourée de cicatrices esquissa une grimace de compassion. Voir son camarade dans un tel état de débilité physique et de délabrement moral l'accablait.

— Et à quoi ça sert de jouer les dingues ! disait le regard du renégat. Il faut bien vivre, mon vieux. Tu crois que j'ai pas envie de lui rectifier la cuisse, à ce crevard ? Mais il me donnera plus à bouffer, il me fichera à la porte. Ici, c'est pas le camp, où on est tenu de te donner ce qui te revient : si tu remues pas la queue, rien à manger !

— Alors, c'est ça, maintenant, le Service, pour toi ? demanda le fanatique.

— Hé là, ce qui est sacré est sacré ! Question Service, je suis réglo !

Et là, il disait vrai : il venait sur le quai, et même deux fois par jour. Et comment aurait-il pu s'en abstenir, tant les crocs lui démangeaient ; des crocs qui se seraient drôlement activés si le train attendu était arrivé !

— Et pour être franc (cette fois, le renégat passait à l'attaque), où il est, ton Service ? Qui est-ce qui nous y a envoyés ? Et qu'est-ce que tu en sais, toi ? Il ne reviendra peut-être jamais, le Service !

À présent, c'était le fanatique qui battait en retraite :

— Impossible ! Il reviendra ! Et alors on ne pardonnera pas aux gens comme toi.

— Alors là, ne vous en faites pas ! C'est nous qu'on appellera en premier. Parce que, quand il reviendra, toi, t'auras déjà crevé, et même si t'es encore en vie, t'auras plus la force de l'assurer, le Service. Tandis que moi, vise un peu ça, je suis un clébard du tonnerre, tout en muscles, tout en viande !

Le fanatique ferma les yeux. Il était trop faible pour se disputer. Et puis, étrangement, il sentait que le renégat avait raison : là se trouvait peut-être le salut de tous.

Il se leva et sortit de la cour en traînant la patte. Alors qu'il se dirigeait vers le porche, un bruit le fit se retourner : s'étant endolori la queue à force de battre les bûches, le « sujet d'élite » s'appliquait maintenant à fouetter son moelleux paillasson. Arrivé dans la rue, le fanatique secoua la patte avec dégoût. Et il ne savait pas, Rouslan – et nous autres, les esprits éclairés, le savons-nous ? –, que le premier pas vers notre perte consiste à franchir un seuil d'un air dégoûté ?

Ce même jour, il apprit encore un tas de choses qu'il eût préféré ignorer. C'était vrai, la plupart des chiens ayant proposé leurs services dans les cours, on les avait acceptés et nourris ; mais, avant le deuxième repas, ils avaient déjà donné un échantillon de leurs talents. En s'aventurant dans les poulaillers, c'était plus simple. Certains avaient même choisi d'emblée un gibier plus consistant. Ainsi Dick, qui avait dévoré la moitié d'un goret avant qu'on le surprenne, et gardait à présent sur la gueule – à un endroit où il ne pouvait pas se lécher convenablement – la marque d'un essieu métallique. Chien-de-Fusil, lui, avait été l'artisan de son propre châtiment : en tirant un morceau de viande d'une casserole qui bouillait sur un fourneau, il se l'était renversée dessus. Il avait perdu ses poils sur la moitié de la tête et le poitrail ; et on l'avait jeté à demi pelé à la rue. Quant à Culasse, il avait bien réussi à filer une oie entre les dents, mais une oie, ça ne fait pas long feu. Et, à présent, comment retourner chez son nouveau maître qui le menaçait de loin avec un tisonnier ?

Une maison où l'on accueillait tous les chiens qui se présentaient en avait pris deux d'un coup : Ere et Douille. Ces inséparables avaient commencé par s'entre-déchirer pour un petit mâle qui leur faisait des avances à toutes deux ; après quoi, réconciliées, elles s'étaient, d'un commun accord, jetées sur leur prétendant qui faillit y perdre la vie et en réchappa de justesse. Elles furent chassées séance tenante.

Tonnerre n'avait pas été chassé, lui, parce qu'il n'avait pas été accueilli, ou n'avait pas cherché à l'être. Résolu à garder son indépendance, il avait abouti à la fosse à ordures du buffet de la gare, s'y était gavé de nourriture avariée… et maintenant il gisait dans un trou non loin de là, silencieux, roidi par le gel, arrosé de chaux vive. Quant à Aza, l'imbécile avait eu l'idée de poursuivre un chat, péché véniel, que Rouslan lui aurait pardonné, lui qui avait goûté la chair de mulot ; mais elle ignorait tout de ces choses, elle ne savait pas qu'il ne fallait en aucun cas acculer dans un coin ces bestioles – ni aucune autre, d'ailleurs ! Le chat lui ayant griffé les yeux, elle l'avait égorgé, mais y avait perdu un œil, et l'autre suppurait. Elle n'y voyait presque plus, et la douleur la rendait folle. Bref, le tableau était bien sombre ! Et le pire n'était pas tant qu'ils étaient las d'attendre. Ils étaient las... de croire.

Abasourdi, écrasé par ces infortunes, Rouslan restait allongé de tout son long en travers du trottoir, les yeux fermés. Les passants le croyaient en train de crever. En pareil cas, l'humanité se divise en deux catégories : les uns vous contournent avec une compassion craintive ; les autres, qui ont le cœur mieux accroché, vous enjambent purement et simplement. Lui, il ne faisait attention à personne, tant la douleur lui brûlait le ventre et rongeait ses gencives écorchées par la neige. Ces derniers temps, en effet, il avait souvent mangé de la neige pour soulager sa soif et atténuer les nausées que provoquait la faim. Soudain, il se rappela qu'il n'était pas encore allé au camp ce jour-là. Et il fut épouvanté de ne s'en souvenir que si tard, effrayé comme d'un châtiment inconnu. La faim avait altéré sa mémoire. Il essayait de percevoir l'odeur de l'homme qui lui avait glissé une tranche de pain, mais il ne sentait que l'odeur du pain. Et il ne voyait que ce pain, à travers ses paupières fermées. Et, quand il voulut revoir sa maison, il vit surgir l'os succulent resté dans sa gamelle, à côté du mégot jaune détrempé. Cette seule pensée le fit se relever de son trottoir.

« Il faut tout de même y faire un saut, pensa-t-il. Il y a tant de choses à raconter au maître ! »

Entreprendre ce long trajet lui répugnait affreusement : le crépuscule approchait et il lui faudrait revenir à la nuit noire ou, pis encore, au clair de lune. Dans l'obscurité, il ne voyait presque rien ; quant au clair de lune, il le rendait fou, réveillait en lui des pressentiments troubles et déprimants. Car Rouslan était un chien tout à fait ordinaire, le fils légitime de ce Chien originel que la peur de l'obscurité et la haine de la lune avaient rabattu vers le feu de la caverne où vivait l'Homme, et avaient ainsi contraint à abdiquer sa liberté. Pour se donner du courage, Rouslan se mit à penser à l'os que le maître n'avait probablement pas jeté, mais gardé pour lui ; pourtant, il avait peine à y croire : il ne lui était encore jamais arrivé de voir réapparaître un os qu'il n'avait pas, tout de suite, caché. Et il songea à sa faute, à la façon dont il avait oublié ses obligations. Eh bien, que cette maudite lune soit sa punition ! Car toute faute devait être punie, même la plus petite vétille : c'était là une règle qu'il avait bien assimilée au cours de son existence de chien, et il n'y avait jamais vu d'exceptions.

Arrivé au bout de la grand-rue, avec ses palissades aveugles et ses petites fenêtres myopes, percées pour tout ce qu'on voulait, sauf pour regarder à travers, Rouslan fut stoppé net par une réminiscence : c'était le souvenir d'un événement récent, mais qui avait déjà eu le temps de s'estomper dans sa mémoire. Cela l'empêchait de poursuivre sa route, l'emplissait d'un vague et joyeux pressentiment. Il se mit à geindre et à frétiller sur place, comme un jeune chien qui a vu sa queue pour la première fois. Soudain, il se « figea », les pattes largement écartées. Après être resté quelques instants dans cette position, il baissa la tête, revint lentement sur ses pas, tout ensemble sûr de lui et incrédule.

Là était l'endroit où il était passé si vite, absorbé dans ses pensées ! C'était de l'autre côté de la rue, il est vrai, mais comment ne pas reconnaître l'odeur du maître ? Ainsi donc, une voiture l'avait amené ici – la peste soit de ces pneus en caoutchouc, de cette essence ! Juste à cet endroit, il avait sauté à terre et piétiné un instant tandis qu'on lui donnait sa valise et son sac. Le contenu de la valise, recouverte d'une espèce de saleté : impossible de le déterminer au flair ! Le sac renfermait du linge lavé et du savon (parfumé au lilas, et provenant de la coopérative des officiers), et aussi de cette vaseline dont on enduit les boîtes de conserve. Il avait allumé une cigarette, cette allumette qui traînait à terre gardait son odeur ; puis il avait pris sa valise et jeté le sac sur ses épaules : tout avait disparu, il ne restait plus que sa piste, imprimée dans la neige. Pas moyen de se tromper. Ses jambes étaient un peu arquées, plutôt courtes pour sa taille ; en revanche, il marchait d'un pas ferme, en posant tout le pied d'un coup, comme s'il portait un lourd fardeau. Aujourd'hui, il avait chaussé ses bottes de cuir des jours de fête : certes, tous les maîtres possédaient les mêmes, mais, sous les bottes, on mettait des chaussettes russes, et ces chaussettes-là – comme on l'a vu plus haut – sentaient son caractère. Et puis, détail important, la piste ne zigzaguait pas au milieu des autres. Le maître n'aimait pas les zigzags. Toujours tout droit, sans un pas de côté.

À présent les passants s'écartaient. Ils le prenaient, lui que transportait un élan d'amour, pour un chien enragé en rupture de chaîne ; de fait, il était terrifiant : décharné, les côtes saillantes, l'œil voilé de jaune, le souffle rauque, il galopait en faisant tintinnabuler son collier.

Devant la gare, un camion qui faisait lentement demi-tour lui barra la route ; Rouslan passa dessous, s'y cogna le dos, mais ne sentit pas la douleur. La piste le conduisit loin, elle le plongea dans le souffle chaud qui s'exhalait d'une porte, puis dans une salle bruyante, étouffante. Et là, sur le plancher couvert de détritus, dans un cocktail d'odeurs de bottes de feutre imprégnées de sueur, de toiles à sac moisies, de ceinturons de cuir, de mégots détrempés jonchant le fond des crachoirs, là, parmi les corps épuisés et malpropres, se brisa le fil ténu qui lui traversait les narines et qu'il avait suivi, tel le taureau tiré par l'anneau qui lui troue le mufle. Il essaya vainement de sentir le tiraillement, la traction salvatrice du fil, mais les odeurs de nourriture épicée l'abasourdirent complètement.

Soudain, il entendit la voix du maître, une voix divine, inimitable ; elle ne l'appelait pas, elle résonnait quelque part, tout près de lui, et il se précipita par-dessus les bancs et les sacs, prêt à mettre en pièces quiconque eût tenté de s'interposer.

Il dut maîtriser sa joie. Faisant irruption dans le buffet, il voulait déjà aboyer « Je suis là ! Me voilà ! » quand il s'aperçut que le maître n'était pas seul à sa table : un autre homme discutait avec lui, et il n'osa s'approcher. Il se plaça timidement près du mur et regarda le maître et son interlocuteur. Celui-ci, un petit homme agité, au crâne chauve tout rose et couvert de sueur, portait un manteau râpé et une écharpe verte déployée sur sa poitrine, peut-être pour masquer une chemise sale ou l'absence de chemise. Rouslan examina les deux hommes alternativement et la comparaison tourna à l'avantage de son maître, ce maître jeune, fort, bien bâti, merveilleux. Il aurait été encore plus merveilleux s'il n'avait oublié de mettre ses pattes d'épaules, de boutonner son col et ses manches. De toute façon, son visage était magnifique, divin ; magnifiques, divines, les écuelles de ses yeux ;

magnifique, divin, son maintien. Quant au chauve, il était franchement répugnant, avec ses petits yeux larmoyants, sa manière idiote de ricaner sans raison en grattant sa joue non rasée de ses cinq doigts à la fois. Les deux hommes dégageaient, il est vrai, une odeur désagréable, dégoûtante même, et dont la source se trouvait – comme le suspecta Rouslan – dans une petite carafe emplie d'un liquide transparent comme de l'eau. Au prix d'un effort, Rouslan trouva que son maître sentait beaucoup moins, juste un peu, et même, tout bonnement, presque pas du tout ; le Râpé, lui, puait de façon insupportable. Par sa seule présence, le Râpé avait empêché Rouslan de se précipiter vers son maître, et cela suffisait pour que Rouslan ne l'aimât point. Ce qui lui déplaisait particulièrement en lui, c'était l'étrange désinvolture avec laquelle il s'adressait au maître, sans baisser les yeux ni réprimer un sourire narquois. Comme le conducteur du tracteur !

— Tu t'es attardé, à ce que je vois, sergent, disait le Râpé. Ça fait pourtant un bail que les vôtres ont mis les bouts !

Il passait son temps à appeler le maître « sergent » alors que, en réalité, il s'appelait Iéfréïtor[1]. Et, chose étrange, ce nouveau nom avait l'air de mieux lui plaire. Rouslan, lui, ne l'aimait pas du tout. Il aimait les noms où l'on entendait rouler un « r » – il aimait

1. Iéfréïtor (de l'allemand *Gefreiter*) : caporal. *(N.d.T.)*

justement le sien parce qu'il commençait par un « r ». Or, dans Iéfréïtor, il y en avait deux qui produisaient un grondement sensationnel, alors que le mot sergent n'en avait qu'un, à peine audible.

Le maître ne répondit pas tout de suite – il n'aimait pas faire deux choses à la fois – mais acheva de remplir les petits verres en approchant d'abord la carafe du sien, puis de celui du Râpé.

— Si je me suis attardé, c'est qu'y avait une raison.

— Bon, alors ne le dis pas, si c'est un secret.

— Pourquoi ça, « un secret » ? Maintenant, c'est plus un secret. Je gardais les archives.

— Les archives ? (Le Râpé en traîna sur le mot.) Les nôtres ? Mais alors, maintenant, elles sont restées là-bas, sans surveillance ?

— Mais non, n'aie pas peur. On les a mises sous scellés et emportées.

— Je pige. Mais à quoi que ça rime, sergent ?

— Comment ça, à quoi que ça rime ?

— Eh bien, tout ça, quoi : garder, mettre sous scellés. Y avait qu'à les brûler, et on n'en parlait plus. Tous les secrets auraient brûlé avec. De la cendre, voilà ce qui serait resté.

Le maître le regarda avec commisération.

— Qu'est-ce que t'es, un petit garçon ? Ou alors t'es retombé en enfance. Tu sais pas qu'elles sont destinées à la « conservation perpétuelle » ?

— Mais y a rien de perpétuel, sergent. T'es quand même pas idiot.

Le maître soupira et prit son verre. Aussitôt le Râpé l'imita, il n'attendait que ça.

— Eh bien, allons-y, dit le maître.

Le Râpé tendit son verre, mais le maître le devança : levant le sien juste assez haut pour que les deux verres ne se rencontrent pas, il le vida d'un trait. Le Râpé ramena lentement sa main et but. Puis ils avalèrent l'un et l'autre une gorgée d'un liquide jaune servi dans des chopes, et piquèrent avec leur fourchette dans la nourriture. Rouslan avalait sa salive. Il n'arrivait pas à détourner les yeux.

— Quand même, tu m'as pas répondu, sergent, fit remarquer le Râpé.

Le maître soupira de nouveau.

— Qu'est-ce que je peux te répondre ? On te parle comme à quelqu'un de sensé, et toi, tu réponds par des enfantillages. Quel exemple te donner, pour que tu comprennes mieux ? T'as jamais vu les pionniers[1] collectionner des hannetons et toutes sortes de papillons ? Ils les attrapent et les enfilent sur une épingle, et puis ils les enregistrent sur un papier. Eh ben, voilà, c'est ça, la conservation perpétuelle.

— Mais qu'est-ce qu'y a de perpétuel là-dedans ? Au bout d'un an, il ne reste rien du hanneton en

1. Scouts soviétiques. *(N.d.T.)*

question, que de la poussière. Disons, au bout de dix ans.

— Mais non, pas que de la poussière !

Le maître pointa un doigt vers le ciel.

— Et sur le papier, alors ? il y figure toujours. Donc il existe. On croit qu'il existe pas, mais il existe !

Rouslan jeta au Râpé un regard lourd de reproches. Apparemment, le doigt du maître aurait dû le convaincre, mais il continuait à ricaner et à se gratter la joue.

— Alors, comme ça, c'est nous, les hannetons ?

— Ils n'ont pas changé.

Les bras croisés, les mains sous les coudes, le maître s'appuya sur la petite table et regarda son interlocuteur avec un sourire amène.

— Vous vous êtes bien égaillés dans la nature, vous vous êtes envolés à tire-d'aile, chacun de votre côté, et, pourtant, vous restez là, dans les archives. À n'importe quel moment, on peut vous faire resurgir, se faire une idée exacte de vous. Dire ce que chacun de vous a derrière la tête, de quel côté il se rangera en cas de coup dur. On sait tout d'avance.

— Mais on a quand même été reconnus plus ou moins innocents ?

— Tu le crois vraiment ? Eh bien, d'accord. Mais moi, je te conseillerais de voir les choses autrement. De te considérer comme provisoirement libéré. T'as compris ? On t'a mis en liberté provisoire. D'ailleurs, comme ça, tu l'apprécieras mieux, la liberté, parce que je vois bien à quoi tu l'emploies : t'as pris goût à la boisson, t'es un vrai pilier de cabaret. Alors que, là-bas, t'étais la sobriété même, et t'avais un foie impeccable. C'est pas vrai ?

— Oui, y a de ça, parut approuver le Râpé. Eh ben alors, raison de plus pour vous occuper de vos oignons. Qu'est-ce qu'y a d'intéressant à savoir sur not' compte ? On est plus que des ruines. Prends ceux-là (par-dessus son épaule, il montra de la tête les consommateurs assis aux deux autres tables), qu'est-ce que tu sais d'eux ?

— T'en fais pas. Eux aussi, on les prendra. En cas de besoin. Y en a même encore plus long sur leurs fiches à eux.

Le Râpé s'accouda, lui aussi, à la table, et ils se regardèrent longtemps dans les yeux en riant doucement, avec bonhomie.

— À propos, dit le Râpé, y a une chose que j'ai remarquée, sergent : tes doigts tremblent, tes mains tremblent… plus que les miennes. T'es plein de tics, mon vieux. Ça aussi, c'est à perpétuité, non ?

Le maître se renfrogna, retira ses mains de la table et saisit le carafon. Il en répartit équitablement le contenu entre les deux verres et maintint le goulot au-dessus du verre du Râpé pour que les dernières gouttes y tombent. Le Râpé surveillait sa main. Le maître le vit et secoua le carafon, mais sans parvenir à en extirper la moindre goutte.

Ils firent encore cul sec, puis avalèrent une gorgée de liquide jaune, après quoi ils se radoucirent. Sans doute le Râpé regrettait-il à présent d'avoir posé sa question.

— Mais tu peux quand même pas dire que j'ai été un monstre, dit le maître. Toi, par exemple, est-ce que je t'ai jamais touché ?

— Moi, non.

— Tu vois. Et ça, parce que t'as compris l'essentiel. Si la patrie t'en veut, c'est qu'elle a ses raisons. C'est jamais pour rien qu'elle nous en veut. Et si t'as compris ça, plus de problème. C'est un principe, pour moi, t'es un être humain, et moi aussi, j'suis un être humain. Bien sûr, si on me donne l'ordre de te taper dessus, c'est aut'chose, j'ai prêté serment, non ? Mais pas si j'ai pas d'ordre… Tu m'comprends ?

— Oui, mon gars, j'te comprends.

— Très bien. Tandis que ceux-là, on peut être sûr qu'ils pourront jamais le comprendre. Et ils peuvent pas nous comprendre, toi et moi. Alors que nous deux, on s'est compris, pas vrai ? C'est pour ça que je m'suis assis à côté de toi.

Le Râpé finissait par ne plus pouvoir soutenir le regard du maître. Ou peut-être était-il las de la discussion. En tout cas, il baissa les yeux.

Rouslan, de son côté, était fatigué d'attendre qu'on fasse attention à lui dans le brouhaha et la cohue. Les gens qui entraient et sortaient le bousculaient, l'acculaient contre le mur, l'air esseulé. Soudain il se découvrit une occupation : il allait garder la valise, le sac du maître et la capote qui les recouvrait. Dans son for intérieur, il reprocha au maître sa négligence et s'étendit de tout son long à côté des bagages, adoptant la pose réglementaire des sentinelles à quatre pattes qui nous inspire le respect et nous interdit non seulement de les déranger mais encore de les approcher à moins d'un pas.

De plus, cette pose lui permettait d'admirer en toute tranquillité le visage du maître. Un tantinet déparé par de fines gouttelettes qui perlaient à son front et sur sa lèvre supérieure, il était splendide, ce visage, divin !

Rouslan l'avait depuis longtemps remarqué : tous les maîtres présentaient un air de ressemblance. Large ou étroit, pâle ou basané, leur visage avait obligatoirement un menton dur, légèrement fourchu, des lèvres bien serrées, un petit nez, des pommettes qui saillaient fortement sous la peau, des yeux francs et perçants, dont il était difficile de dire s'ils étaient furieux ou rieurs, qui savaient scruter et commander sans paroles. Il s'agissait là, à l'évidence, d'une race supérieure de bipèdes, de la race la plus intelligente, la plus précieuse, la plus rare… mais Rouslan aurait bien voulu savoir si le Service sélectionnait ces visages de maîtres tout exprès pour Ses besoins, ou bien si c'était Lui qui leur donnait cet aspect ? Pour les chiens, c'était plus simple : le petit Tobie, le chien noir à l'oreille blanche qui s'était incrusté dans le secteur des cuisines et devait bien y assurer un quelconque service – sinon, on ne l'aurait pas gardé –, eh bien, pendant tout le temps de son « service », sa taille n'avait pas augmenté d'un pouce, il n'avait pas changé de couleur ni même de caractère ; il était resté le même : quémandeur et gueulard ; il aboyait même après les mouches, mais les détenus, il les saluait à travers les barbelés en remuant la queue. Les chiens, c'était clair, on les sélectionnait, car on ne les avait pas tous ramassés dans la rue, on les avait amenés de centres d'élevage ; mais comment ça se passait pour les maîtres, mystère ! Aucun doute, cependant : avec le visage qu'il avait, le maître pouvait se passer de gaspiller tant de paroles pour le Râpé. Depuis le temps que celui-ci aurait dû se mettre au garde-à-vous, et partir au travail !

— Dans quel coin tu vas, sergent ? À la ville, ou alors chez toi, au village ?

— Je rentre chez moi (le maître paraissait réfléchir). Qu'est-ce que j'irais faire à la ville ? Et puis j'ai envie de me reposer.

— Ça se comprend. Mais qu'est-ce que tu vas fabriquer ? Sûr que t'as même oublié comment on tient une fourche ?

— Une fourche ? Moi ? Je l'ai assez tenu, ma fourche à moi, une mitraillette à soixante-douze coups. Calcule… j'ai servi une fois et demie le temps que t'as passé dans les camps, et je touche une retraite aussi forte que celle d'un pilote des régions polaires. Et qui aurait un *million* d'heures de vol.

— C'est bien, ça. Mais l'argent n'est pas un remède à tout. Moi, à ta place, je me hâterais de me saouler la gueule. Ça soulage drôlement.

Le maître le regarda fixement.

— Je pensais que c'était une affaire réglée entre nous, finie ! Mais toi, tu t'amuses à m'envoyer des coups d'épingle. J'appelle ça « manquer de respect ».

— Moi, te manquer de respect, sergent ?

Le Râpé se mit à rire.

— Et qu'est-ce qu'on m'a appris pendant tant d'années ? Allons, t'en fais pas, tu vas devenir un autre homme. Tu es jeune : tu as toute la vie devant toi !

Et, à ces mots, il se permit un petit numéro qui faillit lui coûter la vie : se penchant par-dessus la table, il tapa le maître sur l'épaule. Rouslan bondit et partit comme une flèche, sans autre bruit que le crissement de ses griffes sur le plancher.

Au même instant, le maître se retourna et l'arrêta net d'un coup de poing. Le coup atteignit Rouslan à la mâchoire et lui érafla le nez. Il faillit se rouler par terre en hurlant, mais, se dominant pour dissimuler sa souffrance à l'adversaire, il émit un grondement menaçant dans sa direction : il ne le voyait presque plus tant ses yeux étaient noyés de larmes.

— Bon sang de bois, s'étonna le maître, c'est toi, mon salaud ? T'en es déjà à courir les buffets, hein ?

Sans cesser de grogner, Rouslan se frotta le nez à son genou ; il éprouva un soulagement et, quand le maître l'eut caressé, la douleur passa.

— Il est à toi, celui-là ? demanda le Râpé.

Il n'avait même pas eu le temps d'avoir peur.

— Comment, « celui-là » ? Il est susceptible. Ça, c'est vrai, il ne laisse personne me marcher sur les pieds, et moi j'en fais autant pour lui. Pas vrai, mon petit Rouslan ? Comme on lui aurait fait son affaire à çui-là, j'te dis qu'ça !

L'assistance regardait Rouslan comme s'il s'apprêtait à exécuter quelque tour. Ou peut-être le trouvait-elle encore beau, peut-être l'admirait-elle tout bonnement, comme jadis, quand il faisait la fierté de son maître. Seule la tenancière du buffet ne le trouva pas à son goût.

— Citoyen, déclara-t-elle de son coin noyé dans la pénombre et la fumée, vous ne pourriez pas l'emmener ailleurs, votre chien féroce, vous n'êtes pas dans un camp, ici. C'est un buffet, quand même. Et, dans les lieux publics, le port de la muselière est obligatoire !

— Pourquoi ça ? répondit le maître en souriant. Il n'en a jamais porté, il a pu s'en passer jusqu'ici.

Mais toi, la patronne, prends-le donc pour toi. Pourquoi tu hausses les épaules ? Il gagnera bien sa becquetance, tu sais. Il laissera pas l'inspecteur passer ta porte !

— J'ai pas de raisons d'avoir peur de l'inspecteur. Quant à vous, tenez-vous-le pour dit. Je vous aurai averti officiellement. S'il mord, vous paierez une amende. Et puis les piqûres.

— T'entends ça, mon petit Rouslan ? Tiens-le-toi pour dit. C'est que tu te promènes sans certificat.

Rouslan remua légèrement les oreilles, une petite ride de douleur apparut sur son front et il piétina un instant sur place. Les gens avaient beau attendre un numéro, ils ne remarquèrent guère les propos que tenait Rouslan avec ses moyens rudimentaires : impensable qu'on puisse débiter de telles fadaises sur son compte, il avait franchement honte pour cette bonne femme idiote par qui le maître s'était fait sonner les oreilles. Et puis il ne serait pas mauvais de filer d'ici au plus vite – enfin, dès qu'il plairait au maître.

Affalé sur sa chaise, repu, le maître éructa.

Sentant peser sur lui des regards peu amènes, il tira son étui de sa poche ; il n'était pas très assuré. En pareil cas, allumer une cigarette était chez lui un véritable rituel : il mettait longtemps à choisir sa cigarette, puis il la tapotait sur le couvercle gravé, soufflait dans son embouchure en carton qui vrombissait comme une trompette, et se l'introduisait entre les dents dans un mouvement tournant, en mordillant le carton ; puis le maître pinçait avec avidité la cigarette et, les yeux fixés sur le bout, il l'allumait, tirait une bouffée, et enfin lâchait un rond de fumée.

— Ça, c'est un problème, dit-il au Râpé en montrant Rouslan de la tête. Même contre de l'argent, personne ne veut les prendre. Et pourtant, il faut voir les as que c'est !

— Oui, c'est dommage, y a pas à dire. Autrefois on se disait : « Si elles pouvaient toutes crever, ces sales bêtes ! », et maintenant on les plaint. Il aurait mieux valu les achever tout de suite plutôt que de les laisser comme ça.

— Ah, c'est bien ça ! Tout le monde pleure sur elles, à ce que je vois, mais pour les flinguer, à un autre gus de faire le boulot !

— L'autre gus, il en a bien reçu l'ordre, non ?

— Et qu'est-ce que j'en ai à faire, de cet ordre ? Mes chefs ont déjà mis leurs galons au vestiaire et ils s'habillent en pékins. Et moi, je devrais me salir les mains ? Alors que je peux les garder propres ? Seulement, tu vois où ça mène, la pitié ? Y a pas de pire solution.

Rouslan crut comprendre que le maître s'en faisait encore à cause de la bonne femme idiote et, d'un coup de museau, il poussa la main posée sur son genou. Le maître, à contrecœur, le toucha au front. Bien qu'il ne fût pas friand de caresses, ni accoutumé à elles, il appréciait cette seule caresse-là, d'ailleurs très rare. Mais, cette fois, la main déplut à Rouslan, elle était molle, aboulique, elle tremblotait, Dieu sait pourquoi, et puis elle était imprégnée de l'odeur de cette saleté contenue dans le carafon.

— C'est rien, mon petit Rouslan, tu t'y feras, dit le maître. Ou alors, p'têt ben qu'on te rappellera pour reprendre du Service. Tu l'as pas oublié, le Service ? T'en rêves la nuit, hein ? Hou ! quel œil jaune ! Ferme tes mirettes, ça m'fait peur de les voir.

La main passa sur les yeux fermés de Rouslan et, enveloppant ses mâchoires, elle les comprima soudain dans une étreinte brutale. Avec un claquement sec, les crocs de Rouslan se refermèrent sur sa lèvre, la douleur fit jaillir un éclair sous ses paupières fermées. Mais, plus que la douleur, la vexation le meurtrit. Quelle sale habitude ils avaient, ces maîtres si intelligents, d'envoyer régulièrement leur main sur la gueule des chiens et sur la figure des gens ! Ils appelaient ça d'un nom qui n'en finissait pas : « Tu-Vas-Voir-Ta-Gueule-Je-Vais-T'apprendre-A-Discuter-Moi. » Mais ça ne traînait pas : ni le chien ni l'homme n'avaient le temps d'esquiver. Et, après, ils mettaient longtemps à s'en remettre. C'est ce que le maître avait fait un jour à un détenu qui avait eu une altercation avec lui et tardait à rentrer dans les rangs ; l'autre en était resté abasourdi, le visage blême et subitement couvert de sueur. Les bouts de verre que ce déporté aimait beaucoup – il soufflait souvent dessus et les essuyait avec son mouchoir – étaient tombés de son nez et, à présent, il ne se baissait même pas pour les ramasser, bien que le maître lui eût crié « Ramasse tes yeux ! » et les eût poussés vers lui avec la pointe de sa botte. Voilà ce qu'il éprouvait alors sur son visage, cet homme, tandis qu'il marchait dans les rangs en trébuchant comme un aveugle, puis courait en hurlant à travers champs après que le malheureux Rex l'eut laissé filer !

— Ne le serre pas comme ça, dit le Râpé. Regardez-moi ce cinglé, mais il va te mordre… et il aura drôlement raison !

— On voit que tu le connais mal, dit le maître en riant. C'est que le Service nous a soudés ensemble, lui et moi, pas vrai, mon petit Rouslan ?

La main se posa de nouveau sur le front du chien, elle le caressa, lui tira l'oreille, mais Rouslan contint son envie de rejeter cette main, de la mettre en charpie. Un désir qu'il avait déjà éprouvé malgré tout l'amour qu'il portait au maître et qui l'effrayait, le torturait après coup. Mais à présent, il lui venait une illumination : il devinait pourquoi Rex avait jadis laissé filer le détenu. Il ne pouvait rien prévoir ni pressentir, car l'homme lui-même ignorait ce qu'il ferait une seconde plus tard !

Tandis qu'il se libérait de la main haïe, Rouslan tourna péniblement la tête, en promenant son regard sombre sur les clients du buffet, puis il leva les yeux sans ciller, vers son maître. Il restait de la nourriture sur la table – le maître et le Râpé n'étaient pas pressés de la finir –, mais dès son plus jeune âge on l'avait dressé à ne jamais quémander. Aussi n'était-ce pas la nourriture qu'il regardait fixement ; il ne demandait rien, ce regard lourd où seul un imbécile ou un aveugle n'aurait pu lire ceci : « Tu n'es pas gentil en ce moment, maître. Tu fais de mauvaises plaisanteries. Pourtant nous nous trouvons au milieu d'étrangers. »

Le Râpé plissa soudain le front, saisit un morceau de pain sur la table et le posa à terre. Rouslan n'y prêta aucune attention.

— Ah, il t'a bien eu ! dit le maître, ravi, avec un sourire narquois. Il a toujours rêvé d'en manger, de ton pain, tu parles. Qu'est-ce qui resterait de l'autorité, alors ?

— D'accord pour l'autorité, donne-le-lui toi-même.

De nouveau, les clients guettaient un numéro, pas bien malin, mais infailliblement voué au succès. Nous nous attendrissons toujours lorsque nos frères inférieurs manifestent une intelligence rudimentaire en faisant violence, avec tant d'abnégation, à leur nature ; quand ils refusent la nourriture que leur offrent des étrangers, mais l'attrapent sur-le-champ des mains de leur maître et l'engloutissent si avidement qu'ils manquent de s'étouffer. Cette fois le numéro se révéla encore plus intéressant que prévu : le pain resta dans la main qui l'offrait, le chien se borna à y jeter un coup d'œil et s'écarta prudemment pour éviter de culbuter, par inadvertance, « l'autorité ».

— Ah ! fit le Râpé, triomphant. Même toi, tu n'es plus rien pour lui, maintenant, t'as compris ?

— Qu'est-ce qui te prend ? demanda le maître. (Le rose refluait peu à peu de son visage.) Tu fais la fine bouche ? T'as déjà eu le temps de te remplir la panse ailleurs ? T'as pas traîné, hein ! Allons, vas-y (il posa le bout de pain par terre), ramasse ça qu'on te dit.

— Dites donc, citoyen, ne jetez rien par terre, fit la tenancière. J'ai autre chose à faire que de ramasser les restes de vos chiens !

— Vous en faites pas. Il va le prendre. Et comment, qu'il va le prendre !

Les pommettes blêmes, mais sans se départir de son sourire narquois, le maître ramassa le bout de pain, ses yeux fouillèrent la table et s'arrêtèrent sur une fourchette. Il la trempa dans un pot de moutarde dont il étala le contenu sur la surface du morceau de pain.

— Faut pas faire ça, implora le Râpé.

On lui fit écho dans la file qui s'allongeait devant le buffet :

— Allons, sergent, fais pas l'idiot.

— Impossible, expliqua le maître, impossible qu'il exécute pas mon ordre. T'en fais pas, il le sait déjà qu'il est en faute. Il n'a pas voulu obéir du premier coup, donc il a droit à une sanction. C'est que lui, c'est un fidèle au Service. Il va te la montrer, tout de suite, sa fidélité. Il va te faire voir ce que ça veut dire… Hé, la patronne, j'ai épuisé ta réserve de moutarde.

Il rompit la tartine en deux moitiés, qu'il appliqua l'une contre l'autre en mettant la moutarde à l'intérieur.

— Mange, Rouslan, mange. Prends ça, que je te dis !

Un homme en veste de cuir, assis à la table voisine et qui tournait le dos au maître, pivota sur sa chaise et jeta à ce dernier un regard oblique qui fit luire le blanc de ses yeux.

— Tu serais pas un peu dingue, par hasard ?

— Tu vas voir un peu si je suis dingue, dit le maître. Tourne-toi comme t'étais !

Mais l'homme à la veste de cuir ne se retourna pas. Sa voisine, une femme en robe grise qui donnait la becquée à un enfant, posa la cuiller et mit sa main devant les yeux de l'enfant.

— Laisse tomber, Tolia, supplia-t-elle. Tu sais bien comment ça se termine quand on s'accroche avec ces gens-là. Il n'y a qu'à ne pas regarder.

Mais elle regardait quand même, en plissant le front et en se mordant les lèvres. Et toute l'assistance regardait avec un murmure de mécontentement.

— Hé, le gardien, fais pas souffrir ce chien !

— C'est un sadique, ils ont pris l'habitude de brimer les autres, là-bas…

— Il est bourré, ça se voit pas, non ?

— Si seulement quelqu'un pouvait le lui enlever…

— Tu peux toujours essayer. Il te mettra en charpie…

Dans la main peu assurée du maître, le morceau se balançait devant les yeux de Rouslan.

— Mais si, tu vas le prendre ! Bien sûr que tu vas le prendre !

Que savait Rouslan de cette odeur ? Ce qu'est censé savoir tout chien de garde, car c'est l'une des premières choses dont on le régale pour lui mettre du plomb dans la cervelle. Un matin, avant le repas, on conduit le jeune chien dans la cour et le maître s'éclipse un instant en lui disant : « Vas-y, promène-toi. » À ce moment précis, surgissant comme un diable de sa boîte, arrive un Inconnu en veste molletonnée et en surtout gris avec quelque chose de caché dans sa longue manche. Il vous le montre, vous le fourre juste sous le nez. Ça sent si merveilleusement bon que l'eau vous vient à la bouche. Hélas, tout n'est pas si simple ! Bizarrement, ses vêtements dégagent la même puantueur que les baraques où le chien sait – « pouah » – qu'« habitent les méchants » à propos desquels il a déjà émis un « rrr ! » catégorique. Mais le soleil lui chauffe agréablement la tête, son âme est pleine d'une langueur matinale et de la douce certitude que sa vie s'arrange pour le mieux. Et notre monde d'abondance est si pauvre que toute créature vivante y attache le plus grand prix à la nourriture, lutte pour elle et, encore aveugle, cherche les mamelles de sa mère. Cet homme aussi doit y attacher du prix puisqu'il ne la jette pas par terre, mais la tend dans sa paume en souriant, comme un présent inestimable. Et, en lui souriant des yeux et en agitant la queue en signe de remerciement, le chien prend le morceau entre ses dents. Entre ses dents, le morceau embaume davantage. La saveur odorante et épicée chatouille le palais, picote la langue, impossible de ne pas croquer, et le chien croque le morceau en remuant toujours la queue et en remerciant de ses yeux encore secs l'Inconnu. Celui-ci s'éloigne modestement. L'instant d'après, le jeune chien a l'impression d'avoir la gueule en feu, l'impression qu'on l'a bourrée d'étoupe enflammée et qu'il n'y a plus aucun moyen de s'en débarrasser à présent, de la recracher dans une toux douloureuse. L'impression qu'une flamme a tout brûlé en lui et qu'une fumée lui a mangé les yeux. Il entend le rire de l'homme qui s'éloigne en courant, et l'affront le rend furieux ; la colère l'emporte sur la douleur, il se jette à la poursuite du fuyard, mais celui-ci ne se dépêche même pas de prendre la poudre d'escampette, il tend sa manche longue et épaisse, dans laquelle se plantent les crocs du chien. Le maître, qui ne se doutait de rien, arrive enfin. Le chien peut se plaindre à lui, il comprendra tout, le consolera, l'abreuvera à satiété et lui donnera à manger un morceau exceptionnellement savoureux.

Et tout sera oublié ! Tout serait sans doute oublié si ces déportés n'inventaient pas sans cesse de mauvais tours, plus subtils les uns que les autres. Mais aucune de leurs manigances ne frappera autant que la première, celle qui a fait franchir au chien un petit pas vers la vérité : la nourriture qui ne vient pas de la main du maître est ignoble, empoisonnée, souillée, même si elle sent bon.

Et maintenant c'était de cette même main qu'il devait prendre le poison. Car il lui faudrait le prendre. Il avait vu toutes sortes d'expressions sur le visage du maître, mais jamais une expression de pitié. La plaisanterie tirait en longueur. Le maître aurait été content d'y mettre fin, mais c'était justement ce que voulaient les autres, et pour rien au monde il ne pouvait leur obéir. En d'autres lieux, Rouslan aurait refusé d'obéir ; il connaissait ses droits et savait les revendiquer : en faisant entendre un grognement faible mais menaçant, sans ouvrir la gueule, les yeux mi-clos, mué en un bloc de granit, que rien, ni les cris ni les coups, ne pouvait faire bouger. Devant des étrangers, la chose était impossible et, si bête que fût la plaisanterie, Rouslan se devait de la supporter. À contrecœur il ouvrit ses crocs et prit le morceau dans la main de son maître, en cherchant du coin de l'œil un endroit où il pourrait l'emporter et l'abandonner.

Le maître lui saisit la mâchoire des deux mains et la ferma de force. Rouslan fit un soubresaut, mais les mains le tenaient fermement et bientôt il ressentit une douleur cuisante aux gencives, là où la neige avait mis la chair à nu. Il tenta d'ouvrir les mâchoires, d'expulser le poison avec sa langue, mais il ne fit qu'aggraver les choses, le feu gagnait la langue et le palais, il pénétrait jusqu'aux oreilles, qui tintèrent. Noyé dans la pénombre et la fumée bleue du tabac, le buffet tout entier ainsi que le visage rose du maître devinrent flous et se brouillèrent de larmes âcres et abondantes. Pour abréger la torture, il entreprit d'avaler convulsivement le morceau de pain : le feu ne s'en déchaîna qu'avec plus de violence dans son ventre déjà brûlé par les nausées de la faim.

Mort de peur, privé sur-le-champ de ses forces, de sa vigueur, il ne songeait même plus à mordre ces mains quand il leur aurait échappé, il ne cherchait qu'à les fuir, à reculons, en dérapant de ses griffes sur le plancher, et il n'avait qu'une chose en tête, l'idée qui avait obsédé ses ancêtres tourmentés par une blessure ou la maladie : fuir, en rampant, se réfugier dans une tanière sombre, sous un porche, dans les broussailles de la forêt, les roseaux, les hautes herbes, et attendre que ça se passe, ou crever en tête à tête avec la douleur.

D'autres mains l'arrachèrent à son maître, le tirèrent par le collier, et aussitôt Rouslan partit au petit bonheur, vers la lumière, vers le courant d'air glacé : il l'aspira à pleins poumons en même temps que le feu qui lui brûlait la gorge et il en eut le souffle coupé, il fut pris d'un hoquet convulsif et épuisant.

— Ça va, mon petit Rouslan, faisons la paix.

La voix du maître avait une douceur inhabituelle et semblait enrobée d'ouate.

— Où tu vas ? Viens ici !

Rouslan se retourna en tremblant et enveloppa tout le buffet de son regard noyé de larmes. Les visages étaient flous, tremblotaient, se dédoublaient ; il eut peine à distinguer le maître parmi eux, ou plutôt, non, deux maîtres, qui avaient le même sourire coupable, le même visage rose, les mêmes yeux troubles. Ils commandaient tous deux, de la même voix : « Ici, Rouslan ! » Et lui, il cherchait à discerner vers lequel des deux il devait se diriger. Lequel des deux était le maître d'autrefois, le maître bien-aimé, et lequel était le traître, après qui il fallait gronder, sur qui il fallait se jeter ? Incapable de trancher, il résolut de les quitter tous les deux.

À peine sorti du buffet, il entendit les gens murmurer contre le maître et celui-ci répondre d'une voix qui confinait au cri :

— Je sais ce que je fais, mêlez-vous de vos oignons ! Il est temps qu'il perde ses habitudes. Tout le monde le plaint, mais personne n'aurait assez pitié de lui pour le tuer !

Rouslan resta un moment à réfléchir. Ils pouvaient attaquer le maître, là-bas ! Or, le maître n'avait pas sa mitraillette avec lui. Ah ! ce n'était pas pour rien que, dès le premier matin, ce fameux matin de neige, il avait pressenti que le maître n'avait plus besoin de son arme et pas davantage de lui, Rouslan. Il venait d'en avoir l'amère et humiliante confirmation : au maître, donc, de se débrouiller désormais tout seul dans l'existence. D'ailleurs, personne parmi les consommateurs ne se décida à l'attaquer.

Tête baissée, Rouslan retraversa toute la salle d'attente, descendit avec précaution les marches du perron et suivit le mur couvert de givre en s'efforçant de le raser au plus près. Passé le coin de la rue, il prit un peu de neige entre ses dents : sous l'effet du froid, les gencives lui firent mal, mais le feu commença à faiblir dans sa gueule. Il laissa retomber une boule de glace à laquelle s'étaient agglutinés des morceaux de pain et de moutarde, recracha bruyamment d'autres saletés ! Cependant, le hoquet le tourmentait toujours. Il se sentait malade et cherchait un refuge. Un sentier le conduisit à la fosse à ordures où, hébété de faim, Tonnerre avait trouvé la mort. Derrière se dressait l'édifice des cabinets, en planches jaunâtres, et c'est là qu'il se recoucha, appuyant son museau sur ses pattes, dans un recoin. La puanteur ne le dérangeait pas, il ne la sentait plus, à présent. En revanche, les WC et la fosse à ordures dégageaient de la chaleur, et Rouslan se sentit bientôt mieux, il cessa de se tourner et de se retourner. Seuls ses sourcils frémissaient légèrement quand il entendait résonner des voix, crisser des pas, siffler une locomotive.

Le maître ne l'aimait plus ; une telle découverte ébranle toujours un chien, elle l'emplit de tristesse, lui ôte le goût de vivre. Tel était le cas de Rouslan.

Pourtant, il aurait pu s'en douter plus tôt ! Il aurait pu s'en douter, et, d'ailleurs, il s'en doutait un peu. Mais voilà, il lui aurait été plus facile d'avaler tout un pot de cette moutarde que de se l'avouer ! Qu'était-ce donc, sinon l'amour, qui leur avait permis d'endurer un Service insupportable ? Qu'est-ce qui les avait aidés, maîtres et chiens, une petite poignée d'individus intrépides, à affronter le troupeau à mille têtes des déportés, que rien, ni mitrailleuses ni barbelés, n'aurait suffi à arrêter s'ils s'étaient soulevés en même temps ? Qu'est-ce qui avait poussé Rouslan à se lancer dans de captivantes chasses à l'homme, dans de dangereux corps à corps avec les fuyards ? Est-ce que sa seule récompense n'avait pas été de faire plaisir au maître ? Et était-ce vraiment pour la seule nourriture qu'il avait pardonné à Iéfréïtor les cris et les coups de botte immérités ? En outre, ces incidents s'étaient produits alors qu'on était entre soi, en famille, aucune personne étrangère n'avait eu l'occasion d'assister aux humiliations qui faisaient presque partie du Service. Mais la main qui venait de l'humilier ainsi ne pouvait appartenir qu'à un être sans amour, qui avait trahi tout ce qui les unissait, trahi le

Service, lequel ne pouvait exister sans amour. Cette main lui avait infligé un traitement que ses ennemis seuls auraient pu lui faire subir. Ainsi donc le maître était devenu un ennemi. Qu'il se débrouille tout seul, dorénavant ! Mais lui, Rouslan, qu'allait-il devenir ?

Il se souvint alors que, parfois, les chiens changeaient de maître. Le fameux Tonnerre en avait eu trois, ça n'avait pas été si terrible que ça. À deux reprises il s'était habitué à un nouveau et l'avait presque autant aimé que le premier, qui lui avait été donné au début de son existence. D'autres, également, s'y étaient faits, même s'ils n'avaient pas connu la pleine félicité. Et puis, il leur restait le Service ! Les maîtres passaient, le Service restait, et cela durerait aussi longtemps que ce monde clos par une double ceinture de barbelés, flanqué de miradors aux angles, ce monde qui baignait dans la lumière des réverbères, la musique et les bruits de voix s'échappant de haut-parleurs noirs, comme suspendus au ciel par des fils invisibles… Rouslan n'avait pas connu l'apparition de ce monde et il ne pouvait s'en représenter la fin. La seule chose qui pût prendre fin, c'était cette terrible période d'abandon, et peu importait comment. Rouslan se transportait en rêve par-delà des myriades de petits détails ternes et voyait déjà étinceler le résultat : un beau jour, la porte de son box s'ouvrirait et « À-Vos-Ord'-Mon-Cap'taine » lui amènerait un nouveau maître chaussé de bottes neuves et craquantes, tenant dans ses mains une écuelle pleine d'une pâtée odorante et d'os succulents ; il poserait ses présents à terre et dirait d'une voix encore inconnue mais divine : « Eh bien, Rouslan, faisons connaissance », et, après avoir remué la queue, Rouslan s'approcherait, il commencerait à manger pour manifester que sa confiance était totale...

Des pas hésitants, des pas fureteurs se firent entendre. Les ténèbres du crépuscule s'étant épaissies, il décida de ne pas bouger, de rester caché. Il cligna même les yeux pour se rendre tout à fait invisible. Mais le quidam avait senti sa présence ; il s'arrêta en face de lui, avança timidement dans sa direction.

— Ah, te voilà ! dit le Râpé, tout étonné. Pourquoi est-ce que tu es couché là, au milieu de cette infection ? T'as complètement perdu l'odorat ? Ou alors, tu attends la mort ? Hein, Rouslan ?

Il avança encore et s'accroupit avec précaution.

— Ah, putain de sa mère, qu'est-ce qu'il lui a fait à ce chien, l'andouille ? Ah, quels mécréants que ces gardes-chiourme. Mécréants ils sont nés, de parents mécréants, et ils iront en terre comme des mécréants, sans croix sur leurs tombes, sous de sales petites pyramides en contreplaqué minable. Allez, lève-toi, l'ami, ça sert à rien de rester couché ici. Y a belle lurette qu'il est plus là, ton chéri. Il est parti, t'entends ? parti-i-i, tu-tu-uuut, il reviendra pas. Viens plutôt avec moi.

Ces paroles coulaient vers Rouslan, s'engouffraient dans ses oreilles aux aguets et dans son cœur sur le qui-vive, et, de tout ce flot, il retira, tel un éclat de bois d'un torrent, la certitude que son maître ne reviendrait plus. Il prit la chose avec calme, indifférence même ; descendu du ciel de son rêve sur la terre gelée et puante, il découvrait, étonné, que, maintenant, l'homme qui était là, accroupi devant lui, l'intéressait infiniment plus. Le maître, pour lui, était déjà mort, alors que l'autre, avec son bonnet déchiré et son front tombant sur ses yeux, était bien vivant. Et il l'avait invité à le suivre. Pour commencer, Rouslan aurait bien voulu flairer ce bonnet à oreillettes et les manches frangées de ce manteau rapiécé.

Le Râpé, comme s'il avait deviné son désir, allongea le bras. Avec lenteur. Prêt à retirer sa main, à tout moment. Il ne savait pas qu'il n'aurait pas eu le temps de le faire. Il ne savait pas non plus qu'on ne pouvait caresser Rouslan qu'en tenant les doigts écartés : pour montrer ses bonnes intentions… Rouslan se contenta de repousser la main d'un coup de son museau osseux. Le Râpé ne s'enhardit pas à faire un deuxième essai. Mais, soudain, Rouslan lui-même tendit le cou vers lui. Il se redressa sur ses pattes antérieures et flaira longuement le genou immobile de l'homme, puis il attrapa la main qui se dérobait et la pinça avec délicatesse entre ses crocs. L'espace de quelques instants – instants de torture pour le Râpé –

il huma la tiédeur qui venait de la manche, cherchant à s'assurer qu'il ne s'était pas trompé, tout à l'heure, au buffet, quand la main lui avait tendu un morceau de pain.

Non, il ne s'était pas trompé. Ces vêtements pouvaient pourrir, le Râpé pouvait en changer mais sa peau, il ne pouvait la changer, elle garderait dans ses pores cette odeur tenace, indélébile, tant qu'elle ne serait pas décomposée : une odeur de linge rongé par la lessive, brûlé dans l'étuve d'épouillage, cent fois imbibé de la sueur de l'épuisement ; une odeur de maladies, une odeur de médicaments qui ne guérissent jamais parce qu'ils portent tous le même nom de « vaine espérance » ; une odeur de feu, un de ces feux que l'on regarde longuement, les pupilles dilatées, en entretenant l'étincelle d'un espoir subitement éclos ; et puis l'odeur de ces mêmes espérances qui se consument dans les muscles exténués ; l'odeur des lits de planches, qui, en dépit de leur dureté, dispensent un sommeil profond comme la mort : le dernier refuge des cœurs traqués ; l'odeur de la peur, du chagrin, et puis des espérances qui reviennent, et puis des sanglots sourds qu'on étouffe dans sa paillasse pour les transformer en quintes de toux.

Quand il eut humé tout ce bouquet, Rouslan se releva et laissa le Râpé l'imiter ; ils se mirent en marche côte à côte, consolés de s'être l'un l'autre trouvés, dans la direction voulue par l'homme. Et, sans doute, le Râpé s'étonnait de l'aisance avec laquelle il venait de s'approprier ce chien magnifique, puissant et enclin à la fidélité, qu'il n'avait pas même besoin de dresser, qui serait son compagnon et son défenseur.

Cette nouvelle rencontre revêtait pour Rouslan une autre signification. Un événement, non prévu par le règlement, mais qui n'était pas contraire à ses dispositions générales, s'était produit : un habitant des baraques avait lui-même demandé à être gardé. Une fois en liberté, il avait voulu revenir sous le toit qu'il aimait et cela n'avait rien d'étonnant : on avait bien vu revenir de leur propre gré certains évadés. Ayant erré tout un été dans la forêt à moitié morts de faim, ils tenaient à peine debout. Ceux-là, d'habitude, les maîtres ne les battaient pas, ils ne lâchaient pas les chiens sur eux, ils se contentaient de les fixer d'un regard froid, serein, narquois, jusqu'à ce qu'ils tombent à leurs pieds, sans connaissance.

Le Râpé voulait regagner le bercail. Rouslan se sentait obligé de le garder jusqu'au retour des maîtres. Quand ceux-ci auraient remplacé les poteaux abattus, tendu de nouveaux barbelés, que les canons noirs à ailettes des mitrailleuses se dresseraient au sommet des miradors et que, sur toute la largeur de la grande porte, s'illuminerait, à la lueur des projecteurs, la banderole rouge aux inscriptions blanches, le Râpé irait là où Rouslan voudrait.

3

Dès la première heure de ce nouveau Service, il apparut que son prisonnier avait eu le temps de trouver un maître. À peine entré dans la cour de sa maison, le Râpé dut demander à celui-ci (ou plutôt à celle-ci, vu que ce maître portait une jupe et un fichu duveteux) l'autorisation d'adopter Rouslan :

— Hé, la patronne ! Mère Stioura[1], t'es vivante ? Regarde le gardien que je t'ai amené. Tu vas pas nous chasser ?

La mère Stioura avait de la corpulence. Bouchant l'ouverture de la porte, elle examina Rouslan du haut du perron et exprima son mécontentement.

— On se demande lequel des deux a amené l'autre ! Et avec quoi est-ce qu'on va le nourrir, ce taureau ?

— Avec rien, voilà justement ce qu'il y a d'intéressant. Il vit comme ça, sans avoir besoin qu'on le

1. Stioura : diminutif d'Anastasie. *(N.d.T.)*

nourrisse. C'est un drôle de numéro, pas facile de lui faire avaler quelque chose.

Cette dernière remarque rassura pleinement la mère Stioura.

— Eh bien, qu'il reste. Pourvu seulement qu'il ne dévore pas mon Trésor.

Rouslan n'attendit pas qu'on l'invite à entrer.

Poussant légèrement la maîtresse de maison, il pénétra dans l'appartement et en ressortit peu après. La mère Stioura ne possédait que la moitié de la maison ; il s'assura que ses deux chambrettes et sa petite cuisine donnaient bien sur la cour, en face du porche, et que son prisonnier ne pouvait filer à l'anglaise. Un détail, il est vrai, étonna Rouslan : le fait que, de toute évidence, le Maître Suprême, « À-Vos-Ord'-Mon-Cap'taine », avait récemment séjourné dans un pareil lieu. Mais, en même temps, cette odeur familière le rassura ; de plus, il se sentit comme dégagé de sa responsabilité, vu que l'autorité supérieure avait remarqué cette maison et l'avait visitée en personne.

Se souciant néanmoins du nouveau locataire, la mère Stioura lui offrit une pleine écuelle de soupe chaude avec des os. Au bord de l'évanouissement, Rouslan connut alors quelques instants de torture, instants qui empoisonnèrent la petite fête destinée à marquer le début de son nouveau Service. À la grande satisfaction du Râpé – il triomphait –, la mère Stioura dut enlever l'écuelle sans que Rouslan l'eût touchée ; sa colère déborda et elle promit à Rouslan de l'envoyer dès le lendemain chez l'équarrisseur.

— Tu vas voir tout ce savon qu'on va faire de toi, là-bas, ajouta-t-elle.

Rouslan s'endormit sur le perron, exaspéré, atrocement affamé, nourri d'un espoir vacillant. À plusieurs reprises, il fut réveillé par un caquètement endormi provenant de la basse-cour. Il alla plusieurs fois constater que la porte en était bien fermée. Pas moyen de pousser le verrou avec la patte. Et, chaque fois, résonnait le grondement fluet de l'invisible Trésor. Ce dernier ne s'était toujours pas risqué à sortir pour faire connaissance.

À l'aube, Rouslan se sentit très mal ; sa chasse aux mulots lui apparut sous un jour fantastique : il vit d'abord surgir de dessous la neige des quantités de souris aussi grosses que des chats, puis elles se mirent en colonne par cinq. Piaulant en chœur, elles se dirigèrent vers sa gueule pour s'y engouffrer. Il poussa un rugissement et s'éveilla tout à fait.

Dans la maison, le Râpé dormait toujours à poings fermés et Rouslan décida, tout compte fait, d'aller faire une promenade en forêt. De retour, il inspecta tout le pâté de maisons, pour s'assurer que le Râpé n'avait emprunté aucun passage secret ni escaladé aucune palissade. Mais le Râpé n'était pas encore sorti sur le perron, et le ciel rosissait déjà, le monde extérieur se parait de toutes ses couleurs. Rouslan se souvint que, la veille au soir, son prisonnier, en compagnie de la mère Stioura, avait lampé une telle quantité de cette saleté transparente qu'il était tombé comme mort. Il parlait trop fort, gesticulait sans rime ni raison, essayait de pousser une goualante, bref, il ne comprenait plus rien à rien, tout à fait comme un chien. Chez les chiens, il est vrai, ce triste état venait seul, avec l'âge – alors que les hommes s'appliquaient à le susciter. Constatation que Rouslan trouva intéressante et réconfortante : il avait beau mépriser ce liquide abject, c'était grâce à lui qu'il avait pu aller à la chasse aujourd'hui. Et il eut encore le temps de faire un bon petit somme avant que son prisonnier ne daigne enfin sortir – la mine barbouillée, mécontent de lui, répandant une puanteur encore plus infecte que la veille. La lumière du jour ne lui plut pas, il regarda le ciel et fit la grimace, puis il cracha et se dirigea d'un pas incertain vers l'appentis.

Aussitôt, comme un diable surgissant de sa boîte, Trésor fit son apparition. Il s'étira, bâilla voluptueusement et, faisant mine de n'apercevoir Rouslan qu'à cet instant, il lui fit un petit « bonjour » en remuant son moignon de queue. Comme chien, il était franchement minable, il ne méritait vraiment pas les deux « r » ronflants de son nom : cagneux, bas sur pattes, le ventre gonflé, les oreilles pendantes et, par-dessus le marché, tout bariolé de taches noires, blanches et rousses. Rouslan l'honora tout juste d'un regard. Par cette apparition aussi tardive, alors que le nouvel habitant avait déjà inspecté la cour, Trésor lui avait cédé ses droits sur son territoire ; il avait, pour ainsi dire, reconnu son infériorité. Mais Rouslan ne revendiquait rien du tout ; son attitude montrait qu'il s'intéressait seulement à l'homme qui avait disparu dans l'appentis, et Trésor le comprit fort bien. Louchant vers la porte de l'appentis, il fit une grimace d'un dosage très complexe : à la fois compatissante pour Rouslan et pleine de mépris pour le Râpé, elle dévoilait aussi les qualités méconnues de son auteur et contenait cette sempiternelle question résignée : « Hélas, voisin, qu'avons-nous fait pour mériter pareil sort ? » Une telle indépendance de pensée aurait valu une bonne correction à Trésor si le Râpé avait été le maître et non le prisonnier de Rouslan, qui se détourna, peu désireux de prolonger l'entrevue.

Dans son appentis, le Râpé resta longtemps à renifler, à pousser des soupirs et même des rugissements. Visiblement, il ne savait pas à quel travail s'atteler, par quoi commencer la journée. Apparaissant enfin dans l'encadrement de la porte, il proféra ses premières paroles articulées :

— Putain de sort, où c'est que je l'ai mise, cette moufle en tissu imperméable ? Y en a une ici, mais l'autre, je l'ai paumée quelque part. Tu l'aurais pas vue, par hasard, Rouslan ?

Rouslan se borna à lui jeter un regard plein d'un étonnement froid. On lui proposait de retrouver quelque chose. Il savait ce que c'était et où ça se trouvait, mais aucun ordre, aucune prière émanant d'un déporté ne pouvaient être exécutés. Et cette règle, Rouslan la rappela à son prisonnier dans son langage particulier : il se releva, mais seulement pour se recoucher ailleurs.

Trésor, qui avait observé la scène avec le plus vif intérêt, se précipita sous le perron et en retira la moufle recherchée. Toutefois, il ne l'apporta pas au Râpé, il la déposa non loin de Rouslan pour que celui-ci ait la possibilité de se rendre utile. Rouslan ne tourna pas la tête. Et c'est en fin de compte le Râpé qui dut s'approcher de la moufle et se courber, en ahanant, pour la ramasser.

— D'accord, dit-il, on est pas fiers, nous. Mais y en a qui comprennent pas grand-chose ici. Hé, chien policier, va ! Tout ce que tu sais faire c'est de gueuler « ouah-ouah, en rangs, rompez les rangs ». Trésor, lui, il a plus de jugeote.

Cette fois, c'en était vraiment trop. Rouslan quitta la cour, franchit d'un bond le porche et s'étendit dans la rue. Franchement, il avait une piètre opinion de son prisonnier. En lui reprochant de manquer de jugeote, le Râpé comprenait-il seulement pourquoi lui, Rouslan, chien de garde, ne lui avait pas obéi ? Et pourquoi Trésor s'était précipité ? C'était précisément Trésor qui l'avait jetée sous le perron, cette moufle. Donc à lui d'y aller ! Non ?

La taille serrée par un ceinturon de soldat, une boîte à outils à la main, le Râpé sortit dans la rue.

— En avant, chien policier.

C'était le seul ordre que Rouslan fût disposé à exécuter, un ordre dont le Râpé aurait pu faire l'économie.

C'est ainsi qu'ils entreprirent l'étrange expédition à laquelle le prisonnier consacrait ses matinées, si l'on pouvait appeler cela des matinées. Ils se rendaient à la gare ; là, ils obliquaient et, suivant une voie de garage, ils atteignaient un cimetière de wagons, leur « zone de travail ». (De la même façon, le pâté de maisons où habitait la mère Stioura était devenu « zone d'habitation », et sa cour, « le camp ».) Ils montaient alors dans l'une des voitures. Ayant pris son élan, Rouslan sautait d'un bond sur la plate-forme. Le Râpé, de son côté, escaladait le marchepied avec lenteur. Puis, sans se presser, tous deux passaient de compartiment en compartiment. Les vitres des fenêtres étaient brisées ou avaient été volées, ce qui laissait le champ libre aux courants d'air. Des plaques de neige recouvraient le plancher et les couchettes inférieures. Ça sentait le moisi, la vermoulure, la chiure humaine, la rouille. Ça sentait toutes les voies, toutes les gares où les wagons étaient passés. L'ancien détenu relevait et rabaissait les planches grinçantes des couchettes, il les frottait avec sa manche, les mesurait en empans du plat de la main, puis il poussait un soupir :

— Alors, on se l'adjuge, cette petite planche ? Elle a pas l'air bien large, mais le bois a un joli dessin. Elle a du chic, pas vrai ?

Rouslan n'y voyant pas d'inconvénient, le Râpé « s'adjugeait » la planche en question. Ses mains tremblaient. Son tournevis tâtonnait longuement dans les rainures. Les forces, comme le zèle, lui manquaient pour retirer d'un seul coup les vis rouillées ; il faisait de longues pauses en cours d'opération, réfléchissait à la façon dont il pourrait disposer ses tenailles pour soulever la planche sans l'abîmer. Et, même lorsqu'il était parvenu à l'enlever sans faire de dégâts, elle ne conservait pas toujours son intérêt pour lui : l'ayant caressée de la main, examinée en détail, flairée même, il pouvait aussi bien la jeter par la fenêtre, pousser un nouveau soupir, faire une nouvelle pause, avant de passer à une autre. Et il n'arrêtait pas de parler.

— Tu sais, mon petit Rouslan, pourquoi y a pas moyen de dégoter une bonne planche en Russie ? Eh ben, moi, je vais te le dire : parce qu'on vit en pleine forêt. Du bois, y en a en pagaille partout, c'est pour ça qu'on n'en trouve pas. Si y en avait un peu moins, on l'économiserait, on le vendrait pas aux autres et y en aurait assez pour nous. Mais halte-là ! En voilà des paroles irresponsables ! Toi, mon petit Rouslan, veille à ne pas laisser ma langue aller trop loin.

Parfois, une idée espiègle germait dans son esprit embrumé, ses yeux délavés s'animaient, se plissaient malicieusement, il contemplait les sombres yeux jaunes de Rouslan.

— Hé, dis, mon gars, si on allait sur notre coupe, dans les bois. On connaît le chemin, et puis là-bas on ramassera bien une planche de bonne qualité. C'est qu'y en a une sacrée tapée, là-bas, de nos planches.

Et il répondait lui-même à sa question :

— Ça non, vaut mieux pas y aller. J'aurais peur de toi, là-bas. C'est ici qu'on est amis, comme les deux doigts de la main, mais, là-bas, tu t'souviendras du passé, tu me laisserais pas tellement le temps d'en fumer une, hein ? Remarque, t'aurais pas tort, qu'est-ce qui me prend de papoter comme ça avec toi ? C'est déjà l'heure de sonner la fin du boulot, et on a encore rien foutu de sérieux !

Il n'y avait personne pour sonner la fin du travail, mais, grâce à un flair spécial, le Râpé devinait – et, dès le deuxième jour, Rouslan devinait aussi – à quelle heure il leur fallait rentrer. Le Râpé totalisait alors trois ou quatre planches, dont il disait : « En bon géorgien, c'est pas de l'extra-chvili mais ça-va-chvili », quoique, de l'avis de Rouslan, elles ne fussent pas différentes de celles qu'il avait rejetées, sauf peut-être qu'elles sentaient moins le moisi. Le Râpé les attachait avec une ficelle et les emportait sous son bras. À ce moment-là, l'effet de l'abject liquide transparent s'était atténué. Son haleine n'empestait plus autant et c'est d'un pas vif qu'il marchait sur les traverses – le pas des déportés quand ils rentrent du travail. Un détail dans son comportement mécontentait son gardien : sa stupide façon de chanter. Il reprenait sans cesse la même rengaine, d'une voix de mendiant atrocement gémissante et qui donnait à Rouslan l'envie de gémir à son tour :

Pour sûr, vous, les copains, vous avez la bell'vie,
Vot'femme à vous, pour sûr, elle a deux jambes,
Tandis qu'ma femme à moi, elle en a qu'une en viande,
Quant à l'aut', mes p'tits gars, elle est en bois !...

Une fois dans les rues, Dieu merci, c'en était fini de ces hurlements. Devant des étrangers, Rouslan serait mort de honte.

Le Râpé déposait les planchettes dans son appentis ; là, en ronronnant, il les sciait, les rabotait, les sortait les unes après les autres à la lumière. Enfin, il les emportait à l'intérieur de la maison. Elles étaient devenues fines, plus claires, et répandaient une odeur agréable. Rouslan le suivait. En vertu des droits inhérents à ses fonctions de gardien ! Il s'étendait près de la porte, silencieux au point qu'on oubliait sa présence. Aux yeux de Rouslan, la chose en construction dans la chambre de la mère Stioura – et qui occupait presque toute la largeur de l'un des murs – ressemblait tout bonnement à une énorme caisse. Le Râpé, quant à lui, appelait ça « armoire-buffet à trois battants ». Assis sur un tabouret, il appliquait les nouvelles planches contre celles qui étaient déjà en place, les retournait en tous sens, demandait à la mère Stioura si ça lui plaisait. La mère Stioura, occupée à mettre la nappe, répondait, après un bref coup d'œil ou sans même lever les yeux :

— Mais oui, ça me plaît bien, pourquoi tu me demandes ça ?

— Tu trouves tout « bien », toi ! répondait le Râpé, indigné. Tout ce que tu veux, c'est un machin où tu puisses caser ton saint-frusquin. Et tu ne vois pas que la planche, là, elle est à l'envers. C'est sérieux, ça ?

— Comment ça, « à l'envers » ?

— Mais tu ne vois pas, d'après le fil du bois, que le collet se trouve en l'air ? Est-ce qu'un arbre peut pousser le pied en l'air ?

La mère Stioura regardait attentivement en fronçant ses sourcils blanchâtres, comme si elle était d'accord, néanmoins elle objectait :

— C'est vrai pour l'arbre. Mais, pour une planche, quelle différence ça fait d'être dans un sens ou dans l'autre ?

Réponse qui soulevait une nouvelle vague d'indignation chez le Râpé.

— Pour toi, y a pas de différence, ça, je sais, mais pour elle, si. Elle se rappelle bien, dans quel sens elle a grandi ; alors, comme ça, elle pourrait sécher de chagrin, et le panneau serait tout de guingois.

— Eh ben ça alors !

Triomphant, le Râpé remettait la planche dans le bon sens et démontrait à la mère Stioura que, maintenant, « c'était plus du tout le même tabac ». Il userait encore beaucoup de salive avant que la planche fût taillée, mise en place, puis enduite de colle et pressée avec un châssis de menuisier.

— Attends un peu, Stioura, quand j'aurai passé la laque, tu me diras si je suis un ébéniste ou de la crotte de bique. Et remarque bien que je suis contre les tampons d'ouate : je travaille uniquement avec la paume. La laque, c'est avec la peau qu'il faut l'enduire, et alors, ça tient pour l'éternité ! Tu parles ! C'est que moi, avant guerre, j'étais le seul de tout l'arrondissement de Pervomaïski à pouvoir faire une armoire de style « servage russe ». Ou encore un bureau à casier secret. Tu vois, dès que j'aurai fini ça, je t'en ferai un, à toi aussi, t'en auras un, de bureau à casier secret. C'est que j'étais célèbre, Stioura ! Deux fabriques de meubles se sont bagarrées pour m'embaucher, histoire de transmettre mon expérience aux jeunes. J'y ai regardé de plus près : peau de balle, ils me laissaient plus rien faire de mes mains, là-bas ! Tu sais comment ils font ? Ils économisent le bois massif et ils débitent tant qu'ils peuvent de la latte minable à la scie circulaire, et puis vas-y que je te colle ça, ils agglomèrent même les copeaux. Et moi, je devais seulement dessiner les plans et choisir les bois de placage. Eh ben, j'y suis pas allé. C'est pas mon genre de boulot. Mon boulot à moi, si tu veux le savoir, on l'a présenté à l'exposition de l'artisanat national, on a failli l'envoyer à une exposition internationale, mais on a changé d'avis, pour des raisons politiques... Eh ben, cette armoire, tu sais où on l'a mise ? Au soviet de l'arrondissement, juste sous le portrait du père des peuples. Tu parles d'un honneur !

Il mettait encore plus de temps à adapter la seconde planche. Il la tournait dans tous les sens, la mettait de côté, s'arrêtait, tirant de longues bouffées ; et, pendant que sa pomme d'Adam battait la chamade sur son cou mal rasé, il regardait fixement le bout de sa cigarette, qui crépitait. Et son visage s'illuminait tout à coup dans un sourire.

— Je regrette une chose : de ne pas lui avoir fait moi-même son cercueil, au vampire bien-aimé.

— Ça oui, soupirait la mère Stioura en coupant le pain, tu te serais drôlement appliqué.

— Hou-ou, mugissait-il, tout excité, tu te rends compte : si on m'avait confié ça, comme mission d'État ? Avec trois colons ou même trois généraux pour assurer mon approvisionnement ? « Bon, alors, que je leur dis, qu'on me délivre pour demain de l'acajou en quantité illimitée. Et tant de cèdre du Honduras. Mm-oui… Ne pas oublier le teck, huit planches, et autant de palissandre. » Et puis, sur la face interne du couvercle, j'aurais mis du santal, ou du cornouiller. Non, plutôt du santal, ça sent, cette saloperie, ça garde son odeur à perpétuité. Ça saoule… même sans bouteille. Dors seulement, bien-aimé, ne te réveille pas. Dormir, c'est ce que tu peux faire de mieux. Et puis c'est comme ça que le peuple te préfère !

Il scrutait un point invisible dans des lointains inconnus, comme s'il distinguait on ne sait quoi à travers les murs ; son sourire se muait en un masque qui semblait irrémédiablement collé à son visage rendu blême par la colère.

— Faut dire que toi, père bien-aimé, à toi tout seul, t'en as fait plus qu'il n'en faudrait pour faire rêver deux Hitler. Tu vas avoir droit à de ces flammes dans l'autre monde ! T'as bien monté ton coup, le père, t'as filé en virtuose…

Il y avait du chagrin dans la voix de l'homme, et ce chagrin, Rouslan le partageait à sa façon. Car, lui aussi, il avait la nostalgie de sa vie antérieure, il espérait y revenir. Mais il avait assez de patience pour attendre et ne pas geindre aussi pitoyablement ! La mère Stioura non plus n'aimait pas les jérémiades du Râpé.

— Voilà où ça te mène, ces rêveries stupides ! On peut quand même pas toujours parler de ça ! Ça rime à rien, ce qui est passé est passé. Il faut essayer de continuer à vivre tant bien que mal !

— Eh bien, tu vas voir, quand j'aurai monté l'armoire, j'aurai tout oublié, j'aurai coupé les ponts.

— Essaie donc plutôt de monter ta vie ! Comme si j'avais besoin de ton armoire ! Tu peux même plus marcher droit. Tu le fais donc exprès de te détruire ? T'as passé tant d'années sans boire une goutte d'alcool et puis voilà que tu pompes à tire-larigot.

— Faut dire que j'avais un sacré déficit à combler, Stioura.

— Tu ferais mieux de t'en aller d'ici, de plus penser à ce déficit. Tu crois que je m'accroche à toi ? Je te trouverai de l'argent, vas-y donc dans ton arrondissement d'Oktiabrski. Peut-être bien que là-bas tu te reprendras plus vite.

— Pas Oktiabrski, mère Stioura, Pervomaïski[1]. Mais comment veux-tu que j'abandonne mon travail ?

— Bon, d'accord, puisque t'as commencé, termine.

— C'est pas la question d'avoir commencé. Moi, il faut que je fasse quelque chose, n'importe quoi, mais jusqu'au bout. Juste pour sentir que j'ai pas perdu la

1. Jeu de mots : Oktiabrski : octobre, Pervomaïski : premier mai, fête du travail. *(N.d.T.)*

main. Et toi qui me dis de partir, maintenant. Mais qui m'attend là-bas ?

— Tu m'as bien dit que t'avais une femme, des enfants ?...

— C'est ça, et puis aussi des neveux, une belle famille. Mais calcule un peu combien d'années ont passé. C'est que moi, j'ai été appelé pour la guerre de Finlande, quand tout était fini, d'ailleurs. Ils auraient bien pu me démobiliser ; mais non, ils m'ont laissé au jus. Et puis après ç'a été la guerre, la Seconde Guerre mondiale, et puis la captivité, et puis, à cause d'elle, une autre captivité. Tu vois tout le temps que j'ai été absent ! Et eux, ils ont subi l'occupation et Dieu sait qui en a réchappé. Qu'est-ce qu'ils en ont à faire, de moi, avec mon amnistie ? Ils ont pas le temps de chercher à savoir pourquoi on m'a arrêté. C'est toujours pour la même raison que les gens se font arrêter. Pour leur bêtise. Si t'avais été intelligent, t'aurais bien trouvé le moyen d'y couper. Maintenant, si t'es un imbécile, reste à bonne distance et n'embête pas les autres. Pourquoi est-ce qu'on devrait les inquiéter à cause de moi ? Mais il y a aussi autre chose. Jusqu'à présent, ils m'ont fait leurs adieux. Je me rappelle avoir rencontré un voisin, dans un camp de transit, on habitait autrefois la même rue : « Seigneur Dieu, qu'il me dit, tu es vivant ! Et moi qui te croyais dans l'autre monde depuis des années. » Tous autant que nous sommes, on nous a brûlé des cierges dans les maisons et les églises, alors comment veux-tu qu'on revienne à présent ? Qui sera content de nous voir, nous, les pas-crevés ? C'est qu'ils ont fait un péché en mettant un cierge pour un vivant !

— Eh ben, tu peux aller dans un autre arrondissement.

La mère Stioura serrait son châle autour de ses épaules.

— T'es pas obligé de retourner dans le Pervomaïski.

— Mais dans quel autre arrondissement tu voudrais que j'aille, Stioura ? Où j'habite, maintenant ? J'habite bien dans un autre arrondissement !

Hochant la tête, elle se dirigeait vers sa cuisine minuscule et il l'accompagnait d'un regard enflammé en pivotant sur son tabouret. Là, elle remuait la vaisselle à grand bruit, descendait avec fracas au cellier et en revenait avec une assiette de tomates et de champignons, séparés par des feuilles de groseillier. Et elle plaçait au milieu de la table une bouteille couverte de buée. Le Râpé frissonnait et regardait ailleurs – ses yeux avaient pris un éclat huileux –, mais la bouteille constituait maintenant le pôle d'attraction, l'objet le plus précieux de la pièce.

Rouslan le savait, cette abjection était désignée par l'expression affectueuse de « petite vodka », mais aussi par « cette-maudite-peste-qui-c'est-qui-a-inventé-ça » et il n'arrivait pas à comprendre si le Râpé aimait à en boire. Le soir, il aspirait à elle de toute son âme ; mais, le matin, il souffrait le martyre et la détestait. Ce n'était pas la première fois que Rouslan remarquait que ces bipèdes-là faisaient ce qu'ils n'aimaient pas sans y être forcés à coups de bâton, ce qui est inconcevable chez un animal. Ce n'était pas pour rien que, dans sa hiérarchie personnelle, les chiens venaient juste après les maîtres, qui savaient toujours distinguer le bien du mal, et, après seulement, les déportés. Ils avaient beau être des bipèdes, ils n'étaient pas tout à fait des hommes. Ainsi, aucun d'entre eux n'osait donner des ordres aux chiens qui, au contraire, dirigeaient partiellement leurs activités. D'ailleurs, quel ordre sensé auraient pu donner ces êtres dépourvus d'intelligence ? Ils croyaient que, quelque part au-delà des forêts, loin du camp, régnait une vie meilleure. Une bêtise que pas un chien des camps ne pouvait imaginer ! Et, pour se convaincre de leur stupidité, ils erraient des mois entiers, Dieu sait où, mouraient de faim – au lieu de manger leur plat préféré, la lavasse du camp (ils l'aimaient tant qu'ils auraient été capables de s'entr'égorger pour une écuelle de ce brouet) – et, à peine revenus au bercail, l'air coupable, ils méditaient de nouvelles évasions. Pauvres types au cerveau obscurci ! Nulle part, nulle part ils ne se sentaient bien.

Ici, par exemple, le Râpé avait-il trouvé sa vie meilleure ? Ce qui le retenait aux côtés de la mère Stioura, Rouslan le savait : le même genre d'affaire que ses expériences de jadis avec ses « fiancées ». Sans doute, il y avait pire dans l'existence, mais ces deux-là n'étaient pas heureux ensemble. Sinon, pourquoi auraient-ils été tristes, alors qu'ils vivaient sous le même toit ? Pourquoi se seraient-ils disputés au point d'en arriver parfois aux cris ? Même sous ce toit le Râpé restait un authentique déporté – il ne faisait pas ce qu'il avait envie de faire. Idem pour sa « fiancée ». Et Rouslan savait pertinemment que, lorsque viendrait le moment de les séparer et d'emmener le Râpé dans le seul endroit où il pût trouver le repos, il n'éprouverait, lui, Rouslan, ni pitié ni scrupules.

La mère Stioura se mettait à table et invitait « ses deux pensionnaires ». L'un refusait, sans jeter un regard sur l'écuelle qu'elle avait posée devant lui ; et l'autre déclarait vouloir travailler encore un peu, mais il se contentait d'assembler une fois de plus les planches qui restaient, puis de les mettre de côté et de rester assis, à fumer, en repoussant volontairement l'instant bienheureux du rendez-vous avec la bouteille. Déjà une transformation bizarre s'était opérée en lui. Son visage rayonnait d'une bonté aussi indolente qu'immotivée, son âme était pleine d'un empressement nerveux, à remuer et à parler sans arrêt.

— C'est bien ça, ma chère Stioura, ça fait donc depuis la guerre de Finlande… Mm-oui. Au fait, c'est vrai que c'était pas une guerre mais une « campagne ». Tout juste : « la campagne contre les Finnois blancs ».

Ah, putain de sort, il était génial, le vampire ! Cette idée de leur avoir donné ce nom de guerre : « Finnois blancs ». Si c'étaient eux les envahisseurs ou non, ça c'était difficile à déterminer, mais une fois qu'on avait dit « Finnois blancs », tout était clair : ça voulait dire que c'étaient des « Blancs », et les « Blancs », on les avait pas encore oubliés ; alors, on avait pas de mal à prendre son fusil, on savait contre qui on allait se battre. Alors qu'en réalité, c'étaient des Finnois, des Finlandais, ni plus ni moins. Mm-oui, et puis on les a battus… Enfin, battus, entendons-nous. On était bien contents qu'ils nous proposent la paix. Mais eux, quand même, ils sont pas bêtes, ils comprenaient que, nous autres, on aurait donné notre vie pour la bonne cause et pour le père bien-aimé de tous les peuples, alors à quoi bon ? Mieux valait préserver des vies humaines en faisant la paix ; quant au territoire, ils en manqueraient de toute façon, personne n'en a jamais assez. Pendant la Seconde Guerre mondiale aussi ils ont fait preuve d'intelligence : ils ont récupéré ce qui leur appartenait jusqu'à leur ancienne frontière, mais ils ne sont pas allés plus loin, malgré les ordres réitérés d'Hitler. Y a quand même des peuples intelligents ! On ferait bien de prendre des leçons d'intelligence chez ces « Finnois blancs », je veux dire, ces Finnois, ces Finlandais.

— Tu vois un peu où tu en arrives ? disait sévèrement la mère Stioura. C'est pas la prison qu'il te faut, mais te rogner la langue, et tu pourrais toujours déblatérer, après ça ?

— Mais, Stioura, j'ai fait du camp pour le bla-bla-bla. Je suis un espion, j'ai levé les mains devant l'ennemi détesté. Alors, c'est les mains qu'il faut me couper, ma langue n'a rien à voir là-dedans ?

— Comment peux-tu juger les peuples en bloc, dire lequel est intelligent et lequel ne l'est pas.

— Comme ça, tout simplement, ma chère.

Et sa voix bouillonnait de colère et de haine.

— Un homme qui veut que tout le monde vive comme lui n'est pas un homme intelligent. Et un peuple qui fait la même chose n'est pas un peuple intelligent. Et il aura beau chanter que la vie est belle du matin au soir, il ne connaîtra jamais le bonheur.

La mère Stioura se mordait la lèvre et, du coin de l'œil, elle jetait un regard craintif à Rouslan qui détournait ses yeux luisants ou les fermait en feignant de dormir.

— Y a pas de bonheur pour les méchants, disait-elle. Alors, pourquoi pour nous non plus, est-ce qu'y en a pas ? Qu'est-ce qu'on est, à ton avis, des méchants ?

— Ça, de la méchanceté, on en a aussi une bonne dose, Stioura, c'est pas pour rien qu'on nous considère comme un peuple *rude*. Mais ça, encore, ça serait qu'un moindre mal. Y a d'autres peuples rudes, et ils vivent bien. Regarde-toi, par exemple, t'es bonne, à ce qu'on dirait, mais imagine qu'une quelconque greluche relève sa jupe plus haut que ce que tu crois possible ou exhibe sa poitrine en batterie. Tu laisserais pas passer ça ? Si ça ne tenait qu'à toi, tu lui ferais passer le goût du pain.

— Seigneur Dieu ! Qu'elle se promène donc toute nue si ça lui chante ! Seulement moi, je suis pas obligée de regarder.

— Mais justement, si ça lui plaît comme ça ?

— On s'en moque, que ça lui plaise. Il faut encore que ça plaise aux autres. Les gens sont pas idiots, quand même, ils ont réfléchi à ce qui était convenable.

— Ça y est !

Il levait l'index d'un air triomphant.

— Vous, les bonnes femmes, on pourrait étudier toute la politique sur vous. Ah là là, Stioura, ça m'a servi à quelque chose de passer par tout ça. Les gens que j'ai vus, tu ne me croirais pas ! Des gens si intelligents, si cultivés, qui en avaient vu des choses ! Je serais resté un péquenaud minable si je les avais pas rencontrés. Tiens, je m'rappelle, pendant deux ans, avec un camarade allemand, on couchait dans des lits superposés. Lui, il était en bas, et moi, en haut.

— Bon, je sais ce que c'est, des lits superposés.

— Il avait vu beaucoup de pays, et il me racontait ce qu'il avait vu. Bien sûr, il était communiste à tous crins, mais, que veux-tu, on peut pas refaire toute une nation ; eh bien, ce qui m'a frappé, c'est qu'il avait observé que, dans chaque pays, les gens vivaient différemment, à leur manière, qu'ils avaient telles coutumes, telle façon de décorer leurs maisons, de chanter, de fêter les mariages… Mais tu peux y aller, quand un gosse de chez nous se met à raconter où il a été et ce qu'il a vu, l'essentiel de son baratin, c'est qu'à tel endroit on a organisé un komsomol, qu'ailleurs on est à deux doigts de la révolution, mais qu'à un autre endroit ça va pas fort, l'enseignement du marxisme n'en est qu'à l'état embryonnaire, y a que des luttes syndicales. Et ce qui lui plaît, c'est pas tant la révolution et le komsomol que le fait que tout soit comme chez nous, disons, par exemple, comme dans notre bonne ville de Saratov. Et si tu lui demandes : « Qu'y a-t-il d'intéressant à part ça ? », il n'en revient pas et te rabroue méchamment : « Excusez-moi, si vous ne trouvez pas *cela* intéressant, alors qu'est-ce que vous trouvez intéressant ? » Tu vois un peu le tableau !

Appuyant sa joue sur son poing, plissant son gros visage rouge, elle écoutait. Et puis, tout à coup, elle se ressaisissait :

— Alors, tu vas t'asseoir, à la fin ? Ou tu vas continuer à papoter longtemps comme ça ?

Il s'approchait de la table et tendait vivement la main vers la bouteille. Réfrénant sa hâte, il servait la mère Stioura jusqu'à la limite qu'elle indiquait avec la paume de sa main et se versait à lui-même un verre presque entier.

— T'en verses beaucoup, pour le premier coup.

— Ça dépend pourquoi on boit. La première lampée, c'est pour la Grande Sonnerie. Moi, j'ai vu venir ma petite sonnerie à moi, mais la Grande, on l'attend toujours. La Grande Sonnerie, c'est quand toutes les portes s'ouvriront et qu'on dira à tout le monde : « Sortez, bonnes gens ! Vous pouvez y aller sans escorte. » À tes amours, Stioura.

Frissonnant fortement, il avalait d'un trait le contenu de son verre, puis soufflait vers le plafond en clignant ses yeux noyés de larmes, comme s'il venait de recevoir un coup sur le sommet du crâne. Quand il avait repris son souffle, il attrapait sa fourchette pour piquer dans l'assiette, mais il l'abandonnait aussitôt pour remplir précipitamment les verres de vodka. La mère Stioura couvrait son verre de sa main, alors il disait : « Eh bien, qu'il reste vide », et elle retirait sa main.

Son impatience disparaissait, cédant la place à une indolence pleine de gaieté et de malice ; leur conversation prenait un tour enjoué.

— Stioura ! Eh, Stioura. Où as-tu bien pu dénicher ce petit nom-là ? Jamais entendu ça.

— Eh bien, t'as qu'à m'épouser, me conduire devant monsieur le maire, tu le sauras aussitôt. On m'inscrira tout entière sous ton nom.

— Tout entière, Stioura, tu tiendras même pas dans l'armoire, tellement que t'es gro-osse !...

Elle faisait mine d'être vexée, bougonnait, mais, bientôt, elle se retrouvait sur ses genoux, et leur jeu se poursuivait, avec la participation des mains, cette fois.

— Dis voir, Stioura, l'autre, celui de chez nous, notre « citoyen chef », il se défendait pas mal, comme homme ?

— Décidément, tu y tiens, à ton chef. Il était ordinaire, comme tout le monde.

— Oh là, comme tout le monde ! Eh quoi, tu as reçu tout le monde, ici ? Dans ce cas, tu devrais savoir que tous les hommes sont différents, c'est vous qui êtes toutes les mêmes.

— Toi, en tout cas, il te vaut bien.

— Tu mens ! Quelle menteuse ! Il me vaut bien ! Mais c'est un as, un roc, un aigle ! En un mot : une tique. Une fois qu'elle s'est incrustée dans ta peau, y a que deux solutions : ou bien tu l'arraches avec un morceau de chair, ou bien elle te laisse sa tête en souvenir. J'ai idée qu'il t'a fait une sacrée impression.

— Fiche-moi la paix ! Tu parles comme il m'a fait impression... Il est en militaire pour la frime, pas plus !

— Alors, en réalité, il est pas militaire de carrière ? Eh bien, ça me fait plaisir, ce que tu me dis là. Ça mérite bien encore un petit coup.

Rouslan se levait et, poussant la porte avec son front, il sortait dans la cour.

La nuit n'était pas encore tombée, mais il savait déjà avec certitude que son prisonnier ne bougerait pas ; jusqu'à la fin de la matinée suivante, cette « maudite peste » le retiendrait plus sûrement à la maison que n'importe quel poste de garde. Habitué à présent à apprécier les moments où il était libre et livré à lui-même, Rouslan était comblé. Avant que le ciel ne rosît de nouveau et que le monde ne retrouvât ses couleurs, il pouvait dormir tout son saoul, aller à la chasse, faire un saut à la gare pour voir s'il y avait du neuf sur le quai, rendre visite à l'un de ses camarades. Il fallait seulement survivre jusqu'au lendemain avec ce ventre vide où il sentait se déchaîner le vent et clapoter les vagues d'un lac brûlant. Il savait que la chaleur l'épuiserait complètement et il se refroidissait à dessein le ventre dans la neige en s'étendant de tout son long dans la rue devant la porte, où il avait établi son poste d'observation, permanent, un poste très commode. Son regard embrassait la rue dans les deux sens et, à travers l'échancrure du portillon, jamais fermé la nuit, il avait vue sur le perron. Son heure préférée était celle ou une lanterne s'allumait au sommet d'un réverbère, jetant un cône de lumière jaune sur le poste d'observation comme sur l'observateur. Cette lumière réchauffait le cœur de Rouslan, elle lui rappelait si intensément le camp, les gardes de nuit au cours desquelles le maître et lui faisaient le tour de la bande de contrôle – le long des barbelés – ou restaient en faction devant le dépôt. Ils avaient froid, ils étaient seuls, l'obscurité les enserrait comme un mur noir, sinistre, impénétrable, et, en deçà, régnaient la lumière, la vérité, l'amour mutuel ; au-delà, tout au contraire, un monde pernicieux avec ses tromperies, ses intrigues et ses misères.

Trésor venait le retrouver, sous le cône de lumière : il s'installait un peu à l'écart, mais chaque jour plus près. Bien entendu, il avait déjà parlé de Rouslan à ses amis et, dès le deuxième soir, ils étaient venus faire connaissance. Parmi eux : Polkan, un chien maigre comme un clou, le flanc pelé par de l'eau bouillante, le museau perplexe et la barbiche de bouc grisonnante et qui hochait la tête en permanence comme s'il approuvait quelque interlocuteur ; Copain, un chien atrocement intelligent, dont l'énigmatique froncement de sourcils donnait à penser qu'il connaissait quelque secret (en réalité il était fort borné et ignorait même d'où il sortait – en d'autres lieux, il répondait au nom de Kabyzdokh) ; Bouton, un chien élégant et nerveux, terriblement fier de ses pantalons bouffants et de sa queue toujours relevée, bouffante elle aussi, et tout ébouriffée.

Les présentations furent à sens unique : Rouslan n'accorda pas le moindre regard à ses visiteurs, n'esquissa aucun mouvement ; avec l'indifférence d'un bloc de pierre, il les dominait de toute sa hauteur. Néanmoins, de cette circonstance même, Trésor sut tirer parti ! Il resta couché là, sans broncher, posant comme Rouslan et affectant une expression semblable. Ses copains, ravagés par l'envie, s'éloignèrent dans la plus grande confusion.

D'autres fois accouraient de petites chiennes dépenaillées – de quelconques Mignonnettes, Noiraudes et autres Mirettes, l'une même sans nom –, qui venaient se mettre en demi-cercle autour de Rouslan et le contemplaient avec adoration. Dans leurs yeux vicieux, on pouvait lire : « Ah, qu'il est beau, qu'il est grand, qu'il est haut sur pattes ! Regarde un peu par ici, militaire. Une autre ferait peut-être la bégueule, mais moi, pas une seconde… » Leurs élans amoureux se brisèrent contre un mur ; leurs petits fronts plats ne comprenaient pas qu'il était en service et que ce qu'elles voulaient de lui, il l'exécutait comme la longue lignée de ses ancêtres : ordre ! On le prenait par la laisse, on lui montrait sa partenaire. Quand leur présence l'ennuyait, il retroussait ses lèvres d'un noir violacé, découvrait ses crocs, et elles se dispersaient comme une volée de moineaux. Trésor se trouvait aussitôt une occupation dans la cour.

Aucun des collègues chiens de Rouslan ne venait le voir et, comme il tenait plus que tout à sa solitude, il évitait les nouvelles relations. En regardant la nuit tomber, selon la vieille habitude du camp, il revivait la journée écoulée et se préparait à affronter la suivante. Il tourmentait sa mémoire, cherchant à savoir s'il n'avait pas oublié ce qu'on lui avait appris, les leçons qu'il avait assimilées au cours d'expériences cruelles, tout cet enseignement dont la perte risquait de lui coûter très cher.

... Le voici qui s'approche encore une fois, l'Inconnu au surtout gris imprégné de la puanteur des baraquements. Il vient du côté du soleil, et son ombre, longue, matinale, rampe insidieusement vers tes pattes. Ouvre l'œil, n'aie pas peur de son ombre, mais plutôt de sa main, cachée dans une manche épaisse. Quand celle-ci s'écartera, tu verras apparaître le poison dans sa paume... La voici, sa paume, juste devant ton nez, elle est ouverte et vide. Elle veut seulement te caresser ; on ne peut quand même pas voir des traquenards partout ! Tiède, la main humaine se pose sur ton front, son contact est doux et ses mouvements prudents ; une suave langueur se propage dans ton être, et tes soupçons se dissipent. Tu relèves la tête pour lui accorder en retour la suprême marque de confiance : tenir un instant cette main entre tes crocs en la serrant à peine, sans lui faire mal. Soudain, le visage hilare se tord dans un rictus, un éclair de haine l'illumine, et, d'étonnement, tu ne sens pas tout de suite la douleur, tu ne comprends pas d'où elle provient... Et la main s'envole après t'avoir enfoncé une aiguille dans l'oreille...

Et toi, tu ne l'avais même pas vue, cachée qu'elle était entre les doigts. Apprends à voir.

Une fois de plus, il aura suffi que le maître s'absente une minute pour que tu fasses des bêtises. Quelle honte ! Et quelle douleur ! Et le pire, c'est qu'il va falloir que tu avoues ta sottise : tu constates tout à coup que tu n'arriveras pas à te débarrasser seul de ce machin, pas moyen de le faire tomber avec la patte, ni de frotter ton oreille. Quoi que tu fasses, tu n'aboutis qu'à accroître la douleur. Tu as déjà l'oreille en feu, elle te brûle tant que la lumière du jour en pâlit, ce jour sans nuages, si bleu et qui avait si bien commencé. Mais voici justement le maître. Ah, lui, il arrive toujours au bon moment ! Et il comprend tout ! Il ne te punit pas le moins du monde, bien que tu l'aies manifestement mérité. Il t'emmène alors que tu pleures et ne distingues même pas quel chemin il te fait suivre, et là, on te retire cette saleté et on t'applique un coton humide sur l'endroit malade. Tu pousses un dernier cri perçant, et tout est fini. Déjà le maître te tiraille cette oreille et ça ne te fait aucun mal. Quand même, tâche d'être intelligent, réfléchis : la prochaine fois que des mains étrangères se tendront vers toi, tu essaieras de voir ce qu'il y a dedans, pas vrai ? Peut-être cela ne vaut-il même pas la peine d'essayer ? Peut-être vaut-il mieux faire comme Djoulbarss : si tu ne fais confiance à personne, personne ne pourra te tromper ?

Ce n'était pas par hasard qu'il obtenait les meilleurs résultats lors des travaux pratiques de méfiance, ce Djoulbarss, qui avait mordu son propre maître. Non content de manifester une hargne exceptionnelle envers les personnes étrangères au Service, il voulait tout bonnement les dévorer, avec leurs surtouts. Il lui était arrivé à plusieurs reprises de ne plus comprendre rien à rien, mais il était le seul à qui l'on passât tout. Ne sachant plus où il en était. Il quintuplait, décuplait sa hargne : pour un peu, son poil se serait mis à fumer. Le terrain d'exercice était empuanti par une terrible odeur de chien. Du moins avait-il compris que mieux valait en faire trop que pas assez. « Prenez exemple sur lui, tous autant que vous êtes. C'est lui qu'il faut imiter, encore imiter, toujours imiter », disait l'instructeur en mettant les bras autour du cou de Djoulbarss, et les jeunes chiens assis en demi-cercle autour d'eux en bavaient d'envie. « Il suffirait que ce chien ait deux circonvolutions de plus dans la caboche pour qu'il n'ait pas de prix ! »

De toute façon, Djoulbarss estimait qu'il n'avait pas de prix. Une chose cependant le préoccupait ; s'il ne laissait jamais approcher personne, il n'aurait jamais personne à mordre. Un jour, il compliqua son numéro ; il fit semblant de s'être laissé tromper et laissa la main étrangère se poser sur son front. L'instant d'après, elle se retrouva dans sa gueule. On n'avait encore jamais entendu un cri aussi horrible sur le terrain. Le malheureux déporté s'écroula et remua les jambes pour tenter de se dégager. Même que les maîtres se précipitèrent à son secours ! Ils essayèrent tout : caresses, coups de laisse, menaces de mort, rien n'y fit. Djoulbarss avait décidé d'emporter cette main, quitte à mourir sur place. C'est alors que Tonnerre, attaché dans un coin éloigné, crut que ce n'était pas un déporté qui hurlait comme ça, mais son maître. Tonnerre, dans tous ses états, aboya de loin à Djoulbarss de le lâcher immédiatement. Sans résultat. Djoulbarss en effet était pris d'un accès du plus authentique trismus et, avec la meilleure volonté, ne pouvait plus ouvrir les mâchoires ; il fallait d'abord qu'il se calme. Tant et si bien que, lorsque la crise fut passée et qu'il lâcha enfin ce qui avait été une main, le déporté ne put se relever ; les maîtres durent l'emporter en le soutenant par les bras.

Malheureusement, Tonnerre ne put vérifier si ses soupçons étaient justifiés : à partir de ce jour-là, son maître disparut de son existence. Quant à Djoulbarss, on lui passa tout, cette fois encore. Il ne s'en montra que plus glorieux. Et c'était bien vrai, quel meilleur modèle pouvait-on offrir aux jeunes ? On lui confiait un par un les jeunes chiens trop débonnaires et trop doux, ceux qui, par exemple, ne comprenaient pas très bien pourquoi ils devaient poursuivre un évadé, il ne pouvait plus leur faire de mal – ni quel plaisir ils pourraient y trouver. Djoulbarss dissipait leurs doutes ; il aboyait d'une voix rauque : « Fais comme moi », rattrapait le fuyard, le jetait à terre et lui administrait, pour l'édification de ses élèves, une raclée si savoureuse que même les plus butés d'entre eux devinaient le vrai sens de l'existence.

Ce sens, Rouslan avait mis longtemps à le découvrir ; on avait dû le taquiner, abondamment, patiemment : lui tirer la queue pendant son dîner, lui marcher sur la patte, lui retirer sa gamelle de dessous le nez, ou encore l'arroser d'eau alors qu'il était à la chaîne et fuir en riant à gorge déployée. Mais plus désagréables avaient été les travaux pratiques destinés à éliminer « la peur des détonations et des coups ». Lui qui était fait pour n'avoir strictement peur de rien, il avait du mal à supporter que des surtouts gris lui tirent des coups de feu en plein dans le museau avec un grand pistolet et lui martèlent le dos avec une tige de bambou. Il avait vite compris, certes, que ce pistolet imbécile n'était pas à craindre, il s'était fait également à la tige de bambou. Mais il fallait précisément éviter de s'y habituer ; il fallait, au contraire, esquiver, essayer d'attraper la main de l'agresseur, le mordre à belles dents : tout cela, il ne s'y résolvait qu'à contrecœur.

— Courageux mais pas agressif. Un certain manque d'acuité émotionnelle, disait de lui l'instructeur sur un ton de regret.

Et ses paroles donnaient à Rouslan de petits pincements dans la poitrine.

— Ça sent trop le bluff, ce que vous lui faites. Il faut y aller plus sérieusement avec lui, il ne vous croit pas.

L'instructeur saisissait lui-même la tige de bambou et, avec un rictus effrayant, il prenait un élan terrible pour frapper.

— Allez, vas-y, mords-moi ! Mords-moi un bon coup !

Mais Rouslan avait encore moins envie d'attraper la main nue de l'instructeur que de manger des cailloux. Il s'évertuait à la prendre doucement, doucement, pour ne pas l'égratigner. L'instructeur lui plaisait, il produisait sur tous les chiens la meilleure impression. Sa seule présence suffisait à estomper les rigueurs de l'école. Oui, les chiens raffolaient de son blouson de cuir, qui dégageait une si merveilleuse odeur animale qu'ils avaient envie de le mettre en lambeaux séance tenante et d'en emporter un morceau comme souvenir. Ils aimaient sa maigreur et son agilité, sa petite mèche rousse et son petit visage en lame de couteau, qu'on ne pouvait voir que de profil et qui leur semblait avoir un air canin. Véloce et infatigable, il courait partout sur le terrain, trouvait le moyen de voir tous les chiens, de leur donner à chacun des explications si sensées qu'ils le comprenaient aussitôt, mieux que leur propre maître. Emporté par sa fougue, il rugissait, il grondait et les chiens trouvaient qu'il ne s'y prenait pas mal du tout ; il s'en fallait de peu qu'ils ne comprissent ce qu'il aboyait. Et alors, ils lui auraient pardonné de ne pas avoir une peau aussi velue que la leur – ce qui l'obligeait à porter une peau étrangère, totalement dénuée de poils – et de ne pas avoir totalement renoncé à la parole humaine, qui était d'une grossièreté écœurante et n'exprimait rien, et puis de préférer marcher sur deux pattes quand il était tellement plus commode de se mouvoir sur quatre.

Du reste, l'instructeur faisait déjà quelques tentatives dans ce sens, qui, il fallait le reconnaître, n'étaient pas totalement dénuées de succès. Il avait un tour, en particulier, qui enchantait les chiens ; il le faisait rarement, mais le cours devenait alors une vraie fête.

— Attention ! commandait-il et, d'avance, tous les chiens se pâmaient d'enthousiasme. Je fais une démonstration !

Et il se mettait à quatre pattes, montrant comment esquiver les coups de trique ou de pistolet, comment attraper la main qui tenait l'arme. Une fois ou l'autre, il est vrai, l'instructeur prenait tout de même un coup sur la tête ou dans les gencives, mais il ne déclarait pas forfait. Il se bornait à détacher une patte du sol un bref instant pour vérifier s'il n'était pas blessé, puis il ordonnait : « Au temps pour moi, je fais une nouvelle démonstration ! », et, avec un aboiement bref, il se relançait à l'attaque et n'abandonnait que lorsqu'il avait parfaitement réussi l'exercice.

Parfois les chiens usaient de ruse : l'un d'eux faisait semblant de ne pas comprendre, à seule fin d'admirer encore un coup le travail de l'instructeur, d'entendre son « Attention, je fais une démonstration ! ». Et il fallait le voir courir sur la poutre – bien mieux que sur ses deux jambes ! –, si élégant, si efflanqué, avec ses omoplates saillantes, qui allaient et venaient sous son blouson, et sa petite crinière rousse ébouriffée ; il fallait voir avec quelle adresse il sautait le fossé ou la barrière, ou bien gravissait d'un trait l'échelle. Et, quand il était en forme, il vous franchissait d'une seule traite toute la série d'obstacles tandis que perlait une fine sueur sur son front. Au bout de la piste, l'un des maîtres tenait prêt un encouragement : l'instructeur prenait la friandise entre ses dents en restant à quatre pattes et la mangeait avec une telle délectation que les chiens, avalant leur salive, brûlaient de recommencer eux-mêmes toute la série d'exercices !

Avec lui, ils seraient allés jusqu'au bout du monde, s'il le leur avait demandé. Djoulbarss lui permettait de faire ce qu'il n'aurait pas toléré de son propre maître : de lui donner une légère « mornifle » ou de lui ouvrir les mâchoires et de lui tâter la denture. L'instructeur introduisait alors deux doigts entre les dents terribles de Djoulbarss en l'invitant :

— Allez, vas-y, mon mignon, mords un coup. Comme ça, encore plus fort…

Les maîtres n'arrivaient pas à y croire, ils avaient l'impression que l'instructeur y laisserait ses doigts.

— Jamais, répondait-il, jamais un chien ne peut mordre un homme qui l'aime à la folie. Croyez-moi, je suis un vieux dresseur de chiens, un enfant de la balle en matière de cynologie, permettez-moi de vous le dire, eh bien, il n'y a que l'homme qui soit capable d'une telle perversion.

Et à propos de Djoulbarss, il dit un jour :

— Ce n'est pas un monstre. Il a simplement été traumatisé par le Service.

L'instructeur aimait les chiens de tout son cœur et, bien entendu, il se trompait un tantinet sur le compte de chacun. Il les croyait tous traumatisés par leur rude Service. Mais pour Djoulbarss, les chiens étaient d'un autre avis. Sûr que, même l'instructeur, il avait envie de le mordre, mais voilà, il avait peur de se faire mettre sur-le-champ en charpie par ses congénères.

Et voici ce que l'instructeur avait dit un jour à Rouslan, en tête-à-tête, d'une voix douce, empreinte de tristesse :

— Je connais ce cas-là. Je sais ce qui fait le malheur de ce chien. C'est qu'il croit que le Service a toujours raison. Il ne faut pas, Rouslan, si tu veux rester en vie. Tu es trop sérieux. Considère tout comme un jeu.

Rouslan aussi, l'instructeur le tenait en haute estime, bien qu'il ne fît pas preuve de l'agressivité requise. Car il y avait des choses qu'il savait mieux faire que Djoulbarss ; l'une d'elles était si difficile que l'instructeur en personne n'aurait pas pu montrer comment il fallait s'y prendre pour y arriver. Et ce tour magistral pour lequel Rouslan n'avait pas son pareil, c'était la « cueillette dans la foule ».

Ce travail-là – difficile, mais propre, requérant beaucoup d'attention et pas très bruyant –, Rouslan le préférait à tout autre. Et dire que le sort avait voulu qu'il ne pût y repenser maintenant sans un sentiment de culpabilité – une culpabilité qui restait aussi floue pour lui que l'homme qui avait été à l'origine de tout le mal.

Cet homme, extérieurement, Rouslan ne l'aurait pas distingué des autres déportés, et pourtant quelque chose d'indéfinissable dans le comportement des maîtres indiquait qu'ils le jugeaient différent, peut-être justement le fait qu'ils paraissaient ne pas faire attention à lui. Vraiment trop peu attention : et ça, personne d'autre n'aurait pu le remarquer, sinon un chien que l'on retient imperceptiblement quand un déporté sort par hasard de la colonne. Rouslan n'avait pas besoin qu'on tire plus d'une ou deux fois sur sa laisse pour s'habituer à respecter des hommes de ce genre. Un jour qu'il gelait à pierre fendre, et que, frigorifiés à force de surveiller l'abattage du bois, ils étaient venus, son maître et lui, se réchauffer dans la baraque de garde ambulante, Rouslan fut étonné d'y voir cet homme. Il était assis en ce lieu interdit à tout déporté ordinaire, il fumait et discutait – avec qui ! – avec le Maître Suprême en personne. « À-Vos-Ord'-Mon-Cap'taine » était mécontent et le tançait vertement, et l'autre ne faisait que répéter :

— Mais, mon capitaine, mettez-vous à ma place. Vous comprenez ?

« Mettez-vous à ma place », répétait-il, et il appuyait sa main sur sa poitrine. Rouslan en conclut que c'était là son nom. Ce jour-là, « Mettez-Vous-À-Ma-Place » partit très contrarié, il regardait autour de lui avec anxiété, et, peu de temps après, on emmena les chiens, on le leur fit voir, étendu par terre, non loin de la baraque de garde, un câble d'acier autour du cou. Dieu sait pourquoi, Rouslan ne se le rappelait pas vivant, mais il l'avait gravé dans sa mémoire tel qu'il était alors, gisant sur le sol, regardant les nuages de ses yeux vitreux et exorbités, le visage enflé, violacé, une main engagée sous le dos, l'autre écartée du corps, agrippant la neige de ses doigts recourbés. Sa main, son visage, la neige étaient saupoudrés de tabac grossier.

L'un après l'autre, les chiens s'approchaient, puis tournaient le museau vers leur maître en clignant les yeux et en geignant d'un air coupable. Quand on fit approcher Rouslan, il avait déjà saisi pourquoi les autres chiens n'arrivaient à rien. Ils commençaient par la tête, flairaient le cou violet, effrayant, avec les sillons torsadés imprimés par le câble et des lambeaux de peau arrachée, ils flairaient les deux bouts de câble étalés de chaque côté comme une écharpe déployée, et la seule odeur dont il leur fût possible de s'imprégner était celle de ce tabac, après quoi tout travail était inutile. Rouslan commença par les mains. Il s'approcha avec précaution de l'une d'elles qui était écartée du corps, esquissa un mouvement de recul avant qu'il ne fût trop tard, puis souleva avec son museau le corps pétrifié, demandant qu'on retourne le cadavre. Puis il flaira tranquillement l'autre poing, si serré que les ongles étaient rentrés dans la paume. Il vit le sang bleu qui avait surgi sous les ongles, il aperçut aussi les fines gouttelettes d'une sueur mortelle qui avait perlé sur la main tout entière. Elles étaient gelées et devenues troubles comme des éclaboussures de chaux, mais, pour peu qu'on les réchauffât légèrement avec son haleine, alors…

Il ferma les yeux dans un incroyable effort de concentration. Pendant ce temps, les maîtres échafaudaient toutes sortes d'hypothèses sur l'auteur de ce crime ; chacun d'entre eux avait des comptes à régler avec quelque déporté, aussi les conjectures des uns et des autres se ressemblaient-elles ; mais la principale question qui les occupait était de savoir *combien* de personnes avaient trempé dans l'affaire. Trois ?

Quatre ? Et par là, ils s'induisaient eux-mêmes en erreur, parce qu'il faut commencer par le nombre un. Ils avaient des yeux pour voir et ils avaient vu le gros tabac, répandu pour qu'on l'aperçoive, pour qu'on le flaire aussitôt, mais ils n'avaient pas remarqué, près du câble, les minuscules écailles d'écorce. Rouslan, lui, les avait vues en premier lieu. D'ailleurs, en règle générale, les maîtres réfléchissaient trop, tandis que lui, il ne réfléchissait pas du tout, il n'avait ni comptes à régler ni conjectures à émettre : il avait simplement vu comment la scène s'était déroulée, vu comme on voit les choses au cours d'une hallucination ou d'un rêve – en couleurs –, et entendu le crissement de la neige sous les bottes de la victime, la respiration inégale de l'assassin tapi dans l'ombre.

« Mettez-Vous-À-Ma-Place » marchait dans l'ombre bleue du crépuscule, il venait de la baraque de garde – oui, c'était bien cela – là-bas, on lui avait offert des cigarettes ; et, en passant par ce sentier entre deux pins, il n'avait pas remarqué le câble attaché un peu au-dessus de sa tête. L'autre bout de ce collet, l'assassin le tenait entre ses mains. Celui-ci laissa tomber la lourde boucle, polie par le frottement et enduite de graisse, sur les épaules de « Mettez-Vous-À-Ma-Place » et se retourna : le bout du câble se plaqua contre son épaule ; il le tenait des deux mains et, pesant sur lui de tout son poids, il fit un demi-pas, un seul… Et la boucle se serra. L'assassin sentit les saccades imprimées au câble : les mains de la victime essayaient de desserrer la boucle avec l'ultime énergie que donnent la peur de la mort et la soif d'oxygène. Alors, rassemblant ses forces, faisant appel à la haine que lui inspirait cet homme – cet homme qui mettait tant de temps à rendre l'âme –, le meurtrier lui envoya, à l'aveuglette, dans les jambes une ruade qui le fit basculer. Et il resta là, une éternité, épuisé, faisant tout à la fois office de bourreau et de potence, tandis que « Mettez-Vous-À-Ma-Place » râlait et faisait des sauts de carpe en s'agrippant désespérément au câble. Une fois ou deux, il attrapa le vêtement de l'autre, un pan de son caban : l'étreinte faible, impuissante d'une main déjà mouillée par les sueurs de l'agonie, et l'assassin ne l'avait pas sentie. Mais, un peu plus tard, alors qu'il détachait le câble, traînait l'homme étranglé à quelque distance de l'arbre, répandait sur lui ces feuilles de tabac en songeant que le coup avait étonnamment réussi, qu'il l'avait exécuté avec une rare discrétion, il n'avait pas compris qu'il resterait tout entier prisonnier d'un poing serré, de gouttelettes gelées : son visage, ses mains, il les avait mille fois essuyés avec ce pan de vêtement ; ses pieds en avaient été recouverts pendant des centaines de nuits glacées… Et quelle chance que le bras du mort, dans un mouvement convulsif, se soit placé ainsi, derrière son dos, que la main se soit trouvée coincée sous le corps !

Eh bien, on pouvait considérer qu'on avait retrouvé la piste. Rouslan s'écarta, il appuya son front contre les genoux du maître. Cela signifiait : « Je ne promets rien, mais je vais essayer. Conduis-moi vite là-bas. »

La « cueillette dans la foule » se révéla aisée. Chacun des chiens qui avaient déclaré forfait l'eût menée à bien sans peine, il suffisait d'avoir assez de culot. Rouslan n'eut pas même le temps de s'approcher de la foule des déportés, parqués sur le terrain vague, devant la grande porte. Dès qu'elle vit les maîtres avancer lentement et le chien tirant sur sa laisse, la foule tout entière recula, abandonnant devant elle un homme en caban noir. Recroquevillé, les mains cachées sous les aisselles, il tomba, face contre terre, en criant comme un hystérique :

— Pas le chien ! Je vous dirai tout. Mais ne lâchez pas le chien.

Rouslan ne le toucha pas, il se contenta de mordre le pan de son caban – où la main de la victime l'avait agrippé – et de remuer la queue : la « cueillette » était terminée. Pareille performance lui valut une récompense sans précédent – de la main même du Maître Suprême – et, à dater de ce jour, il fut sacré champion incontesté de la « cueillette dans la foule ».

Dans la mémoire de Rouslan, cet événement, ce jour de triomphe débouchaient sur une large trouée rectiligne en forêt, qu'il suivait avec son maître en escortant l'homme au caban.

Le vent bruissait dans les pins gigantesques, et les paquets de neige, dans leur chute, se désagrégeaient en une pluie irisée. Il régnait un silence absolu, et l'homme parcourait la route à pas lents. Il portait une pelle sur son épaule, ou la traînait derrière lui en traçant des zigzags. De temps à autre, il sifflotait, subjugué par le calme qui régnait alentour ; il ne donnait pas l'impression, même à Rouslan, de guetter l'occasion de s'enfuir. Toujours en silence, ils quittèrent la trouée et suivirent un sentier qui les mena à une clairière toute noire, avec les restes d'un feu de camp. Au milieu, un trou peu profond : ses parois roussâtres conservaient les traces unies et semi-circulaires des barres à mine et les petits triangles pointus des pics. C'est alors que l'homme commença à parler, le visage tourné vers le maître, blême, marqué de minuscules cicatrices à la joue et au front. Le trou, à l'évidence, ne lui plaisait pas. Il mit une jambe dedans, et constata qu'il y entrait jusqu'au genou, et cracha, de dépit.

— Quand je me suis chargé de cette affaire, j'ai agi seul pour tous. Alors ils auraient pu bien me traiter.

— Et en quoi ils t'ont mal traité ?

— Tu comprends, les vers, tout le monde y a droit, toi aussi, t'auras affaire à eux à ton heure ; mais que les loups me déterrent pour me bouffer, j'ai quand même pas mérité ça. D'ailleurs, il en était pas question, dans la sentence, des loups.

Le maître avait une forte envie de fumer. Il sortit son étui à cigarettes, mais le remit aussitôt dans la poche de sa canadienne. Vivement que tout soit terminé !

— Alors, comme ça, t'as des réclamations à faire à ta brigade ? Pourquoi que tu causes de la sentence ?

L'homme cracha encore une fois et sortit du trou après avoir planté sa pelle dans le tas de terre.

— Tiens ! Après, au moins, tu me la tasseras bien comme il faut. Je n'ai de réclamations à faire à personne ; moi non plus, je m's'rais pas esquinté pour un macchabée. Tu leur porterais peut-être mon caban, non ? Ils auront qu'à le tirer au sort. Je l'enlève, pour que t'aies pas de mal à le prendre ?

Sans lui répondre, le maître fit glisser la mitraillette de son épaule.

— Pourquoi est-ce que tu me réponds pas ? Ou alors est-ce que je n'ai déjà plus de voix ?

Ça n'en finissait pas, c'était insupportable, Rouslan tremblait comme une feuille et serrait les mâchoires, il était sur le point de hurler. Et le maître avait du fil à retordre avec sa mitraillette, il ne parvenait pas à refermer la culasse. Et l'homme espérait tant qu'il n'y arriverait pas aujourd'hui. Mais le maître dit :

— On va réparer ça tout de suite, n'aie pas peur.

Et il y réussit en effet. Il éjecta une cartouche gauchie, la culasse se referma avec un claquement sec et une courte rafale partit accidentellement vers le ciel.

À cet instant, l'homme courba le front vers les bottes du maître. Il rampa à quatre pattes et pressa si fort son visage contre elles que, lorsqu'il le retira, des marques noires ornaient le front et les lèvres. Il esquissait un pâle sourire servile et parlait sur un autre ton depuis qu'avait crépité la terrible rafale suivie d'une fumée bleue à l'odeur âcre et douceâtre de la poudre. Il disait que les coups de feu avaient déjà retenti, qu'on les avait entendus du camp et que, maintenant, le maître pouvait le laisser partir ; il s'enfoncerait dans la forêt pour y vivre comme un serpent ou un rat ; il ne verrait plus personne jusqu'à la fin de ses jours, qui ne tarderait probablement pas, et il n'y aurait qu'un homme au monde qu'il tiendrait pour un frère : le maître ; il prierait pour lui, penserait à lui avec reconnaissance, l'aimerait plus fort que son père, sa mère, sa femme, les enfants qu'il n'avait pas eus. Sans distinguer les mots, Rouslan entendait un discours qui allait bien au-delà des mots : un serment passionné où l'amour s'offrait avec son ultime vérité, ses larmes, ses battements de sang aux tempes ; horrifié, il se sentait à son tour inondé d'un amour équivalent pour cet homme ; son visage aux yeux enfoncés, incandescents, lui inspirait confiance ; la flamme qui y brûlait était celle d'un esprit parfaitement lucide, l'homme n'aspirait pas à une autre vie – cette vie meilleure qui n'existait nulle part –, mais au sort dont se contentait chaque être vivant.

— Allons, t'es pas un gamin, non ? T'entends pas ce que tu racontes ? lui disait le maître d'un ton persuasif.

Il restait là, debout, parfaitement calme, sans redouter que l'autre ne le tire par les jambes ou ne lui arrache sa mitraillette des mains, il savait à quel point les déportés sont faibles devant les maîtres et à quelle allure Rouslan pouvait se précipiter à son aide… S'il avait su, à ce moment-là, que Rouslan était comme pétrifié et incapable de bouger !

— Tu te promènerais un peu dans la nature, et puis tu viendrais te pointer au camp, et moi, on m'enverrait au poteau avec toi. Parce que je vois pas où tu pourrais aller. Tu boufferais des feuilles, des lézards, et puis, après, tu commencerais à rechercher les hommes. Hein, c'est pas vrai, ce que j'dis là ? Tu serais pas le premier… Alors, dis-toi qu'y a plus rien à faire. Et puis relève-toi, va, c'est pas la peine de te faire du mal en te raccrochant à des rêves… N'aie pas peur, je te ferai pas mal comme certains autres. Allez, relève-toi, t'as pas à avoir peur puisque, c'est d'accord, je te ferai pas mal.

L'homme se releva, s'essuya énergiquement le visage avec sa manche.

— Fais comme tu pourras. Même une vie de chacal, tu me l'auras refusée. T'y repenseras souvent…

— Je sais. Tout ce que tu pourras me dire, je le sais déjà. T'as pas assez parlé, maintenant ?

Il ne lui fit pas mal, à cet homme ; mais Rouslan ne put maîtriser le tremblement qui le prit alors. Il geignait, essayait de se libérer de son collier, il voulait revenir sur ses pas et retirer avec sa patte les mottes de terre gelée qui écrasaient le visage maintenant apaisé. Jamais il ne s'était si mal conduit, le maître dut le fouetter avec sa laisse. Était-ce depuis ce moment que ce dernier avait cessé de l'aimer ? Peut-être.

Ces mottes de terre gelée étaient restées dans l'âme de Rouslan, elles l'alourdissaient d'un sentiment de culpabilité, mâtiné de peur : il lui semblait avoir trahi son maître, trompé ses espérances ; s'être montré sous son vrai jour, c'est-à-dire comme un chien qui fait semblant d'assurer le service d'escorte, l'assurer véritablement, et un chien comme ça, on pouvait l'emmener, sans plus attendre, au-delà des barbelés. Car il pouvait vous jouer un mauvais tour, accomplir son travail en dépit du bon sens ou même refuser de le faire. Et, malgré le grand nombre de déportés que, par la suite, ils emmenèrent ainsi dans la forêt, le maître ne faisait plus totalement confiance à Rouslan, de qui, jadis, il s'était porté garant.

Dans sa jeunesse, Rouslan avait étudié toutes les sciences pour lesquelles les chiens viennent au monde ; il avait subi le dressage général, assimilé l'ensemble des connaissances élémentaires, telles que les « Assis ! », les « Couché ! », les « Ici ! », il avait fait merveille dans les activités de recherche et de garde ; mais, quand il était arrivé au degré supérieur – l'escorte des déportés –, l'instructeur s'était pris à douter de son aptitude à réussir cet ultime examen. Et cet examen-là ne se passait pas sur le terrain d'exercice, où l'on vous corrigeait toujours, mais dans le cadre d'une véritable mission où l'on ne vous donnait qu'un ordre : « Garde-les », après quoi, à vous de jouer, de vous creuser les méninges. Quant à l'objet à garder, ce n'était pas un dépôt, incapable de déguerpir ou de vous inspirer un sentiment, mais le bien le plus précieux et le plus délicat : des hommes. Pour eux, il fallait toujours trembler, mais n'avoir aucune pitié ni même – c'était préférable – aucune haine, seulement une saine méfiance. « C'est rien, avait alors dit le maître, il s'y fera ; il sera à la hauteur. » Et il y en avait tant qui ne se montraient pas à la hauteur ! Tant qui étaient mis au rancart et qu'on emmenait quelque part en camion, à condition encore qu'ils soient jeunes et puissent être réutilisés pour un autre travail. Pour ceux qui avaient connu le service d'escorte, une seule issue : la promenade au-delà des barbelés…

Un qui avait trompé son monde, c'était Ingouss. Il paraissait si doué, il comprenait tout dès le premier mot. Il avait fait la conquête de l'instructeur dès sa première apparition sur le terrain. L'instructeur n'avait pas plus tôt dit : « Bon, nous allons étudier le commandement "Ici !" » qu'Ingouss s'était levé et approché. Ravi, l'instructeur lui avait néanmoins demandé de recommencer depuis le début. Ingouss était retourné à sa place et, au commandement de l'instructeur, il était revenu.

— Formidable ! dit l'instructeur. Et si je te dis « Assis ! » ?

Ingouss s'assit sans avoir besoin qu'on lui appuie sur le dos.

— Debout !

Ingouss se leva. Et l'instructeur s'accroupit devant lui.

— Donne la patte.

Ingouss la donna.

— Pas celle-là ; depuis quand on donne la gauche ?

Ingouss s'excusa en remuant la queue et changea de patte. À partir de cet instant, Ingouss ne donna jamais que la patte droite.

— C'est pas vrai, dit l'instructeur. Des chiens comme ça, ça n'existe pas.

Il prit la fiche d'Ingouss, vérifia que celui-ci n'avait subi aucun dressage et ne connaissait que son nom et le commandement « À ta place ! ».

— C'est bien ce que je pensais : un mélange extraordinairement réussi ! Et quels parents ! Je m'en souviens, moi, de Rem, un chien d'une intelligence rare. Et sa maman donc ! Naïda, elle a été quatre fois médaillée. C'est Kamil Ikramov qui l'a élevée, le grand spécialiste en matière d'appareillement. Le fiston, il l'avait visiblement formé pour Karatsoupa, d'où son nom[1]. Et, quand même, je dis : c'est impossible.

Il fit venir les maîtres pour qu'ils admirent les exceptionnelles qualités d'Ingouss. Il leur demanda s'ils avaient jamais vu une bête pareille. Les maîtres répondirent qu'ils n'avaient jamais rien vu de semblable. Il leur demanda s'ils n'avaient pas l'impression que c'était un homme qui se cachait dans la peau d'un chien. Les maîtres n'avaient pas cette impression. Aucun homme n'aurait pu tromper leur vigilance en se cachant dans une quelconque peau d'animal.

— Ce que je veux dire, expliqua l'instructeur, c'est que, si un chien comme ça existait vraiment, je ne travaillerais plus ici. Je ferais le tour du monde avec lui. Et les gens s'émerveilleraient des progrès accomplis par les éleveurs soviétiques, des succès remportés par nos méthodes humaines et progressistes. Parce que, des chiens comme ça, ça ne peut exister que dans notre pays !

Ingouss écoutait attentivement, la tête penchée sur le côté, comme il se devait chez un chien de son âge, mais l'expression sérieuse de son regard n'avait rien d'enfantin. Et déjà, oui, dès les premiers jours, on reconnaissait, dans ces yeux ambrés, la marque de la mélancolie.

---

1. Tous les chiens du célèbre Karatsoupa, qui a arrêté près de cinq cents personnes alors qu'elles tentaient de passer clandestinement la frontière, s'appelaient Ingouss. *(N.d.A.)*

Sa gloire grandissait de mois en mois.

Il franchissait les différents degrés de l'instruction avec une aisance inhabituelle, il brûlait les étapes. Mince, élégant, gracieux, il filait comme une flèche sur la poutre, se jouait des barrières et de l'échelle. Il sauta du premier coup par la « fenêtre ardente », un cadre d'acier arrosé d'essence et enflammé ; lors des exercices de recherche, il montra un flair remarquable. Il fit ses preuves dans le domaine de la garde, bien qu'il ne manifestât point de franche hargne, mais plutôt de l'embarras et de la gêne pour les imbéciles en surtout gris qui essayaient de lui retirer le sac de chiffons qu'il était chargé de surveiller. Il s'en fichait de ce sac et de ces chiffons, mais pas une seule fois ils ne parvinrent à détourner son attention, à s'approcher de lui subrepticement, ou à ramper derrière les buissons pour l'attaquer par-derrière. Il le voyait, tout leur manège, et les hommes en surtout se sentaient eux-mêmes gênés quand Ingouss posait sur eux son regard si triste.

Djoulbarss s'inquiéta alors pour de bon. As consacré dans les matières où il excellait – la méchanceté et la méfiance –, il faisait ce qu'il pouvait pour être le premier en tout, bien que, pour l'odorat, il fût médiocre, et complètement minable pour la « cueillette dans la foule ». Quand on le menait vers un groupe d'hommes appréhendés, il devenait si hargneux qu'il ne distinguait plus les odeurs et se contentait d'attraper le détenu le plus proche. Mais il estimait que si un chien n'était pas capable de se bagarrer, les autres dons ne valaient pas tripette, et à chacun des novices en passe de devenir célèbre il proposait de se battre. Rouslan n'y coupa pas, il essuya, lui aussi, les assauts de ce large poitrail et les coups de boutoir de cette caboche aussi dure qu'un bélier. Il mordit deux fois la poussière, mais réussit à échapper aux canines menaçantes. De son côté, Djoulbarss récolta diverses petites blessures sur le museau, ce qu'il prit avec bonne humeur : il remuait même la queue pour encourager le jeune lutteur !

Avec Ingouss, les choses se passèrent d'une autre façon : il se détourna et livra son cou fluet aux mâchoires de son adversaire, en esquissant un sourire narquois. Décidément, il ne voyait pas l'intérêt de ces amusements de bidasse. Bien sûr, le vieux bandit fut assez sot pour y planter ses crocs et il allait le saigner quand il se rendit compte qu'il était en train de violer la règle du jeu en vigueur lors des rixes entre chiens convenables : « Mords, mais jamais à mort. » Il battit en retraite sans attendre de se faire administrer une raclée par l'ensemble de ses congénères.

Mais Djoulbarss se consola rapidement. Il s'aperçut – et les autres s'en étaient aperçus avant lui – qu'Ingouss n'avait pas l'étoffe d'un premier. Il n'était pas fait pour exceller dans tout ce qu'il accomplissait avec une telle facilité. On ne sentait en lui ni zèle véritable ni désir de se mettre en avant, mais de l'ennui et une tristesse inexplicable dans les yeux ; il avait l'esprit ailleurs. On eût tôt fait de déceler chez lui un autre trait particulier. Il pouvait exécuter dix fois un ordre sans la moindre hésitation, et pourtant son maître n'était jamais sûr qu'il l'exécuterait la onzième. Il refusait net, et les invectives, les coups n'y changeaient rien. Impossible de comprendre d'où cela venait et quand cela risquait de se reproduire. Subitement, il était comme pétrifié, ne voyait ni n'entendait plus rien, seul l'instructeur parvenait à le tirer de cet état.

L'instructeur s'approchait ; il s'accroupissait devant lui.

— Qu'est-ce que t'as, mon mignon ?

Ingouss fermait les yeux, Dieu sait pourquoi, et, pris d'un petit tremblement, il geignait doucement.

— Ne le surmenez pas, disait l'instructeur aux maîtres. C'est un cas rare, mais ça arrive. Il savait déjà tout avant sa naissance, dans le ventre de sa mère. Et maintenant il s'ennuie, tout bonnement. Il peut même mourir d'ennui. Il n'a qu'à se reposer. Promène-toi, Ingouss, promène-toi.

Et Ingouss était le seul à se promener sur le terrain, tandis que ses congénères s'entraînaient jusqu'à l'hébétement. On pouvait deviner où cela le mènerait : un beau jour, il prit la poudre d'escampette.

Il devait faire le parcours d'obstacles avec son maître, mais sans laisse. Ils avaient couru sur la poutre, sauté le fossé et la barrière, bondi à travers la « fenêtre ardente » et, pour finir, s'apprêtaient à ramper sous des alignements de barbelés tendus entre des piquets. Mais seul le maître d'Ingouss s'y engagea ; Ingouss, lui, continua à courir, sauta une clôture en pierre et, en une série de bonds puissants, traversa la place d'armes déserte. La clôture de barbelés ne l'arrêta pas – un chien n'a pas de mal il est vrai à passer une clôture de barbelés –, mais comment fit-il son compte pour franchir, dix pas plus loin, l'invisible « Pfutt ! » de la clôture électrique, aussi étanche que la vitre où se heurte l'oiseau entré par mégarde dans la chambre. Et que fichait sur son mirador le mitrailleur tenu de tirer sur tout être vivant qui viendrait à violer la Loi des barbelés ?

Quand on se ressaisit, il avait déjà disparu dans la forêt. Il aurait pu s'enfuir pour de bon – c'était lui qui courait le plus vite et il n'avait pas de maître à traîner au bout d'une laisse –, mais, là encore, sa maudite propension à la rêverie lui joua un mauvais tour. Savez-vous ce qu'il faisait, là-bas, dans la forêt ? Il se roulait dans l'herbe, humait les fleurs, regardait une coccinelle grimper le long d'une tige, suivait son vol d'un regard nostalgique. Il ne se rendit compte de rien quand les cris et les aboiements l'encerclèrent, quand on fixa un mousqueton à son collier ; c'est seulement lorsque son maître commença à le fouetter qu'il revint à lui, et le regarda avec un étonnement mêlé de pitié.

Quand arriva le moment d'admettre Ingouss au service d'encadrement des colonnes, les maîtres hésitèrent. L'instructeur ne voulait pas se séparer de lui : ses crocs ne s'étaient pas encore consolidés, mieux valait le laisser sur le terrain pour montrer le travail aux novices. Mais le Grand Patron le voyait bien, Ingouss ne s'y prenait pas moins habilement que les autres pour régler son compte à « Ivan Ivanovitch » – le mannequin molletonné. Quant aux démonstrations, selon le Grand Patron également, l'instructeur savait les faire lui-même, il était payé pour ça, on n'avait pas de crédits pour nourrir un chien en surnombre. Et le Grand Patron en personne décida de tester Ingouss. Chacun était ému. Et l'instructeur plus que tout autre. Très fier de son favori, il tenait à ce que celui-ci se montrât sous son meilleur jour. Et il se produisit un déclic dans la tête d'Ingouss, soit qu'il ne voulût pas chagriner l'instructeur, soit qu'il se sentît inspiré, il eut un comportement magnifique. Deux des trois déportés qu'il convoyait ayant tenté de s'enfuir dans des directions différentes, il les força à se coucher sur le sol, les empêcha même de relever la tête. Il ne se calma que lorsque des renforts arrivèrent et que les menottes se furent refermées avec un claquement aux poignets des trois hommes. Il contrôla la situation pendant cinq bonnes minutes, le

Grand Patron le vérifia sur sa montre ; après quoi, il dit à l'instructeur :

— Et dire que vous avez encore des doutes ! Ce qu'il lui faut, c'est travailler, il a plus l'âge de s'amuser à sentir les fleurettes !

Mais, quand on eut admis Ingouss au service du convoyage, on dut constater qu'il ne voulait pas travailler, et les autres chiens durent le suppléer. La colonne marchait son train pendant qu'il caracolait tranquillement, à l'écart, comme s'il se promenait, sans prêter attention à des infractions manifestes. Si un déporté faisait un écart d'un demi-pas par rapport à l'alignement ou bien enlevait les mains de son dos et bavardait avec un voisin d'un autre rang, l'attention d'Ingouss était alors attirée par on ne sait quoi et il détournait la tête. Mais enfin, les maîtres se souvenaient de ce fameux examen, des éloges du Grand Patron ! C'est sans doute pour ça qu'on pardonnait à Ingouss des négligences qui, à un autre que lui, eussent valu une sévère correction.

Seuls les chiens pressentaient qu'il avait tout bonnement une chance fantastique, mais que le jour où se produirait un événement, un vrai, une évasion, ce serait la fin d'Ingouss.

Ainsi avait vécu Ingouss, perdu dans son rêve incompréhensible ou, selon l'expression de l'instructeur, « sa poésie des actes inconscients », risquant sans cesse de suivre le même chemin que Rex. Pourtant il ne trouva pas la mort au-delà des barbelés mais à l'intérieur du camp, devant la porte d'une baraque, pour avoir été l'instigateur d'une émeute de chiens.

La mémoire tenace de Rouslan imposait aux événements sa chronologie personnelle, un tracé capricieux qui parfois remontait le temps. Les meilleurs moments de sa vie étaient comme repoussés vers son enfance ; là, dans le réservoir de son âme, dans une fraîche pénombre, était entreposée une provision de bons petits os délicieux, auxquels il revenait dans les instants pénibles. En revanche, toutes les vexations, toutes les contrariétés, tous les maux qu'il avait endurés, il les portait sur lui, accrochés à son pelage, tels des capitules de bardane, capables de lui injecter une fois encore leur poison. Aussi Rouslan situait-il presque à l'aube de son existence le jour où il avait si bien réussi son opération de « cueillette dans la foule », où il s'était distingué, où il avait triomphé, et, dans son esprit, la vision du cadavre de « Mettez-Vous-À-Ma-Place », étranglé par son câble, datait de la même époque : ce dernier n'avait donc rien à voir avec la malheureuse émeute, qui semblait avoir eu lieu la veille… Mais lorsque les souvenirs de cette dernière se mirent à affluer, accompagnés d'odeurs, de sons et de couleurs, « Mettez-Vous-À-Ma-Place » y apparut bien vivant : il pénétrait dans la baraque chauffée du poste de garde, en soufflant sur ses doigts, annonçait aux maîtres une nouvelle inquiétante qui leur fit aussitôt jeter leurs cigarettes, se lever, saisir les mitraillettes et les laisses des chiens.

Engourdis par la chaleur, étourdis par la puanteur des pelisses de mouton, les chiens bondirent vers la porte, dans un concert de grognements rauques : ils avaient oublié pourquoi on ne les avait pas emmenés au travail ce jour-là. Seigneur Dieu, quel terrible gel leur agrippa le museau de sa patte griffue ! Il leur transperça les naseaux de mille aiguilles incandescentes, leur dessécha la cornée, leur déchira même le front ; comme s'ils étaient tombés dans un trou creusé dans la glace. Et là, Rouslan ne se rappelait plus ce qu'il était devenu, ce « Mettez-Vous-À-Ma-Place » ; sa chronologie prenait alors congé de lui pour toujours : peut-être était-il resté au poste de garde, peut-être était-ce lui, tout ébouriffé, qui avait poussé de l'épaule l'un des lourds vantaux de la porte du camp, avant de disparaître dans la cabane du gardien, ou peut-être avait-il disparu tout près de la baraque, avait-il fondu dans le brouillard, s'était-il effrité en gerbes d'étincelles de glace, aussitôt balayées par le blizzard. Dès qu'ils aperçurent la baraque, les chiens recommencèrent à tirer sur leurs laisses – peu importait le travail qu'ils auraient à y faire, au moins il y ferait chaud ! Mais le Maître Suprême, qui marchait devant et se retournait de temps en temps pour frotter avec sa moufle son visage cramoisi, arrêta tout le monde devant la porte de la baraque. Seul, il s'en approcha furtivement, l'ouvrit sans la faire grincer et, relevant une oreillette de son bonnet de fourrure, se mit à écouter.

Du tambour abritant l'entrée de la baraque s'échappa un souffle d'air chaud – la puanteur coutumière – ainsi qu'une rumeur confuse, semblable à l'indéfinissable grondement d'indignation qui monte d'un chenil quand le repas tarde à venir. Il y avait là, de l'autre côté de la porte, peu épaisse, quelque chose d'énorme qui se tournait et se retournait, se cognant sourdement au plancher, aux murs, se répandant en cris et en lamentations, en murmures vifs et furibonds. Sans doute une de ces altercations dont les hommes ont la spécialité : elles éclataient sans qu'on sût pourquoi, pour un oui, pour un non, à la suite d'une discussion un peu vive, et dégénéraient en bagarres implacables, enragées, avant de s'éteindre tout aussi soudainement : on se séparait, mais il arrivait que quelqu'un restât allongé sur le sol, les mains crispées sur le ventre, se tordant de douleur, ou au contraire inerte.

Le Maître Suprême ouvrit la porte intérieure, complètement, comme si elle devait livrer passage à un camion. Il se planta sur le seuil, enveloppé jusqu'à la taille dans un nuage de brouillard gelé.

— Ferme, salope, ou j'vais cogner !

Le hurlement de bête surgit des profondeurs de la baraque. Un objet lourd vint à l'instant s'écraser contre le chambranle, à la hauteur du bonnet du Maître Suprême.

Le Maître Suprême attendit tranquillement que le silence se rétablisse.

— Parfait (il se balançait, les mains derrière le dos), parfait. Alors, comme ça, on recommence à discuter des destinées du pays.

Un silence de mort se fit dans la baraque. L'homme qui se trouvait près de la porte répondit avec empressement :

— Mais non, voyons, citoyen capitaine. Loin de nous cette pensée. Nous ne parlons que de sujets autorisés pendant les heures de loisir.

— Ah bon, parce que, vous voyez, je passais par là : l'ambiance a l'air bien chaude chez eux, que j'me dis. P't-êt' bien qu'ils ont besoin de travailler, ces gens. Sans quoi, ils vont dépérir.

De nouveau, la baraque répondit… de la même voix que tout à l'heure, dans un petit rire bref et léger :

— Travailler, on ne demande que ça. On aimerait bien. Seulement voilà, cette saloperie de thermomètre marque moins quarante-quatre.

— Vous avez déjà regardé. Moi, pas encore. Et j'ai comme l'impression que ça s'est réchauffé.

— Citoyen capitaine !

Elle était intarissable, cette voix, capable de jacasser indéfiniment.

— Vous savez pourquoi on a tant de respect pour vous ? Pour votre humour sain et de bon aloi. Entrez, je vous en prie, et je vais fermer la porte.

Une ombre floue s'approcha du nuage et y pénétra. Mais le Grand Chef l'écarta de la main.

— Est-ce que je suis contre les plaisanteries, moi ? J'admets même les débats, si vous voulez, à condition qu'ils soient menés comme il faut, avec retenue. Sauf si le travail en pâtit. Car ça, c'est pas bien.

Un grondement sourd monta des entrailles obscures de la baraque. Une autre voix, éraillée, tout empreinte de la chaleur du demi-sommeil et du regret de devoir en émerger, demanda d'un ton maussade dans lequel il n'y avait plus d'espoir :

— Tu vas nous tirer dessus ?

— Comment ça, vous tirer dessus ? s'étonna le Grand Chef. Y a donc une révolte dans le camp pour que je vous tire dessus ? Mais non, y a pas de révolte.

— Y a pas de révolte, fit joyeusement la baraque avec un soupir de soulagement. Y a pas de révolte !

— Vous voyez ? Alors, pourquoi est-ce que je vous tirerais dessus ? J'aime mieux vous faire une patinoire.

— Quelle genre de patinoire ?

— Une patinoire ordinaire. Hé quoi, vous avez jamais vu une patinoire ? Que ceux qui ont des patins patinent.

L'ombre craintive tenta une nouvelle fois de se faufiler par la porte, mais le Grand Chef la repoussa de la main.

— Non, ça m'intéresse pas qu'y en ait un qui sorte, ou dix. Il faut que ce soit tout le monde, en bloc.

La baraque se tut un bref instant, juste assez pour que résonne cet appel angoissé, suppliant :

— Allez, les gars, on sort ! On l'a bien cherché.

Et aussitôt l'énorme chose commença à se tourner et à se retourner, à se débattre dans les convulsions, à se répandre en hurlements :

— Couche-toi, salope, ou je te bute !

— Y a une loi !...

— Par moins quarante-quatre, on ne sort pas !

— Tout le monde couché !

— Y a une loi !...

Ils n'avaient pas vu que le dévidoir sur lequel était enroulé le tuyau d'incendie s'était déjà éloigné de la pompe. Deux maîtres le poussaient en pesant sur une barre à mine passée en son centre. L'ayant ainsi roulé jusqu'à la baraque, ils le renversèrent dans la neige. Deux autres maîtres se précipitèrent pour dégager les derniers tours de tuyau, tandis que les deux premiers, sans perdre une minute, attrapaient la lance jaune et étincelante et couraient vers la porte. Le Maître Suprême s'écarta avec une expression contrite, chassa tristement un nuage de vapeur de sa bouche et fit un signe de sa moufle. Et, de l'endroit où se trouvait l'homme à qui il avait fait signe, parvint un bruissement à peine perceptible, le boyau commença à vivre, à se bomber ; la lance jaune éructa un chuintement humide et les deux hommes vacillèrent dans l'entrée. Un gros jet bleu ciel cingla le plafond de la baraque, s'abaissa, balaya avec tout son saint-frusquin un homme allongé sur une des couchettes supérieures, refoula au fond quelques ombres timides qui s'étaient ruées en avant. Les deux maîtres glissaient, ils tenaient avec peine la lourde lance. Le jet, entre leurs mains, sautait de droite et de gauche et distribuait des coups qui retentissaient comme des coups de massue. Par-dessus leurs têtes, un nuage blanc commença à s'écouler de la baraque et, en même temps que son air chaud et confiné, celle-ci exhala non pas un cri, ni un hurlement, mais un long soupir entrecoupé, semblable à celui que pousse un homme avant de plonger en eau profonde.

Ce soupir résonna si fort dans les oreilles de Rouslan qu'il n'entendit pas les vitres voler en éclats et les croisées se briser. Il ne comprit pas davantage ce qu'était l'écume grise et fumante qui dégringolait par les fenêtres sur la neige : il ne le comprit que lorsqu'elle commença à se fragmenter en individus qui tentaient de se relever pendant que d'autres s'abattaient sur eux. Le Grand Chef ôta une main de derrière son dos et la pointa dans leur direction : en crépitant, le jet s'abaissa vers eux, décrivant un arc à la courbure régulière ; il s'attarda longuement sur ces ombres puis rentra dans la baraque. Mais ceux qui gisaient à présent sous les fenêtres n'essayaient plus de se relever, ils se bornaient à remuer faiblement dans la neige, ils blanchissaient à vue d'œil.

Incapable de tenir en place, Rouslan tournait en rond et poussait des cris aigus en relevant tantôt une patte, tantôt l'autre. Ces paillettes blanches qui couvraient leurs vêtements comme une cotte de mailles, il les sentait sur son pelage compact, duveteux, et néanmoins transpercé par le vent glacé. Et, peu à peu, les paillettes commencèrent à jaunir sous ses yeux – cela ne lui arrivait qu'au paroxysme de la colère – et, à travers le voile jaune, il ne distingua plus que le gros tuyau qui remuait dans la neige. Ce serpent abject rampait vers ses pattes, en laissant gicler de minces filets d'eau par ses fentes minuscules ; à l'endroit où il formait un pli que les maîtres n'avaient pas eu le temps de défaire avec leurs bottes, il se soulevait et restait dressé devant son museau, menaçant de se jeter sur lui, mais retombant dès que Rouslan s'avançait.

Heureusement pour Rouslan, un autre chien plus jeune, plus impatient… fut le premier à ne plus pouvoir se contenir. Rouslan entendit son rugissement métallique et, à la périphérie du voile jaune, il le vit passer comme une flèche, gris sombre, mince, étiré dans son élan. Ingouss intercepta au vol la menace qui visait Rouslan. Il retomba en serrant le tuyau entre ses dents et le cloua au sol avec ses pattes. Celui-ci essaya aussitôt de se dégager, amplifia encore la hargne d'Ingouss ; il mordait son ennemi avec des grognements frénétiques en remuant la tête, et de dessous ses crocs jaillissaient des étincelles irisées. Les deux maîtres armés de la lance poussèrent des cris et tirèrent le tuyau à eux, mais Ingouss suivit le mouvement. Et, comme la laisse l'entraînait vers l'arrière en comprimant son cou frêle, sa vue se brouilla, ses yeux s'injectèrent de sang, mais il ne lâcha pas prise.

— Qu'est-ce qui lui prend ? demanda le Maître Suprême.

Déjà, il s'approchait sans se presser, majestueusement, divinité aux terribles yeux bleus, au visage courroucé, soutenant de son bonnet de fourrure la coupole azurée du ciel. Ingouss se borna à le regarder du coin de l'œil, Ingouss n'avait que faire de lui.

— Qu'est-ce qui lui prend, je vous le demande ? Il a attrapé la rage ?

— Le diable le sait, mon cap'taine, dit le maître d'Ingouss.

Il était au désespoir. Il envoya un coup de botte dans les côtes d'Ingouss. Ingouss poussa un terrible grognement mais ne desserra pas les mâchoires.

— On ne sait jamais quelle mouche l'a piqué. Vous le connaissez bien…

— Eh bien, allons, donnez-moi ça.

Le Maître Suprême tendit la main et l'un des maîtres se précipita pour lui donner une barre à mine. Le Grand Chef fronça les sourcils de dépit.

— Pas ça, c'est pas ça que j'vous montre.

Il tendait la main vers une mitraillette. Avec hâte, avec précipitation, le maître d'Ingouss fit glisser la bretelle de l'arme par-dessus sa tête. Et, ressentant une douleur qui devait se nicher pour toujours dans son âme, Rouslan vit enfin comment ça se passait quand on emmenait un chien au-delà des barbelés. La jaquette trouée, en acier oxydé, s'abaissa, se balança au-dessus de la tête d'Ingouss, comme si elle cherchait le meilleur angle pour se planter entre les deux bosses de son front saillant et ses oreilles rabattues par la fureur ; pourtant, elle ne s'y planta pas, mais quelque chose, en elle, s'agita très vite, une auréole d'un rouge orangé étincela autour de sa gueule noire taillée en biseau... et du crâne d'Ingouss jaillit, par un trou noir aux bords déchiquetés, une matière chaude et rose avec des fragments blancs. Dans un spasme, Ingouss s'étira de tout son long ; il avança la tête vers les pieds du Grand Chef, comme s'il tentait, dans un dernier effort, de déposer près de ses bottes le tuyau qu'il serrait entre ses mâchoires.

Le maître d'Ingouss voulut le lui arracher, et la tête d'Ingouss se renversa en arrière. Il n'avait pas cessé de vivre, il remuait mais seulement au niveau de ses mâchoires, qui se contractaient en une dernière morsure. Le maître d'Ingouss lâcha le tuyau et se redressa. Il regarda – le Grand Chef et les autres maîtres regardèrent avec lui – le gros serpent gris se débattre et promener la tête ensanglantée d'Ingouss sur la neige. Mais les animaux ne peuvent supporter pareil spectacle. Rouslan s'était jeté aux côtés d'Ingouss. Maintenant encore, alors qu'il revoyait toute la scène, Rouslan ressentait le contact dur du tuyau, qui semblait fait de contreplaqué, et le froid glacial qui lui avait transpercé les crocs… Et, le cœur serré, il sentit combien il était vain de vouloir trancher cette gorge en toile de bâche : au mieux il pouvait la percer avec ses dents, lui faire de nouveaux trous ; et il en gicla – dans un chuintement – de petits jets acérés, cependant que son échine, son échine sans défense, se hérissait sous l'effet de la proximité brûlante de la gueule noire qui allait vomir, dans un bruit de tonnerre, le châtiment inévitable.

Chaque fois qu'il avait revécu, en pensée, cette affaire malencontreuse, Rouslan n'avait pas réussi à se sentir absolument coupable. Les maîtres aussi étaient fautifs, ils avaient tort d'infliger de tels traitements à d'autres bipèdes, et puis, d'ailleurs, avait-il été le seul, lui, Rouslan, à suivre l'exemple du défunt Ingouss ?

Quelque chose de grand, de puissant, de gris enjamba Rouslan pour bifurquer brusquement et s'affaler de tout son poids sur le tuyau. Du coin de l'œil, Rouslan reconnut Baïkal, d'ordinaire si calme et obéissant ; un instant plus tard, Alma la rusée bondit, puis ce fut le tour de Dick, qui planta ses mâchoires velues près de celles de Rouslan – Dick, l'as de la garde à vue ! Après lui, toute la meute se rua sur l'odieux tuyau pour le déchirer ! Dédaignant toute notion de devoir ou de subordination, les chiens avaient aussi oublié l'éternelle peur que leur inspirait la gueule noire. Et les hommes durent constater qu'ils ne pouvaient les soumettre à leur volonté que si les bêtes n'y voyaient pas d'objection particulière. Mais à présent, elles étaient sourdes, insensibles aux furieuses saccades qu'ils imprimaient aux laisses – et qui, pour un peu, leur auraient brisé l'échine – comme aux coups de botte dans le ventre. Insensibles même à l'intervention du Grand Chef qui, fou de rage, brandissant sa mitraillette, exigeait à grands cris que tout le monde s'écarte et cesse de l'empêcher d'abattre illico ces sales bêtes, qui « ne valaient plus rien », et qu'il fallait « en faire venir d'autres » ! Les chiens saisissent ce genre de menaces, en dépit de la grossièreté et de l'insignifiance du langage humain ! Mais lequel d'entre eux sut reprendre ses esprits, se montrer assez raisonnable pour battre en retraite ?

Parfois, l'un ou l'autre relevait le museau vers l'abîme glacé du ciel et hurlait : ce n'était pas la douleur qui le torturait ; plutôt le sentiment de sa propre faute, la faiblesse de sa raison incapable de tenir tête à la folie. Si l'homme pouvait deviner le contenu des prières des chiens, il découvrirait la même plainte sempiternelle : la plainte d'un être souffrant de ne pouvoir ni pénétrer l'âme mystérieuse du bipède ni discerner ses desseins immortels. Oui, l'animal comprend que l'homme est grand, et que sa grandeur va aussi loin dans le sens du bien que dans celui du mal ; mais il ne peut l'accompagner partout – même s'il est prêt à mourir pour lui, il ne peut atteindre tous les sommets, tous les paliers *avec lui*, il doit fatalement s'arrêter quelque part en cours de route et se révolter.

Et qui eût cru que ce serait Djoulbarss qui leur sauverait la vie ? Seul à avoir gardé son calme, il quitta soudain sa place en s'étirant avec volupté, comme s'il descendait dans l'arène pour conquérir son titre de champion alors que tous les autres adversaires avaient déjà réglé leurs comptes. Personne n'avait remarqué qu'il avait sectionné sa laisse – il rongeait constamment ses laisses quand il n'avait rien de mieux à ronger ni personne à mordre –, mais tous le virent venir lentement, traînant ce bout de cuir dans la neige. Il s'approcha du Grand Chef et se posta juste devant l'œil noir de sa mitraillette, protégeant ainsi les chiens de son corps ; il le surveillait attentivement de son œil et demi, l'empêchait d'appuyer le doigt sur la détente. Ce petit geste imperceptible, mais que Djoulbarss connaissait parfaitement, pouvait coûter la vie au Grand Chef. Et le Grand Chef ne put s'y résoudre. Il était bien placé pour savoir quel genre d'artiste était ce Djoulbarss. Il se sentit alors désemparé et, ça aussi, Djoulbarss le comprit parfaitement. C'est pourquoi il se permit une petite privauté : il glissa sa caboche fourchue de grizzli sous le canon noir et le releva légèrement d'un coup de museau. Cette insolence stupéfia le Grand Chef, elle lui plut néanmoins et son visage se radoucit. Il s'essuya le front avec sa moufle de laine.

— Ça fait rien, y a qu'à les laisser se faire les dents, ces bonnes bêtes. Y a assez d'eau comme ça.

Alors, tranquillement, Djoulbarss lui tourna le dos et retourna à sa place.

L'accès de folie des chiens se dissipa vite, et ils comprirent à qui ils avaient affaire. L'ennemi auquel ils s'étaient attaqués leur infligea une punition qu'ils étaient loin de prévoir. Rouslan ne pouvait y repenser sans trembler, si vive était la sensation qu'il éprouvait, de nouveau, d'être submergé par les gerbes d'eau, brûlantes, tenaces, qui jaillissaient des trous du tuyau tandis que, sous son ventre, sa fourrure – si douce, si longue, si duveteuse à cet endroit – gelait et restait prise dans une calotte de glace formée par l'eau qui dégoulinait de ses flancs. Ses poils s'arrachaient, une vive douleur le tenaillait et, déjà, il lui était impossible de se relever. Quel changement ! Eux qui, d'ordinaire, étaient si bien protégés par leurs luxueuses pelisses ! Trempés jusqu'aux os, subitement amaigris, pitoyables, ils imploraient leur grâce avec des yeux pleins de larmes.

Les maîtres utilisèrent alors le même jet pour les libérer de leur carapace de glace, ils les tirèrent en courant vers le poste de garde. Et ils durent en traîner quelques-uns qui ne pouvaient même plus se tenir sur leurs pattes. Une fois dans la baraque, les chiens se blottirent dans un coin pour se lécher et déplorer ensemble l'incident. On avait beau les séparer, ils se regroupaient : une humble loi leur enjoignant de se réconforter mutuellement dans le malheur, de se réchauffer et de se sécher les uns les autres, les jours de grand froid.

Vint une nuit d'épouvante. Reconduits à leurs box, ils y furent laissés seuls avec leur faute. Bien sûr, ils pouvaient échanger des aboiements à travers les cloisons, mais ça ne réconfortait personne, à présent, et, hormis les reproches réciproques et les pressentiments funèbres, ils n'avaient plus rien à se dire. Beaucoup d'entre eux rêvèrent de Rex, ils entendirent sa voix, rendue rauque par la froidure et le vent. Il leur disait en pleurant combien il se sentait seul au-delà des barbelés, il les appelait tous à lui. Les chiens d'âge moyen se souvenaient d'un certain Baïram, que Rouslan n'avait pas connu, mais qui avait, paraît-il, précédé Rex sur ce chemin ; les anciens évoquaient, eux, la célèbre Lady, que les maîtres appelaient aussi « Lady Hamilton », et qui avait ouvert la funeste série ; avant elle, l'histoire du camp se perdait dans le brouillard.

Le lendemain matin, les maîtres arrivèrent à l'heure habituelle, ils leur donnèrent à manger, mais ne les touchèrent pas. Ils nettoyèrent les box, secouèrent les litières dans le couloir en discutant entre eux d'une voix mauvaise ; ils parlaient du Maître Suprême en termes réprobateurs ; pour les uns, « bien sûr, il était juste, mais c'était une brute », pour les autres « quand même, c'était une brute, même s'il était juste ». Puis vint le Grand Chef en personne et il ordonna de tâter le nez des chiens :

— Ceux qui ont le nez chaud, laissez-les se reposer, les autres, emmenez-les. Et pis qu'on veille bien à ce qu'y ait plus jamais d'incartades !

Pourquoi les emmena-t-on au travail par un tel froid ? Pourquoi les fit-on asseoir en demi-cercle devant la même baraque, à présent silencieuse et qui n'évoquait rien pour les chiens, sinon le souvenir pénible de la scène de la veille ? Était-ce vraiment pour garder cette énorme caisse montée sur roues, qui se trouvait là, sous les fenêtres, ce fourgon en planches qu'ils voyaient chaque fois qu'il y avait des morts dans le camp ? Hochant leurs têtes semblables à des marteaux, deux rossinantes aux yeux larmoyants franchirent tristement la grande porte en tirant le fourgon, elles le promenèrent ensuite de baraque en baraque avant de l'emmener, parfois chargé à ras bord, sur la route cahotante qui menait à la forêt. Et il ne venait pas à l'idée des chiens que l'on pût s'en prendre à un semblable convoi. Oui, il se gardait lui-même mieux que la meilleure escorte : l'hiver, il inspirait l'épouvante par les crissements et les chocs sourds – des bruits d'ossements – qui résonnaient contre ses flancs élevés et fendillés ; l'été, pendant la canicule, quand des essaims de mouches s'amassaient au-dessus de lui, on avait envie de fuir droit devant soi pour échapper à sa méphitique puanteur. Si Rouslan avait pu donner des noms aux odeurs, il aurait dit que ce fourgon sentait l'enfer. Comme tous ses congénères, il ne pouvait accepter l'idée de la mort-néant, l'idée d'un lieu où il n'y a absolument rien, pas même la moindre odeur. Il imaginait quand même vaguement à quoi ressemblait l'enfer des chiens : sans doute une grande cave plongée dans la pénombre et où tous ces Baïram et autres Rex, enchaînés au mur, la gueule tenue par une énorme main, se faisaient fouetter à coups de laisses, piquer les oreilles avec des aiguilles à longueur de journée, et ne recevaient pour toute nourriture que de la moutarde, de la moutarde, encore de la moutarde. Il se représentait l'enfer des hommes comme un pays encore plus énigmatique, où ça ne devait pas être bien gai non plus, pour la simple raison que les hommes y partaient tout nus. Les vivants se partageaient leurs hardes, et Rouslan les confondait longtemps avec les trépassés ou avait l'impression que ceux-ci se cachaient quelque part dans les parages et allaient apparaître d'un moment à l'autre. Mais, si loin que remontât sa mémoire, il ne se souvenait pas d'en avoir jamais vu un seul apparaître : c'était donc pour longtemps qu'ils fuyaient dans leur cave, et on avait aussi peu de chances de les voir revenir que de revoir Rex vivant. Ces deux enfers avaient cependant un point commun : ils inspiraient une peur incompréhensible, inextinguible, une angoisse sourde, incoercible et qui vous poursuivait partout, dès qu'on effleurait ce mystère épouvantable.

Dans le silence de ce jour sans vent, on entendait le gel : la vapeur bruissait en sortant des naseaux des chevaux, les boules de crottin éclataient avec fracas, les planches du fourgon crépitaient, gémissaient. La crinière et la queue couvertes de givre, les haridelles se tenaient là, parfaitement immobiles, et sur son siège, l'air maussade, le cocher courbait l'échine, absolument indifférent aux coups violents qui résonnaient derrière son dos : on eût dit que, par les fenêtres, on lui jetait dans son fourgon de grandes bûches blanches, fraîchement fendues. Une fois, pourtant, il se retourna pour voir si on ne le surchargeait pas aujourd'hui, puis il s'emmitoufla de nouveau dans sa touloupe noire.

Le Maître Suprême, qui faisait les cent pas tout seul à l'intérieur du cordon des chiens, avait tort de s'énerver. Il pouvait être content : tout se déroulait dans le calme, et les chiens assuraient patiemment leur Service, bien qu'ils eussent terriblement froid et que des contractions spasmodiques fissent claquer leurs mâchoires comme des castagnettes. Ils sentaient tomber sur eux les regards enflammés des pupilles dessinées par l'haleine des détenus sur la couche de givre qui obscurcissait les vitres aux fenêtres des autres baraquements ; parfois aussi ils n'y tenaient plus et tournaient le dos, mais, par un tel froid, alors que le gel effaçait toutes les odeurs, il ne pouvait, à leur sens, rien se produire. Et de fait, il ne se passa rien, sauf que soudain l'un des deux hommes qui remplissaient le fourgon se pencha à la fenêtre et cria, en menaçant du poing le Grand Chef : « Vous paierez ça un jour ! », mais l'autre lui ferma aussitôt la bouche avec sa moufle et l'entraîna à l'écart, dans la pénombre.

Le Grand Chef tournait le dos à la fenêtre ; il ne se retourna pas.

Les chiens assurèrent ce triste Service jusqu'au bout, comme le désirait le Grand Chef, c'est sans doute ce qui leur valut d'être pardonnés. Il est probable que si Ingouss était resté avec eux, il aurait agi de même et on lui aurait pardonné, à lui aussi.

Chacun était terriblement marqué par la façon absurde dont les choses avaient tourné pour Ingouss ; même Djoulbarss, qui l'avait toujours jalousé. Il considérait que tout était dû à son manque de vigilance. Mais le plus impressionné par l'événement fut l'instructeur. Après la révolte des chiens, il resta comme abasourdi. Il commença à confondre leurs noms ; il disait, par exemple, à Baïkal ou à Tonnerre : « Ingouss, ici ! » et s'étonnait de ne pas être obéi. Il croyait voir Ingouss partout. Il le cherchait constamment dans la meute, bien que les chiens lui eussent annoncé depuis longtemps qu'Ingouss gisait au-delà des barbelés, serrant dans la gueule un morceau de toile de bâche qu'on avait dû couper faute d'avoir pu la dégager de ses crocs « pas encore consolidés » et d'avoir eu le courage de lui casser les mâchoires à coups de barre de fer.

Ne voyant décidément pas revenir son préféré, l'instructeur imagina de jouer le rôle d'Ingouss. De fait apparurent chez lui des traits d'Ingouss : il avait le même air rêveur, pensif, la même façon d'agir irraisonnée, et, à présent, quand il courait à quatre pattes, il imitait l'allure dansante d'Ingouss. Et, de plus en plus, l'instructeur se prenait à ce jeu. De plus en plus souvent, il disait : « Attention, je fais une démonstration ! », et ses démonstrations étaient de plus en plus réussies… Et voilà-t-il pas qu'un jour il en fit une dans la baraque du poste de garde : au cours d'une discussion avec les maîtres, il se mit soudain à quatre pattes et commença à aboyer après le Grand Chef. Et il sortit comme ça, en aboyant, après avoir ouvert la porte avec son front. Les maîtres se tordaient comme des baleines ; mais, quand ils eurent bien rigolé, ils décidèrent pourtant d'aller à la recherche de l'instructeur, et vous savez où ils l'ont trouvé ? Dans le box d'Ingouss. À leur approche, il se mit en rage contre eux, gronda et montra les dents.

— Je suis Ingouss, vous avez compris ! Ingouss ! vociférait-il en prononçant ses dernières paroles humaines. Je ne suis pas un spécialiste des chiens, pas un cynologue, je ne suis plus un homme. Maintenant, je suis Ingouss ! Ouah-ouah !

À cet instant précis, les chiens comprirent pour la première fois ce qu'il aboyait. L'âme d'Ingouss avait transmigré en lui, cette âme qui aspirait éternellement à atteindre un but inconnu et qui, à présent, les invitait à la suivre.

— Partons d'ici ! aboyait l'instructeur Ingouss. Partons tous d'ici ! Ce n'est pas une vie, ici, pour nous !

Les maîtres le ligotèrent avec des longes et le laissèrent pour la nuit dans ce même box ; et il ne put se calmer de toute la nuit : il mettait les chiens en émoi par ses appels, il leur retourna l'âme en les berçant de visions envoûtantes, faites de forêts profondes, inondées d'une fraîcheur voluptueuse et dont les frondaisons laissaient fuser mille rayons de soleil ; il leur promit de les conduire en des lieux où l'herbe montait plus haut que la tête, plus haut même que le bout de leurs oreilles dressées, vers des rivières à l'eau claire comme le cristal, vers un air si pur qu'on croirait le boire et non le respirer, et si tranquille que le ronflement du bourdon y serait le bruit le plus fort. Là-bas, dans cette contrée secrète, ils vivraient libres, en une meute unie, selon les lois de la fraternité, et jamais, jamais plus ils ne serviraient l'homme ! Les chiens s'endormaient et se réveillaient dans les affres d'une poignante nostalgie, savourant à l'avance le long voyage qu'ils entreprendraient dès le lendemain sous la houlette de l'instructeur. Sur ce point, la décision s'était imposée d'elle-même : il serait leur chef de meute, et Djoulbarss, qui n'y voyait aucun inconvénient, se contentait de la deuxième place.

C'est le lendemain matin que, dans la cour réservée à la promenade, ils virent l'instructeur pour la dernière fois. Les maîtres le portèrent ligoté, et l'assirent dans une jeep en l'attachant fortement à son siège. Et, comme il ne cessait d'aboyer, ils le bâillonnèrent avec un vieux calot. Les chiens restèrent assis devant lui, attendant qu'il exécute quelque tour : qu'il rejette son bâillon ou se libère de ses liens ; mais il ne leur montra rien, il les regarda simplement, et des larmes coulaient sur son visage. Les chiens étaient au bord des sanglots ; lorsqu'on les avait séparés de leur mère, petites choses aux yeux troubles et sans cervelle, ils avaient moins souffert : une nouvelle vie venait de les appeler, ils avaient redécouvert et rappris à aimer leur instructeur, et voilà que tout s'écroulait, que la triste et morne succession des jours ordinaires, le vieux train-train quotidien allaient recommencer.

Ils étaient bel et bien devenus orphelins, et le terrain désert avait cessé d'être un lieu de fête pour devenir un lieu de tourments et d'intrigues pénibles. Le nouvel instructeur, arrivé peu après, ne leur faisait plus aucune démonstration, mais procédait à coups de fouet…

Ah, mieux valait ne pas repenser à tout ça ! Soupirant bruyamment, Rouslan quittait son poste au pied du réverbère et gagnait le perron plongé dans l'obscurité ; là, il mettait longtemps à s'installer, ahanait, faisait grincer les lattes du plancher ; il s'immobilisait enfin en prêtant l'oreille au bruit du monde, celui-ci se figeait peu à peu. La nuit s'épaississait, se gorgeant de noirceur et de froidure. Rouslan voyait sans cesse mûrir de nouvelles étoiles, elles clignotaient comme les yeux d'êtres merveilleux, inconnus ici-bas. D'ailleurs, ces luminaires vivants lui semblaient plus proches que la lune abhorrée, qui sentait le cadavre. Il pouvait les observer longuement et les savait doués d'une qualité intéressante : quand on s'assoupissait et qu'on rouvrait les yeux, on les retrouvait à un autre endroit. Il mesurait ainsi le cours du temps, et ses heures de service ne s'enfuyaient pas comme ça, pour rien : elles étaient comptées sur cette horloge céleste.

Ceinturé, balafré de frontières, de limites, de clôtures, de barrages, notre pauvre petit globe volait, en tournant sur lui-même, vers les pointes acérées de ces étoiles, et, sur toute sa surface, il n'existait pas un pouce de terre où une créature n'en gardât pas une autre. Où une première catégorie de prisonniers aidée d'une seconde catégorie de prisonniers, n'exerçât pas une surveillance serrée sur une troisième catégorie de prisonniers, pour les prémunir – et se prémunir elle-même – contre le danger mortel qu'il y aurait à respirer une gorgée superflue de liberté bleue. Soumis à cette loi, la deuxième après celle de l'attraction universelle, Rouslan gardait son prisonnier en sentinelle inamovible, fidèle au poste qu'il avait librement choisi.

Il dormait d'un œil, d'une oreille, sans se laisser engloutir par l'inconscience. Sa tête tombait sur ses pattes, il se secouait avec effroi et une ride supplémentaire apparaissait sur son front saillant. Et les souvenirs ne l'abandonnaient qu'à l'approche des soucis du lendemain.

4

Parfois leur itinéraire habituel se trouvait légèrement perturbé. Arrivé à la gare, avant d'obliquer vers ces stupides wagons, le Râpé s'arrêtait, se grattait la joue des cinq doigts d'une main débarrassée de sa moufle et disait à Rouslan d'une voix hésitante :

— On va aux nouvelles, hein ? Peut-être qu'on nous a pas oubliés ?

Rouslan acceptait à contrecœur et ils obliquaient vers la gare, non pas vers son perron principal, mais vers un perron latéral où la porte était flanquée de deux boîtes bleues. Devant ce perron, le Râpé tapait soigneusement ses galoches pour en faire tomber la neige et louchait vers Rouslan pour s'assurer que ses pattes étaient bien propres. Les premières fois, il chercha à laisser son gardien dehors et à lui confier sa boîte à outils, mais Rouslan coupa court à ces tentatives. Il montait avec le Râpé, entrait et l'attendait, l'air sévère, à l'intérieur du bureau, dédaignant de s'asseoir sur le plancher fangeux. Dans cette salle, une chaleur dense, accablante, rayonnait d'un poêle bleu de forme ronde qui occupait un angle et soutenait le plafond. Pourtant, le minuscule vasistas, défendu par une grille, était hermétiquement fermé, et, par-dessus le marché, les deux têtes qui émergeaient derrière le comptoir étaient emmitouflées dans d'épais fichus gris. Ces têtes étonnantes jacassaient perpétuellement et faisaient des mouvements parfaitement symétriques, attrapant au vol avec les lèvres les graines de tournesol qui jaillissaient de leurs poings à une cadence de mitrailleuse et recrachant les écales dans ces mêmes poings.

Rasant les murs, le Râpé se dirigeait vers le comptoir, il sortait des profondeurs de sa chemise un papier chiffonné qu'il défroissait avant de se racler la gorge en toussotant pour poser une question. Pendant un temps, on ne le remarquait pas ; mais, en fin de compte, la symétrie se trouvait cruellement perturbée : l'une des têtes s'immobilisait au moment d'attraper une série de graines, et braquait sur lui des yeux fixes, qui ne cillaient point ; l'autre, surprise alors qu'elle recrachait les écales, s'essuyait les lèvres du revers de la main. L'air bougon, elle se penchait sous le comptoir en commençant presque immédiatement à hocher la tête en signe de dénégation.

— On m'écrit, on m'écrit, la lettre est en train de se faire, disait le Râpé, répondant à sa propre question en ayant l'air de s'excuser, et il enfouissait de nouveau son papier entre sa chemise et sa poitrine.

D'ailleurs, avec le temps, les têtes avaient adopté la formule et, certaines fois, elles clouaient le Râpé sur le seuil en lui ôtant toute raison de le franchir :

— On vous écrit, on vous écrit !

À vrai dire, s'il venait là, c'était justement pour s'entendre dire ça, après quoi il n'avait plus rien à faire en ces lieux. Pourtant, au lieu de s'éloigner, il allait et venait dans la pièce, il inspectait les murs et, les mains derrière le dos, lisait tout ce qui lui tombait sous les yeux.

— Mandats télégraphiques, t'entends ça, chien policier ? Ça revient à sept roubles pour cent roubles, alors que, par la poste ordinaire, ça en coûte que deux. Eh bien, tu vois, rien à redire, le temps, ça vaut de l'argent. Pour téléphoner à Moscou, ça coûte deux roubles soixante la minute. Dommage que j'aie personne à qui parler à Moscou. Toi non plus, t'as personne, mon petit Rouslan ? Sinon, on lui aurait aboyé quelque chose pour cinq kopecks.

Puis il stationnait longtemps devant une affiche sur laquelle un jeune homme à la gueule épaisse et vermeille esquissait un sourire sarcastique en tenant dans une main un livret gris et en pointant le pouce de l'autre par-dessus son épaule vers un tas d'objets hétéroclites qui se trouvaient derrière son dos ;

Rouslan en reconnaissait vaguement deux : une voiture particulière et un lit. Le Râpé lisait :

— « Une à une à la Caisse
D'épargne vont mes pièces »... Tiens donc !
« J'y trouve mon profit
Et le pays aussi.
Si je sais épargner,
Je pourrai acheter
Tout ce dont j'ai envie. » Ce que c'est bien dit ! Et dire que nous, on n'y avait même pas pensé ! Qu'est-ce qu'on a amassé, nous autres ? Des jours, voilà ce qu'on a amassé, sans compter tout le rabiot qu'on nous a rajouté en guise d'intérêts, alors qu'en fait, qu'est-ce qu'il faut pour être heureux ? Des roubles ! Et puis, cinq pour cent l'an, faut pas cracher dessus non plus !...

La tête tournée vers la porte, Rouslan montrait les dents, exaspéré, en faisant des moulinets avec sa queue : le temps passait ! Mais, quand on sortait d'ici, ça ne voulait pas dire qu'on allait au travail pour autant. Après ce détour, le prisonnier faisait un saut au buffet, sifflait deux chopes d'une infection à mousse jaune qui venait s'ajouter à ce qu'il avait bu la veille et lui donnait une haleine apocalyptique, et, à condition de ne pas trouver d'interlocuteur, il finissait par se rendre dans la « zone de travail ». Parfois il n'y allait même pas. Parfois il sifflait une troisième chope, puis rentrait dans ses pénates et expliquait à la mère Stioura avec un étonnement gêné :

— Tu parles d'une journée de poisse, punaise de bonsoir ! On n'a rien récupéré aujourd'hui. Tiens, petit Rouslan te le dira lui-même. Mais c'est vrai qu'on a du surplus, il doit bien rester deux planches d'hier.

— Et c'est aussi bien comme ça, approuvait la mère Stioura, qui n'était pas non plus un bourreau de travail. Il vaut mieux rester chez soi que de rôder Dieu sait où.

Ces libertés que le Râpé se permettait avec le Service mettait Rouslan en rage. Il ne pouvait supporter le manque de conscience professionnelle. Car lui, il était tout souci, tout mouvement. Il avait tant à faire : s'octroyer un brin de sommeil, dégoter sa pitance au moins une fois par jour, escorter son prisonnier dans un sens, puis dans l'autre, faire un saut jusqu'au quai de la gare, flairer pour savoir qui s'y était rendu, ce qui s'y était passé durant les dernières vingt-quatre heures, enfin visiter les chiens dans les maisons, tenter de peser leurs pressentiments à chacun. Tandis que ces deux-là, ils roupillaient à volonté, ils s'étaient même arrangés pour avoir leur nourriture à portée de la main, à la cave ou dans le poulailler. À part ça, rien ne les touchait : ni le fait que le train n'arrivait toujours pas, ni le fait que le travail n'avançait pas, ni le fait que ses jours à lui, Rouslan les gaspillait d'une façon aussi absurde. Que faire ? Presser, tarabuster le Râpé ? En toute franchise, cela n'entrait pas dans ses attributions de chien. C'étaient les maîtres qui réglaient les cadences, qui décidaient quand les colonnes devaient courir au trot ou rester assises dans la neige ; sur ce point, il craignait de s'arroger des droits qui ne lui appartenaient pas. Il ne lui restait qu'une solution : s'activer, quant à lui, et attendre. Attendre sans perdre la foi, sans perdre l'espoir, en gardant ses forces pour les temps futurs.

Cependant, la neige se salissait de plus en plus, elle devenait poreuse et il s'en exhalait quelque chose d'indiciblement merveilleux, qui inspirait l'espérance et l'inquiétude. L'air devenait plus humide et, les jours de soleil, les gouttes tombaient plus dru des toits. Puis elles se mirent à tomber la nuit aussi, troublant le sommeil de Rouslan, et le dégel troua la neige glacée au milieu de la rue, découvrant les planches fissurées des trottoirs.

La neige se tenait, encore, dans les fossés, et dans l'ombre épaisse des palissades, mais de jour en jour elle s'affaissait, maigrissait, s'épanchait en flaques, et semblait à peine froide.

Vint alors le neuvième printemps de Rouslan, un printemps différent de tous.

Il apprit que dès le moment où les neiges s'en vont, où la forêt s'emplit d'une verdure jeune et gluante, où elle devient impénétrable, la nourriture vivante y abonde. Rouslan ne trouvait plus de mulots sur son chemin : ceux-ci avaient tiré quelques leçons de leurs aventures tragiques de l'hiver, ou peut-être Rouslan manquait-il d'expérience pour trouver ces saletés dans les feuilles mortes qui jouaient comme des ressorts sous ses pattes. En revanche, son attention fut attirée par les oiseaux qui s'étourdissaient de leur propre chant.

Plus l'oiseau était gros, plus il était imprudent. Quand leurs chants se firent plus rares, il découvrit – sur des branches ou à même la terre – leurs nids pleins de cailloux oblongs et arrondis, blancs, rose pâle ou bleu ciel et tachetés. Une vie couvait en eux et cela aussi se mangeait, bien que ça ne courût ni ne sautât. Il les prenait en bloc dans sa gueule, croquait les coquilles et gobait le liquide chaud et visqueux.

La propriétaire des cailloux essayait d'ordinaire de l'ennuyer en voletant devant son nez, mais ses cris indignés ne l'impressionnaient guère : pour les manœuvres dilatoires, il n'était pas né de la dernière pluie. Il répugnait pourtant au pur et simple pillage ; en guerrier farouche, il aspirait à la lutte, à l'affrontement pouvant aller jusqu'à la mutuelle effusion de sang. Ainsi, même avec un blaireau, on pouvait rivaliser d'astuce : là, Rouslan le comprit sur-le-champ. Pas question d'avoir ce lourdaud à la hussarde ! Il devait se remuer les méninges et, surtout, ne pas se presser quand l'autre sortait de son trou pour la première fois et même pour la seconde : le blaireau reconnaissait le terrain et pouvait retourner instantanément dans son terrier. Il fallait au contraire le laisser jouir du silence, de son impression de sécurité ; son désespoir et son désarroi n'en seraient que plus grands quand on lui couperait la retraite. Personne n'avait jamais enseigné cet art à Rouslan, et toutes ces choses qu'il ignorait sur son propre compte, il les découvrait à présent, étonné et joyeux. Combien il était enivrant de se procurer sa nourriture à l'aide de ses crocs au lieu d'attendre qu'on vous l'apporte dans une gamelle.

Combien il aimait s'approcher furtivement, se tapir dans l'herbe et les fougères, se dissimuler des heures durant, pour lancer une attaque foudroyante.

Grisé par ses succès, il prit un jour le risque de jeter à terre un petit élan – après avoir hésité jusqu'à la dernière seconde. Le danger n'était pas de broyer le faible cartilage du cou sans recevoir de coups de sabot dans les côtes, c'était de le faire alors que la mère marchait devant, sur le sentier, à deux ou trois pas de là. Et celle-ci le prit en flagrant délit. Dans son excitation, il se jeta aussi sur elle et il s'en fallut d'un cheveu que la biographie de Rouslan ne s'arrêtât là. Mais une voix salvatrice résonna dans les hauteurs et il comprit qu'il s'était heurté à une force devant laquelle il était plus raisonnable de battre en retraite. Il s'enfuit, dans un mouvement de panique exagérée, sans oublier toutefois de décrire des cercles et de ne pas trop s'éloigner de sa proie. Il lui fallut attendre longtemps, et il savait qu'il allait être terriblement en retard, mais cette soif était plus forte que lui, plus forte que le devoir et le repentir. Il fut récompensé de son attente : la mère élan finit par abandonner le corps inerte de son enfant. Cet instant, il l'avait espéré non pour dévorer sa proie – il n'en avait plus le temps –, mais pour s'assurer qu'il était plus patient que la mère inconsolable.

Il rencontra les seigneurs de la forêt, dont il avait jusque-là vaguement soupçonné l'existence. Ils lui ressemblaient, mais comme ils étaient pitoyables ! Il était beaucoup plus gros, il comprit qu'il n'aurait pas de mal à venir à bout d'un, voire de deux loups, et qu'il saurait échapper à une meute tout entière. Et les loups eux-mêmes s'entendirent à l'amiable avec lui, et feignirent de ne pas le remarquer.

Seulement, ils lui donnèrent une idée : tout comme eux, il pouvait lui aussi devenir un animal libre, un prédateur. Mais Rouslan ne savait pas – et nous, êtres instruits, nous ne savons pas toujours non plus – que ce qui nous préserve le mieux de la ruine, c'est notre activité propre, ce pour quoi nous avons été formés, ce que nous avons appris. Entré dans la deuxième moitié de son existence, il avait en effet appris à ne pas se passer des hommes, appris à les servir, à les aimer.

Les aimer, voilà l'essentiel, personne en ce monde ne vit sans amour : ni ces fameux loups, ni le requin dans la mer, ni le serpent dans ses marais. Il était empoisonné, à jamais, par son amour, par son adhésion au monde des hommes, cette drogue – la plus douce d'entre toutes – qui, plus que l'alcool à l'alcoolique, lui était nécessaire tout en le détruisant. Aucune des félicités que procurait la chasse n'aurait pu se substituer à la béatitude que faisait naître en lui l'obéissance à l'être aimé, au bonheur dont l'emplissait le moindre éloge émanant de celui-ci. Aussi considérait-il ses parties de chasse (où personne ne l'envoyait ni ne le félicitait de ses succès) comme une activité qui l'aidait seulement à survivre et à conserver ses forces.

Soit en percevant la sonnerie de quelque mouvement d'horlogerie caché dans son cerveau, soit d'après l'inclinaison d'un rayon de soleil traversant le haut des arbres, Rouslan sentait de façon inexplicable que son prisonnier se frottait enfin les yeux et, fidèle à son devoir, il rentrait, abandonnant la chasse au moment le plus exaltant.

Alors, après avoir reconduit le Râpé chez lui et attendu que, en compagnie de la mère Stioura, il s'attaque à la bouteille, sans perdre une minute, il courait à la gare. Il était le seul à continuer à venir ici, le seul que les employés vissent encore assis sur le quai désert ou faisant le tour des voies. Il pouvait rester assis jusqu'à la nuit près du sémaphore qui se dressait à l'ouest, écoutant chanter les rails, accueillant les trains de marchandises bondés et les rapides qui sentaient la fumée et la poussière de villes lointaines. Les convois passaient à toute vitesse ou s'arrêtaient le long d'autres quais ; il s'en détournait alors avec hostilité, plissait les paupières d'un air mécontent et traversait la gare au galop pour aller jusqu'au sémaphore opposé, auprès duquel il demeurait longtemps assis à voir passer des trains qui apportaient le parfum à peine perceptible de l'océan sévère et puissant.

Parfois, dans sa demi-somnolence, les odeurs venues de l'océan et des villes inconnues le tourmentaient ; il était torturé par la tentation de partir à l'aventure en suivant les rails au-delà de l'un ou de l'autre sémaphore, de courir ainsi, tant qu'il en aurait la force, jusqu'à ce qu'il aperçoive ce qui l'attirait. Mais il ne savait pas combien de temps il lui faudrait courir – toute une journée ou tout l'été ? – et, pendant son absence, l'unique train qu'il attendait pouvait arriver !

Du haut du quai, il voyait les toits du bourg, qui s'entassaient comme des escarres bigarrées, et le clocher avec sa croix où s'accrochait chaque jour le soleil couchant. Saisi d'une anxiété et d'une tristesse inexplicables, Rouslan se mettait à geindre sans raison, à flairer convulsivement à gauche, à droite ; il lui suffisait de fermer les yeux, de poser la tête sur ses pattes pour être environné de visions bizarres. Les mêmes qui, au camp, l'avaient régulièrement visité dans l'obscurité de son box ; ce n'étaient pas du tout des rêves, car les rêves ne se répètent pas si souvent et ne se gravent pas si bien dans la mémoire.

Parfois, il se voyait au milieu d'une large vallée de montagne, dans une herbe drue qui lui arrivait jusqu'au ventre, courant autour d'un troupeau de brebis… Les montagnes bleu et rose s'évanouissent peu à peu dans l'obscurité, il s'en exhale un vent humide et comme une promesse de malheur, et les brebis se serrent les unes contre les autres, et lui, il calme leur inquiétude par des aboiements graves et rauques. Ayant décrit un immense cercle, il s'approche d'un feu de camp, s'assied à côté des bergers, comme leur égal, et regarde longuement les flammes, incapable de détourner les yeux de leur jeu mystérieux et changeant. Et les bergers s'adressent à lui sur le même ton que celui dont ils usent pour se parler entre eux : « Tiens, voilà Rouslan… », « Repose-toi, Rouslan, tu as assez couru », « Mange, Rouslan, on t'a gardé ta part… », et il accepte leurs marques de respect comme un dû : il est évident qu'ils ne pourraient se passer de lui. C'est lui qui, le premier, sentira le loup et l'affrontera comme il sied à un chien de berger : non pas en aboyant, histoire de montrer son zèle, mais avec ses crocs et son poitrail, en sentant dans son dos la chaleur du feu de camp et des hommes, qui viendront toujours à son secours…

… Par un jour de canicule, en plein midi, il courait sur une pente avec des gamins aux pieds nus ; ils avaient jeté un bâton dans l'eau, et il allait le chercher à la nage en faisant gicler l'eau immobile et visqueuse, puis il restait étendu de tout son long, comme un cadavre, les yeux fermés pour se protéger du soleil, et ils se couchaient à côté de lui en plaquant leur ventre mouillé sur le sable, ils lui tiraillaient les poils, lui retiraient une tique incrustée dans son oreille brûlante et enflée… Après s'être baignés au point d'en devenir tout bleus, ils remontaient paresseusement le coteau et lui, il marchait à quelque distance, content et fier à l'idée que, tant qu'il serait avec eux, aucun mal ne les toucherait, ni serpents, ni vaches, ni chiens enragés…

… Dans la lumière bleue du matin, en pleine taïga, perdant pied dans une congère, il se précipitait au secours de son maître en difficulté, il plantait ses crocs dans l'arrière-train d'un ours et les serrait à mort, et quand il se retrouvait en difficulté, son maître le tirait d'affaire en achevant l'animal à coups de couteau et de crosse. Le premier morceau de viande chaude et sanguinolente était pour lui ; puis ils rentraient avec leur lourde proie – et quelques blessures pansées tant bien que mal –, pleins d'un amour réciproque…

Et, partout, l'amour était présent, immanquablement : l'amour pour les bergers en bonnet de fourrure noire, l'amour pour les gamins, l'amour pour ce chasseur au visage plat et aux yeux étroits.

Mais où les avait-il vus ? D'où sortaient ces visions ? De toute son existence et jusqu'à ce printemps, il n'avait jamais vu ni montagnes, ni brebis, ni rivières ombragées, ni bouleaux pleureurs, ni animaux dépassant la taille d'un chat. Il n'avait connu depuis sa naissance qu'alignements de baraques, doubles ceintures de barbelés, mitrailleuses sur les miradors et la botte gauche de son maître… Peut-être ces visions, surgies Dieu sait d'où dans les profondeurs de sa mémoire, lui venaient-elles de ses ancêtres, les « volkodavs[1] » des steppes, les « laïkas » de gros gibier, les bergers à poil long des vallées montagneuses, ceux qui, en définitive, l'avaient engendré et, outre la taille, la force et la bravoure, lui avaient transmis leurs expériences personnelles ? Mais à quoi bon ? Pour qu'il en souffre et languisse après les vies qu'il n'avait pas vécues ? Ou n'était-il que le maillon d'une chaîne infinie, et ces visions d'une douceur insoutenable ne lui étaient nullement destinées, à lui, mais aux jeunes chiens qu'il avait engendrés ou qu'il allait engendrer ?

1. Volkodav : littéralement, « étrangleur de loups ». Race de chiens de berger russes. *(N.d.T.)*

Mais ces visions lui apportaient de la joie, à lui aussi, il les conservait avec mille précautions au fond de son âme, craignant d'en troubler le cours, et, durant ses jours difficiles, il savourait à l'avance l'instant où il se retrouverait enfin seul avec ses vivantes images. Parfois il lui semblait avoir vécu tout cela jadis, avant le camp, avant le chenil, avant le début de sa vie consciente, et il en rêvait comme d'un passé dont il y avait lieu d'être fier. Mais il en rêvait souvent aussi comme d'un avenir qui se réaliserait nécessairement un jour, et ces rêveries illuminaient son existence, la pénétraient d'un sens supérieur. Elles lui avaient permis de ne pas devenir fou furieux, de ne pas se sectionner la patte de chagrin, de ne pas se laisser mourir de faim et de ne braver qu'une fois les balles des maîtres, alors que cela aurait pu lui arriver cent fois, à lui, fils et petit-fils de chiens de berger, à qui le sort avait confié la garde des brebis bipèdes.

Le maître, qui connaissait Rouslan, son tempérament, ses capacités, n'avait jamais réussi cependant à percer son énigme majeure, à pénétrer ce mystère d'entre les mystères que Rouslan ne lui aurait pour rien au monde révélé, même s'il l'avait pu. L'instructeur, qui avait dit que le Service n'avait pas toujours raison et qu'il fallait tout considérer comme un jeu, était plus près de la vérité, mais il n'en était qu'à mi-chemin. Car toute la vérité et la clé même de l'énigme de Rouslan, ce n'était pas que le Service pût avoir tort en quoi que ce fût à ses yeux, c'était qu'il ne tenait pas ses brebis pour coupables, à la différence de Iéfréïtor et des autres maîtres.

Oui, l'expérience le lui enseignait : les hommes que les barbelés séparaient de lui étaient méchants, étrangers, mauvais ; ils étaient qualifiés de « chiens », de « salauds », d'« ordures », de « fascistes », et il suffisait qu'il entende siffler, chuinter et rugir ces mots pour que les poils de son échine se hérissent, pour qu'un grondement gargouille dans sa gorge. Oui, ils lui avaient fait goûter de la moutarde quand il était tout jeune, ils lui avaient percé l'oreille avec une épingle, tiré des coups de feu en plein museau avec un grand pistolet imbécile et martelé le dos avec une canne de bambou. Ils avaient copieusement empoisonné son enfance et il avait attendu impatiemment le moment où il serait grand et pourrait leur faire payer tout ça. Mais, devenu grand et capable de jeter à terre n'importe lequel d'entre eux, il ne trouva pas ses offenseurs dans toute cette bande ; or il voulait trouver ceux dont il avait conservé le souvenir. Et ceux qui ressemblaient à ses offenseurs suscitaient moins de hargne chez lui que les offenseurs eux-mêmes. D'ailleurs, et même pour ces crétins, sa hargne avait commencé à décliner ; il avait beau essayer de s'échauffer en se rappelant le passé, il éprouvait de plus en plus d'étonnement, tant leurs vilenies lui paraissaient stupides, pitoyables, proprement indignes de bipèdes. L'un vous tirait la queue tandis que l'autre vous enlevait la nourriture de dessous le nez. Et pourquoi ça, franchement ? Pour la manger ? S'il en avait été ainsi, il les aurait compris... Mais il avait commencé à se douter que tout n'allait pas très bien dans leur tête et que les maîtres ne les considéraient pas à juste titre comme des hommes. Et, de fait, que pouvait-on encore attendre de ces pauvres créatures à l'esprit obscurci ? Pouvait-on haïr des gens comme ça ? Plutôt les mépriser pour leurs perpétuelles querelles et la peur qu'ils avaient les uns des autres, pour leur façon de n'être jamais contents mais de tolérer l'intolérable, pour le fait que, même au bord de la tombe, ils ne sautaient pas à la gorge de leurs bourreaux. Mais au moins lui faisaient-ils pitié quand ils se laissaient si docilement torturer et tuer ? Sur ce point, interrogez un chien de berger à qui il advient de voir égorger les brebis qu'il a gardées avec tant de soin. Certes, ce spectacle le chagrine, mais il ne cesse d'aimer son maître pour autant. Et puis, d'ailleurs, les brebis ne trouvent rien à y redire : il faut voir cette allure de victime résignée, cette délicatesse épuisée avec lesquelles elles rejettent la tête en arrière, les yeux pleins d'une tristesse sereine, offrant leur cou au couteau...

Eh quoi, tous les chiens ressemblaient-ils à Rouslan sur ce point ? Cela, il ne le savait pas ; quand toute une meute sert avec zèle une cause commune, les chiens ne sont pas particulièrement francs. Mais Djoulbarss, lui, le plus féroce, si on lui avait laissé toute latitude, il aurait sûrement égorgé un déporté. Même là, comment savoir ?… Après la révolte des chiens, on l'avait séparé des autres et on le menait désormais au bout d'une chaîne : on ne pouvait lui faire plus grand honneur ! À présent, ce forçat secouait la tête à tout propos, dans un tintement modulé qui rappelait son destin spécial. Mais, chose étrange, soit qu'il fût devenu subitement meilleur depuis qu'il avait obtenu une distinction incontestable, soit qu'il fût aveuglé par la prétention, il ne manifestait plus sa hargne fameuse. C'est vrai, à quoi bon s'épuiser quand ses fers parlaient pour lui !

Toutefois, il arrivait que les chiens haïssent férocement leur troupeau, qu'ils en aient une peur panique à en perdre la tête lorsque la porte principale s'ouvrait, le matin, et que la garde du camp remettait la colonne des déportés entre les mains du détachement d'escorte. Les chiens en tremblaient d'avance, ils devenaient hystériques, aboyaient à en perdre le souffle. Pensez donc, une poignée de gardiens contre une foule immense pour laquelle rien n'eût été plus facile que de se disperser, en plein champ ou dans quelque trouée en forêt. « Fuir, fuir ! », voilà ce que redisait sans cesse le roulement de leurs pas, voilà ce qui s'exhalait de leurs pantalons et de leurs aisselles, ce qui flottait comme un nuage d'orage au-dessus de leurs têtes, et tous les poils de Rouslan se chargeaient d'électricité et menaçaient de se répandre en crépitements au milieu de gerbes d'étincelles. Ça allait se produire tout de suite, ils se disperseraient comme une volée de moineaux et lui, il ferait une gaffe, quelque chose de travers. Mais, peu à peu, les maîtres lui communiquaient leur calme. Ces êtres supérieurs, quoique dénués de flair, savaient tout d'avance : il n'arriverait rien, rien de si terrible que ça. En effet, l'odeur de la fuite se dissipait vite, laissant filtrer une autre odeur, d'abord à peine perceptible, puis de plus en plus dense, de plus en plus âcre, comme une odeur d'ail, celle de la peur. Elle venait d'en bas, des pieds qui, déjà, trébuchaient, refusaient de courir, de porter les corps affaiblis et ligotés par l'indécision. Alors il se sentait soulagé d'un grand poids et, déjà, les chiens se regardaient joyeusement en laissant pendre des langues interminables et sans cacher leur intense essoufflement : le danger était passé !

Nouvelle hallucination de ces malades, qui croyaient toujours voir cette vie meilleure qu'ils avaient imaginée ; ça leur passerait vite. Ce soir même, après le travail, il ne serait plus question d'évasion, ils n'auraient qu'une idée en tête : se mettre au chaud. Mais quel mal on avait avec eux, que de tracas ils donnaient à leurs infirmiers à la mitraillette et à leurs auxiliaires quadrupèdes !

Rares étaient ceux qui guérissaient. Rouslan avait eu l'occasion de voir leur état quand on les autorisait à quitter la maison de cure : ils étaient calmes, ils rayonnaient d'une lumière égale. Ils avaient laissé leur hargne à l'intérieur et, souriant faiblement, ils disaient tous la même phrase aux gardiens, comme un mot de passe :

— Pourvu qu'on ne se revoie jamais.

— Va te faire voir ailleurs !

Nette et saccadée, la réponse claquait comme un ordre. On y entendait vibrer la certitude que le malade ne ferait pas de rechute :

— Retape-toi, crevard !

Mais, alors qu'on avait déjà enregistré quelques cas de guérison et qu'on pouvait espérer que ces gens oublieraient leur fureur, leurs rixes, leurs rêves stupides, qu'ils retrouveraient leur sérénité, tous sans exception, ils s'étaient évadés tout d'un coup, sans crier gare ! Il repensait à leur félonie, sans colère à présent ; il regrettait qu'ils aient agi de façon aussi déraisonnable, qu'ils n'aient pas compris où était leur vrai bien-être. Lui-même, quand il pensait au camp, il ne se souvenait que du bien ; et franchement, il n'y en avait pas, du bien, là-bas ? Maintenant qu'il avait vécu en liberté, il pouvait établir certaines comparaisons. Là-bas, les gens n'étaient pas indifférents les uns aux autres, là-bas, on surveillait chacun avec la plus grande attention et l'homme était considéré comme le bien le plus précieux, un bien plus précieux encore qu'il ne le pensait lui-même. Et cette valeur qui était la sienne, il fallait la protéger contre lui-même, il fallait le punir, le blesser, le battre quand il essayait de la gaspiller dans des évasions. Ça existe tout de même, ça existe, la cruauté du salut. Car, enfin, on abat bien les mâts d'un navire quand on veut le sauver. Et le chirurgien nous charcute quand il veut nous guérir. Un service d'amour cruel – cruel et sanglant – était échu à Rouslan, et il l'avait assuré des années durant, jour après jour, sans trêve, mais aujourd'hui il ne lui en paraissait que plus doux.

Et les trains continuaient à tromper son attente. Mais la foi même la plus tenace finit par craquer un jour ! Quand on compare nos années pâles et délavées à la courte existence d'un chien, incomparablement plus mouvementée, on ne saurait dire que Rouslan n'avait attendu qu'un hiver et un printemps le retour du Service : en réalité, son attente avait duré quatre ou cinq de nos hivers et de nos printemps.

Il prenait de plus en plus goût à la chasse. Il chassait avec une passion, une fureur qui confinait à la démence. Dans le clair-obscur de la forêt, gorgée de voix et d'odeurs, il devenait un autre, il ne se reconnaissait plus, et, qui sait ? si le Râpé avait eu un jour l'idée de prendre une carabine et de suivre Rouslan, les choses auraient peut-être tourné autrement entre le gardien et son prisonnier : là-bas, où cette agitation maladroite qui nous tient lieu de vie paraît si absurde, ils auraient rejeté ces apparences et seraient simplement devenus l'Homme et le Chien, deux êtres égaux d'un certain point de vue. Mais le Râpé ne l'avait pas deviné – ou bien il n'avait pas de fusil –, il continuait à construire son interminable armoire et n'envisageait guère de modifier ses relations avec son gardien. Durant cette période, la nostalgie d'un être différent, mais qui fût de sa race, une nostalgie d'une force inattendue, qu'il ignorait depuis longtemps, envahit Rouslan : il retrouva Alma et l'entraîna à la chasse. Alma courut avec lui jusqu'à la lisière de la forêt, resta un moment immobile, puis fit demi-tour : elle avait ses propres soucis, les chiots qui lui étaient nés de l'enfariné. Mais, si elle n'avait eu aucune attache dans ce bourg étranger, les forêts les auraient peut-être tous les deux engloutis.

Ce ne sont là que conjectures. Mais si nous avions rencontré Rouslan alors qu'il revenait de la forêt, courant au milieu de la chaussée d'un trot ample et régulier, nous l'aurions vu transfiguré, dans la perfection de sa maturité, dans sa magnificence d'animal sauvage.

Le scintillement jaune de ses yeux suffisait à le souligner, il comprenait lui-même à quel point il était beau, il était fier d'éprouver la pesanteur vigoureuse de ses pattes, fier de sentir que son collier, à présent, lui serrait fortement le cou.

Quand il entrait au trot dans la cour – de son pas furtif et élastique, sentant la forêt, la terre, le sang de ses proies vivantes –, sa respiration brûlante effrayait Trésor, qui se précipitait sous le perron, redoutant sérieusement que la chasse ne se continuât dans la cour. Vaines craintes ; en dépit des nombreuses dissemblances qui les séparaient, Rouslan tenait Trésor pour son semblable, et la nature lui interdisait de pratiquer la chasse sur ses semblables – ce genre d'occupation favorite de ces bipèdes si fiers d'avoir dominé la nature. Plus exactement, on peut dire que, dans le champ de vision de Rouslan, dans l'horizon de son travail plein de responsabilités et de son indépendance orgueilleuse, Trésor et ses préoccupations futiles n'avaient aucune place. Rouslan n'imaginait pas qu'il pût en quoi que ce soit compliquer la vie de Trésor… jusqu'au jour où Trésor lui-même attira son attention sur ce point.

La mère Stioura avait nourri ses poules, puis était rentrée dans sa maison en laissant ouverte la porte du poulailler. Rouslan entendit un caquètement, un murmure chaud et attendri, et il se dirigea vers elles sans se presser. Aucune idée de faute n'assombrissait son esprit, et c'étaient là des proies excellentes, comme les coqs de bruyère et les petits tétras. Sans qu'il eût rien remarqué, un obstacle inattendu se trouva en travers de sa route ; il trébucha et regarda avec étonnement cet être étrange, grotesque, qui lui faisait « rrrrr ! » et découvrait ses petites dents minuscules en remuant sa petite queue et en tremblant comme une feuille. Trésor pleurait, essayait de le convaincre de ne pas aller plus loin, le menaçait… de quoi donc ? Il faudrait d'abord le dévorer avant de passer ce seuil. Ça, d'ailleurs, ce n'était pas obligatoire, Rouslan aurait pu tout bonnement le balayer d'un coup de patte ; pourtant, il marqua un temps d'arrêt, penchant sa lourde tête dans un effort de réflexion et… retourna à sa place. Peut-être se prit-il à méditer sur l'essence du devoir, car, enfin, il avait lui-même monté la garde autrefois, et il pouvait comprendre qu'un autre chien occupât le même poste, en dépit de sa minable apparence.

Trésor eut peine à supporter une telle épreuve, il s'affala sur le ventre, les yeux fermés, et mit longtemps à reprendre son souffle, comme après une course épuisante. Ce n'est qu'à partir de cet instant que Rouslan lui prêta attention, et il fut frappé de voir la peine infinie que coûtait à Trésor le simple fait d'exister, la somme de ruse, d'adresse et de courage qu'il exigeait de lui. Trésor vivait dans une contrée où l'amour de la vie s'exprimait parfois à coups de pierre, de bâton, ou de pied, et où il avait aussi peu de chances de rester valide que sa taille comptait de centimètres. Pourtant, il n'était pas devenu une de ces loques qui s'empressent de lécher la main qui vient de les frapper, jamais il n'avait accueilli un objet lancé sur lui par un battement de queue : il avait toujours « chassé » son offenseur jusqu'au coin de la rue, même s'il n'osait l'approcher et l'attaquer. Et, à bien y réfléchir, sur plusieurs points, il n'aurait pas été inférieur aux anciens compagnons de Rouslan, peut-être les aurait-il surclassés.

Ceux-là, Rouslan les rencontrait de plus en plus rarement, mais, pour se tenir au courant, nul besoin de rencontrer les autres – le journal des chiens s'écrit dans l'air, il s'imprime sur les palissades et les poteaux. Quelle quantité de médiocres vétilles et de potins de chiens Rouslan pouvait y lire ! Dick avait encore été pris en train de voler et battu avec un essieu de brouette à fumier. Aza, qui avait perdu la vue, mendiait désormais sans vergogne devant une boulangerie. Baïkal ne s'était pas mal casé : dans un magasin d'alimentation, au rayon « boucherie », mais pas question d'approcher, il était capable de mordre ses copains, etc., etc. Au début, leurs querelles rendaient Rouslan furieux, elles le mettaient au désespoir ; mais elles avaient bientôt cessé de susciter la moindre réaction chez lui. Tout cela était naturel et se comprenait d'un point de vue de chien. Ils avaient beau se pavaner, faire étalage de leurs nouveaux mérites, ils s'acquittaient fort mal de leur service. Ils n'étaient pas stupides au point de ne pas s'en rendre compte, leurs maîtres actuels les gardaient pour leur aspect terrible, pour leur voix métallique, la clarté cristalline de leur regard et leur aptitude à attaquer n'importe qui dès qu'ils l'ordonneraient ; seulement, pour tout, ils avaient besoin d'un ordre, tandis que ce petit minable de Trésor, à la méchante voix éraillée, savait toujours, lui, ce qu'il fallait faire. Eux, par exemple, ils ne reconnaissaient qu'un maître, l'homme ; mais ils ne laissaient pas approcher ses enfants, sa maisonnée. Alors que Trésor, lui, s'il considérait la mère Stioura comme son maître, il ne refusait pas pour autant ses services au Râpé tant que celui-ci gardait quelque influence dans la maison. Quant aux prédécesseurs du Râpé, il avait la délicatesse de ne pas les remarquer. Mieux que la mère Stioura elle-même, il faisait la différence entre ses fidèles amies et ses secrètes ennemies : chacune d'entre elles avait droit à un salut particulier, certaines n'avaient droit à aucun salut. Il savait faire la distinction entre les débiteurs qui vous filaient entre les doigts et les créanciers teigneux : il fallait accueillir les premiers avec force jappements ironiques, en les invitant à entrer dans la cour, mais ne pas apparaître dans le champ de vision des seconds. Et pourtant, personne n'avait expliqué ça à Trésor, il était à sa place, voilà tout. Les chiens « policiers » égorgeaient les poulets sans vergogne, mais, une fois corrigés, ils comprenaient que c'était mal et ils ne regardaient plus le poulailler. Trésor, lui, gardait à l'œil le poulailler et ne laissait personne toucher à un poulet : il savait bien que, en cas de malheur, il serait le premier visé. Il comprenait quel intérêt il avait à être honnête, mais aussi que l'honnêteté seule ne suffisait pas : encore fallait-il éliminer toute matière à soupçons. Il comprenait que, lorsqu'on vous laissait entrer inopinément dans l'appartement, on risquait de vous en chasser tout aussi inopinément ; en conséquence, mieux valait éviter de rester vautré par terre et de se gratter devant les invités. Quand on n'y tenait plus, il suffisait d'aboyer et de se jeter dehors comme si l'on avait décelé une arrivée suspecte. Et puis, quand on vous donnait une chiquenaude sur le nez, il ne fallait pas jouer l'indifférence mais rugir ou se jeter sur l'offenseur. Les êtres inoffensifs, on les aime bien, mais on préfère leur envoyer des chiquenaudes. C'est la vie qui avait formé Trésor : elle l'avait roué de coups, ébouillanté, épouvanté jusqu'à l'évanouissement, lorsqu'on lui attachait des boîtes de conserve à la queue. Si l'expérience acquise avait été âpre, parfois terrible, elle était, en revanche, bien à lui. Trésor ne devait son intelligence à personne, il ne s'était pas embrouillé l'esprit avec une science enseignée par les bipèdes à leur unique profit, et c'est pourquoi il conservait intacts son respect envers lui-même, son bon sens, un caractère dépourvu de hargne et une sympathie non simulée pour tous les Trésor, les Polkan et autres Kabyzdokh de son espèce. Cancanier et vantard en diable, il n'aurait, en revanche, jamais accepté l'idée de ne pas signaler aux autres les occasions de dénicher, ici ou là, quelque bon morceau. Rouslan, lui, n'avait invité qu'Alma à chasser avec lui. Lui et ses congénères, ils avaient toujours eu droit à un dîner copieux, mais jamais il ne leur était arrivé de prendre un repas dans la même gamelle : ça rend nerveux, mais ça vous enseigne la solidarité.

Les voies de nos frères sont impénétrables ; il n'est pas exclu que si Rouslan avait vécu ici encore un été, il aurait appris beaucoup de choses qu'il ne soupçonnait même pas dans sa fidélité orgueilleuse au Service, et qu'un beau matin il se serait réveillé avec le sentiment d'appartenir pleinement à cette cour, au bourg, au Râpé et à la mère Stioura. Et si cette dernière avait persévéré dans ses tentatives de le nourrir de soupe chaude garnie d'os, elle serait sans doute parvenue à ses fins. Il n'aurait pas manifesté éternellement la même peur, à force de constater que Trésor le mangeait bien, lui, le brouet de la patronne, et qu'il se portait comme un charme.

Du reste, nos voies à nous aussi sont impénétrables. Un jour, inopinément, les deux pies qui disaient au Râpé « On vous écrit, on vous écrit » se contentèrent de lui jeter sur le comptoir un petit triangle gris sale, plein de marques de doigts. Le prisonnier le prit des deux mains avec précaution, avec crainte, comme si le triangle pouvait exploser et lui souffler bien fort dans les yeux : oh, des trucs de ce genre, Rouslan s'y était frotté lors des travaux pratiques de méfiance vis-à-vis des objets non comestibles. Dans la rue, le triangle, déplié, se transforma en un chiffon ; il apparut qu'il ne contenait rien de terrible et, pourtant, il eut un effet étonnant sur le Râpé ; bizarrement, ce dernier se radoucit et se laissa tomber sur le perron.

— Alors ça, c'est formidable !

Rouslan remarqua que ses yeux étaient rouges.

— Il m'arrive un de ces trucs, mon gars, tu peux pas t'imaginer...

Essayez un peu de les comprendre, ces timbrés ! Allez voir pourquoi ils se trouvent subitement transfigurés ! On a beau leur crier, leur aboyer après, ils ne bronchent pas. Un papier couvert de pattes de mouche gris-violet peut suffire à les faire rire, sangloter, se mordre les lèvres, se taper sur les cuisses, et ensuite à susciter en eux la montée d'une énergie sans précédent.

En vertu d'une règle établie – et, pour Rouslan, ce qui se répétait ne fût-ce que deux fois prenait force de loi –, le prisonnier aurait dû se précipiter vers le buffet pour y lamper son breuvage jaune au point d'en avoir le hoquet, mais, au lieu de ça, il se dirigea vers la « zone de travail », et à quelle allure ! Et quels miracles de conscience professionnelle et d'ardeur au travail il réalisa : les planchettes s'envolaient littéralement sous ses mains, toutes les pauses étaient réduites au strict minimum et, sur le chemin du retour, il galopait littéralement sur les traverses, une belle botte de planchettes sur son épaule en chantant un air nouveau et plein d'entrain, en expirant à chaque foulée :

« Une à une
à la Caisse
d'Épargne
vont mes pièces !
J'y trouve
mon profit !
Et le pays
aussi ! »

Un prisonnier comme ça, ça n'existait qu'en rêve ; un prisonnier comme ça, c'était la belle vie ! Hélas, leurs expéditions touchaient déjà à leur fin. Ils y retournèrent deux fois encore et en rapportèrent de bonnes brassées de planchettes : après quoi, le Râpé se claquemura à l'intérieur de la maison dont il interdit l'entrée, et s'y livra à Dieu sait quelle activité. Il s'en échappait une telle puanteur, une odeur à la fois douceâtre et saoulante, qui vous prenait aux yeux et à la gorge. La mère Stioura ouvrit toutes grandes les fenêtres et l'odeur infecte se répandit dans la cour. Trésor éternuait et pleurait, il allait reprendre son souffle dans d'autres cours. Quant à Rouslan, il préféra planter son poste de guet sur le trottoir d'en face. Avec les angles morts et, sous le couvert de son odeur méphitique, le prisonnier pouvait bien prendre la poudre d'escampette en enjambant la palissade ; par bonheur, il se trahissait constamment par sa voix. Depuis le matin, resté seul à la maison, il bêlait, ahanait, rugissait, il se posait à lui-même des questions menaçantes : « Qui c'est qui a fait ça ? Je te le demande, qui c'est qui a passé l'apprêt ici ? Tu veux pas avouer, salopard ? Tu mériterais qu'on t'arrache les mains !… », ou alors, au contraire, satisfait, il entonnait d'une petite voix de ténor chevrotante, étonnamment désagréable : « Vot' fe-eemme à vous, pour sûr, elle a deux ja-aaambes !… » Et, quand la mère Stioura revenait – de ce qui devait être sa « zone de travail » à elle –, c'était aussitôt la prise de bec :

— Combien tu en mets de couches ? C'est au moins la dixième, peut-être même la quinzième ! Ça suffit, maintenant, le diable t'emporte, on étouffe ici !

— Oui, mais tu verras, Stioura, criait-il, triomphant, tu verras, quand il ne restera plus trace de nous deux, quand nous serons complètement décomposés, mes os n'auront pas honte d'un laquage comme celui-là !

Le soir, en revanche, un silence inhabituel s'instaurait dans la maison, ils aimaient à présent s'attarder sur le perron côte à côte, accoudés à la balustrade, échangeant de loin en loin quelques mots dont les bribes émergeaient de leur chuchotement de conspirateurs.

Que mijotaient donc ces deux-là ? Rouslan se perdait en conjectures.

Bientôt il fut de nouveau possible de les approcher. La fébrilité du prisonnier était passée comme une avalanche, et il restait là, assis, tel un débris vivant de cette même avalanche ; avec une expression de bonté épuisée, le visage pâle, les traits tirés, il pétrissait lentement une cigarette entre ses doigts poisseux. Par le col dépenaillé de sa chemise blanche barbouillée de marron-rouge saillaient ses clavicules couvertes de sueur. La main fermement appuyée sur son épaule, la mère Stioura le dominait, majestueuse, mais un peu triste, l'œil luisant d'un mystérieux éclat humide. Elle portait une élégante robe bleue, que Rouslan n'avait encore jamais vue, avec de petites manches courtes et de la dentelle sur la poitrine. Sa robe la serrait, elle passait son temps à la tirer vers le bas et à remuer une épaule. La mère Stioura exhalait une terrible senteur de fleurs, âcre et venimeuse.

— Tu es encore vivant, mon petit Rouslan ? demanda le Râpé, comme si Rouslan n'eût pas dû survivre à cette infection corrosive qu'il avait répandue partout. Il va falloir qu'on se sépare bon gré, mal gré. Je prends le train demain, tuu-tuuuut ! À moins qu'on parte ensemble ? Tu parles : à toi, on te demanderait pas ton billet ! Et ce voyage, tu l'as jamais fait, il dure longtemps ; en trois jours, tu verras plus de choses que durant toute ta vie. Qu'est-ce que tu en penses ?

Mais cela dit, le Râpé ne voyait ni le train ni le voyage, c'est pourquoi Rouslan ne les vit pas non plus ; et les paroles du prisonnier demeurèrent une vaine combinaison de sons incompréhensibles.

— Voilà ce qu'il a encore inventé, dit la mère Stioura, emmener ce chien avec lui ! Tu sais même pas d'où il sort.

— Comment ça, je sais pas ? C'est un chien policier, une espèce de trophée. Y en a qui ont ramené de la guerre tout un saint-frusquin, des accordéons, alors il faut bien que le « zèk[1] » rapporte aussi son trophée, non ? T'es pas d'accord ?

Une idée malicieuse lui passa par la tête, une tête qui n'était, du reste, pas encore embrumée.

— Quand on arrivera là-bas, on fera rigoler les

1. Il est vexant de penser que le mot « zèk » peut entrer inexpliqué dans le vocabulaire universel. Et pourtant il y a une explication. Les créateurs enthousiastes du canal de la mer Blanche portaient la dénomination officielle de « zaklioutchonnyi kanaloarméièts » *(soldat détenu de l'armée du canal) :* en abrégé z/k, au pluriel z/kz/k. De là, les « zèks » transportèrent leur surnom vers d'autres chantiers et grands travaux où il n'y avait pas trace de canaux, et la machine obtuse continua à les appeler ainsi pendant des décennies sur tous les documents officiels, ayant probablement oublié elle-même dans quelles circonstances elle avait laissé échapper cette petite chose dentelée comme un rouage : « zè-ka », z/k. Vraiment, le sous-lieutenant Kijé de Tynianov[a] est immortel. *(N.d.A.)*

a. *Le Lieutenant Kijé*, célèbre nouvelle de Iouri Tynianov (1894-1943), relate l'aventure d'un officier « né » par suite d'une faute d'orthographe dans un document officiel. Le tsar Paul Ier le fit monter en grade, jusqu'à ses « funérailles », comme général. *(N.d.É.)*

foules, on leur montrera comment on marchait, tous les deux, à quelle sauce on les bouffait, nos années de camp. Ils ont jamais rien vu de pareil, là-bas. Si on leur racontait ça aux bains publics, les gens vous jetteraient leur cuvette à la tête, ils ne vous croiraient pas. Seulement, il faudra que tu me mènes avec toute la sévérité voulue : un pas à droite, un pas à gauche, et que tu rugisses. Tu ne dois rien me passer. Tu peux même m'attraper le pied, je te laisserai faire.

Cette promenade-là, le Râpé se la représenta nettement, et il en fut de même pour Rouslan, qui comprit enfin ce qui pesait tant à son prisonnier. Et la mère Stioura assista à une scène qu'elle n'aurait jamais crue possible : inclinant la tête et remuant la queue, Rouslan s'approcha du Râpé et appliqua le front contre son genou. Il s'appuyait contre cette jambe de pantalon dépenaillée, comme naguère contre la capote de son maître quand il voulait lui rappeler qu'il était là, à côté de lui, prêt à lui venir en aide ; mais, dans le cas présent, ce geste recelait en plus un aveu, une prière qui, émanant d'un chien, paraissaient inconcevables hormis s'ils s'adressaient à son maître : « Moi aussi, je suis fatigué d'attendre ça, mais… patience, patience ! »

— Regarde comme il s'est habitué à toi !

La mère Stioura était stupéfaite.

— Eh quoi, c'est un être vivant, non ? Tu crois que c'est si simple pour lui de se séparer de moi ? C'est qu'il en comprend, des choses, tu parles ! Elle fonctionne bien, sa caboche, c'est pas du vent qu'il y a dedans. Tu sais, il faut pas le chasser, c'est un cabot qui se cherche, il est rééducable. Et, quand je reviendrai, tu verras l'accueil qu'il me réservera.

Sa main se posa sur les yeux mi-clos de Rouslan. Elle empestait tant la fameuse saleté douceâtre que Rouslan en avait la tête qui tournait. Privauté inadmissible, enfin, même de la part d'un déporté modèle. Rouslan se dégagea, passa le porche et s'allongea dans la rue. Il n'en pensait pas moins avec émotion à son prisonnier et se reprochait amèrement ses soupçons absurdes. Il avait si longtemps gardé cette brebis égarée, alors qu'elle ne rêvait, elle, que de rejoindre le troupeau !

Et, toute la journée qui suivit, Rouslan abolit sa surveillance continue. Le gardien zélé s'accorda entière liberté, à lui aussi. Il chassa et gambada tout son saoul dans la forêt, resta étendu au soleil tant qu'il voulut ; de temps en temps, il regardait paresseusement du haut de la colline le bourg qui s'étalait sous ses yeux, en éprouvant un sentiment de propriété : quelque part, là-bas, dans l'une de ces sympathiques maisonnettes, sa proie principale, son trésor inestimable se gardait lui-même. Mais le mouvement d'horlogerie caché dans son cerveau n'était déconnecté qu'en apparence ; c'étaient certes des heures de liberté qu'il comptait à présent, et il le faisait aussi impitoyablement qu'auparavant. À l'heure inquiétante qui précède le couchant, il donna à Rouslan un faible signal, une impulsion à peine perceptible qu'il ressentit dans son cœur. Il y avait on ne sait quoi de louche, tout marchait trop bien. Tellement bien que ça n'en était pas possible.

En descendant de sa colline, Rouslan essayait de se rappeler ce qui avait pu le mettre ainsi sur ses gardes. Le bleu inouï de la robe de la mère Stioura ? L'éclat triste de ses yeux qui disaient adieu ? C'était peut-être cet éclat, seulement il n'évoquait pas la tristesse des adieux, il était trompeur. Dieu sait pourquoi les bipèdes sont toujours tristes à la veille de leurs trahisons. Et, quand on se rappelait bien, il y avait toujours une tristesse particulière dans les yeux du déporté à la poursuite duquel on allait devoir se lancer, le lendemain, quand l'alerte serait donnée… Alors, comme ça, ils avaient endormi sa méfiance, ces traîtres doux et tristes !

Il n'eut pas à quitter la grand-rue : leurs traces y débouchaient et se dirigeaient vers la gare. Et il y avait très peu de temps qu'ils étaient passés par ici : sa sale odeur douceâtre et l'âcre parfum de fleurs de la mère Stioura ne s'étaient pas encore dissipés. Il était bien trouvé, le bouquet sous lequel ils avaient masqué l'odeur de leur fuite ; bien trouvé ! c'était autre chose encore que l'odeur du gros tabac ! Mais ils avaient commis une erreur, qui leur interdirait d'aller bien loin : la mère Stioura avait mis des chaussures neuves, trop justes, elles aussi, si bien qu'elle marchait avec peine, et le Râpé avait beau s'énerver, il réglait son pas sur le sien.

Il les découvrit tout au bout du quai, et l'ardeur de la poursuite s'atténua quelque peu. Il s'attendait à les trouver en plein désarroi, jetant des regards craintifs alentour ; au lieu de ça, ils étaient assis sur un banc, le dos courbé, presque immobiles. Lui qui accourait à fond de train, soufflant comme une forge, ils ne le remarquèrent même pas. Caché par un réverbère, il longea la clôture grillagée, recouverte d'une peinture argentée, et se coucha derrière le banc. De là, il ne voyait que leurs pieds : entre les siens, le Râpé serrait son sac de soldat, plein à craquer ; quant à la mère Stioura, elle les avait sortis de ses chaussures et remuait les orteils. En revanche, il entendait chacun de leurs soupirs et le léger enrouement qui voilait leur voix ; il comprit aussitôt qu'ils n'avaient pas l'intention de s'enfuir ensemble.

— Ne te ruine pas en télégrammes. La peste soit de ces télégrammes, je ne peux sentir ça. Mais écris-moi des lettres détaillées. Fais un effort, quoi.

— Dès que j'arrive, je t'écris.

— Mais à quoi bon m'écrire tout de suite ? Prends le temps de te retourner, de retrouver tout ton monde. Il se peut aussi que tu ne les retrouves pas. Dieu sait ce qui a pu se passer. Et si tu les retrouves, t'auras encore moins le temps de penser à moi. Mais même si ça ne doit être que dans un mois, penses-y, sinon je croirai que t'es passé sous un tramway.

— Je t'écrirai, je t'écrirai.

La voix du Râpé était inexpressive.

— Mais toi, ne sois pas triste, d'accord ?

— Eh bien j'essaierai. J'aurai pas tellement le temps d'être triste. Je te l'ai dit, non ? On nous l'a déjà annoncé : on va transporter toute la boîte sur l'emplacement de votre camp. Ils voient grand. Ils promettent de mettre un autobus à partir du mois prochain. Comme ça, une fois qu'on aura fait l'aller-retour et puis un peu bricolé chez soi, il ne restera guère de temps pour faire autre chose. Enfin, si tu reviens et que, par hasard, tu me trouves pas, tu sais où me chercher.

Il écoutait en dessinant sur l'asphalte avec sa chaussure, que son regard suivait obstinément.

— Stioura, tu sais, l'autre jour, je t'ai menti quand je t'ai raconté que j'avais fait un rêve.

— Quoi, quel rêve ?

— Soi-disant que j'avais rêvé que tous les miens étaient en bonne santé et m'attendaient. Y a pas eu de rêve. J'ai reçu une lettre. (Elle s'immobilisa, cessa de remuer les orteils.) Tu te rappelles, je t'avais parlé d'un voisin ? Que j'avais rencontré dans un camp de transit. Et puis on avait fait le voyage ensemble pour venir ici, dans le même wagon. Et puis on est restés ici ensemble presque jusqu'au bout. Lui, on l'a libéré six mois plus tôt, on l'a réformé pour invalidité. Là, franchement, je sais pas lequel de nous a eu le plus de chance. Il avait une profession merdique, il était modeleur pour moulages en fonderie, et où est-ce qu'on peut en trouver une, de fonderie, ici, et pour des moulages encore ? Alors, il a fait tout son temps aux travaux généraux, il sortait pas de la forêt, il en a ramené une éventration. Tandis que moi, je suis quand même ébéniste, de temps en temps je bricolais un meuble aux chefs. Je sais aussi poser les tentures, ce qui fait que j'ai tiré tout mon temps sans me bousiller. Mais, du vrai travail, j'en ai fait pour personne. Ils peuvent aller se faire voir, les ordures !

— Ne repense plus à tout ça. Ce qu'il te faut, maintenant, c'est vivre et pas ruminer le passé. Et alors, ce voisin, qu'est-ce qu'il a fait ?

— Eh bien voilà, il m'a répondu.

— Tu vois un peu comment tu es ! fit-elle, vexée. Je suis pas ton amie, non ? T'aurais dû le dire tout de suite, que t'avais reçu une lettre. Ça vaut mieux avec la lettre. Comme ça, au moins, tu sais que tu fais pas le voyage pour rien.

— Ça, je sais pas. Je lui ai demandé de ne pas dire que j'étais vivant, mais de faire des allusions, comme quoi on ne savait jamais, qu'y en avait qui revenaient. Ouais. Alors, ils ont poussé des oh ! et des ah ! ; ils étaient aux cent coups.

— Normal ! Ça leur a fait plaisir.

— Non, c'est pas ce qu'il écrit, que ça leur a fait plaisir. Il m'écrit : « Ton aînée fait ses études supérieures, penses-y. »

— Elle est si grande que ça, déjà ? Eh ben, on peut te féliciter. Je vois pas ce qu'il peut y avoir de mauvais pour toi, là-dedans.

— Eh bien, pour sa fiche signalétique, il a pas pu savoir ce qu'elle a écrit dedans. Ils veulent pas le dire.

— Maintenant, on leur pose quand même plus les mêmes questions. On nous a même organisé une causerie là-dessus à la boîte. Il y a encore des contrôles, mais pas très sévères. T'en fais pas. Mais dis voir, comment qu'ils l'ont accueilli, lui, là-bas ?

— Justement, il parle surtout de lui dans sa lettre. Avec un tas de jurons et de gros mots de déportés ; pas possible de répéter ça devant les dames.

— Quels salauds ! Quels salauds, quand même !

Il poussa un long soupir.

— Je les comprends aussi. Ils s'en tirent eux-mêmes Dieu sait comment dans la vie, et le voilà qui débarque avec son éventration et sa remise en liberté : des deux, on sait pas ce qu'y a de pire. Moi, voilà ce que je pense : j'irai pas les voir tout de suite. Je les observerai de loin, en douce. Je referai signe au voisin, on en discutera.

— Tu parles ! Les conseils qu'il peut te donner ! Je suis quand même pas idiote, c'est pas pour des prunes que je t'ai demandé comment on l'avait accueilli. Il fait exprès de te faire peur, pour pas être le seul dans son cas. Mais ça, c'est son problème à lui. Toi, t'as pas à t'en occuper.

— Non, non, autrefois c'était comme ça : chacun avait son problème. Mais maintenant, on a le même problème, lui et moi, et eux, ils ont des problèmes différents.

Rouslan en déduisit que le Râpé se repentait de son évasion et aurait déjà fait demi-tour si elle n'avait pas été là pour l'aiguillonner – oh, comme il avait raison, lui-même, de ne pas se laisser séduire par ses soupes ! Mais ses efforts pour le stimuler n'avaient pas tellement de succès, ou alors elle ne souhaitait pas qu'ils réussissent : de minute en minute, le Râpé sentait grandir cette peur coutumière qui le privait de ses moyens ; la chaussure qui s'agitait le trahissait tout entier.

— Si seulement j'étais parti plus tôt, Stioura ! Si seulement j'avais fait ça plus tôt… Tiens, tu me croiras pas : quand je l'ai reçue, cette lettre, ça m'a fait plaisir. Et puis mes forces m'ont abandonné. C'est peut-être cette armoire qui m'a vidé ?

— Qu'est-ce qu'elle vient faire ici, cette armoire ; qu'elle aille au diable…

— Non, j'y suis pas, il aurait fallu que ce soit encore plus tôt que ça.

— Plus tôt ?… Quand tu as été libéré ? Alors là, c'est moi qui suis fautive. Le jour où tu t'es présenté en me disant : « Hé, la patronne, t'aurais pas un petit boulot pour moi ? », j'aurais dû te décocher : « Allez ! Mets les voiles ! Tiens, voilà pour compléter le prix de ton billet ; si tu le bois, ne te montre pas par ici, ou je t'assomme avec mon tisonnier ! »

— J'aurais dû mettre les bouts après avoir fait la moitié de mon temps, voilà ce que ça veut dire, « plus tôt ». Il y en avait bien qui s'évadaient. Et ils revenaient pas tous, on les rattrapait pas tous.

— Toi, en tout cas, tu te serais certainement fait pincer.

— Mais ce qui me faisait peur, c'était pas de me faire pincer, c'était de ne pas arriver à destination. De crever comme ça, pour rien, comme une quelconque bestiole qui rampe dans la forêt. Car y a pas moyen de filer chez soi tout d'une traite, sans se planquer un temps quelque part ; mais moi, rien à faire, je voulais aller chez moi et nulle part ailleurs. Seulement pour revoir les miens en chair et en os. Je leur écrivais, pas de réponse. Tu parles, putain de bonsoir, la rue avait été débaptisée. Avant, c'était la rue du Ravin, et voilà que maintenant c'était devenu la rue du Maréchal-Tchoibalsan. Le numéro aussi avait changé, la moitié des maisons avaient brûlé pendant l'Occupation. Je dis bien, tout ce que je voulais, c'était de revoir les miens, après ça on pouvait me reprendre, me coller toutes les années de camp qu'on voulait, même la peine capitale ! Mais il aurait fallu que je sache où je pourrais rester planqué, qui me donnerait à manger et me prêterait quelques kopecks pour la route, je les lui aurais remboursés en travail. On ne peut tout de même pas frapper à la première porte qui se présente et y trouver une âme charitable ! Si seulement j'avais su que tu vivais là, à côté, à deux pas, on peut le dire !

— Là encore, tu n'y es pas, dit-elle avec cette irritation bouillonnante qui préludait à leurs disputes, et parfois annonçait les cris. Ce coup-là, tu n'y es vraiment pas ! Tu veux que je te dise ? Oui, je « vivais » là, mais avec qui ? Ah, ça, fais-moi confiance, pour te laisser entrer, je t'aurais laissé entrer. Et je t'aurais donné à bouffer. Et à boire un coup. T'aurais dormi bien au chaud. Et moi, je serais allée le dire au chef de patrouille ; ils montaient la garde nuit et jour à la gare.

— Alors, comme ça, t'aurais couru le dire ?

— Et qu'est-ce que tu crois ? Y a que des gens de chez nous, ici, des Soviétiques ; alors, quels secrets peut-il y avoir ? Oui, voilà le genre de larves qu'on a fait de nous : réjouissant d'y repenser !

— Mais qui a fait ça de nous, Stioura ? Qui a pu le faire ?

— Ne me le demande pas, je ne te répondrai pas. Je te l'ai dit, c'est déjà assez. Je te l'ai dit pour que tu saches que tu serais arrivé à rien ici. Tu es rassuré à présent ? Eh bien, maintenant, pars sans crainte.

Déjà le train était apparu au loin dans la lumière vespérale. Un petit nombre de voyageurs s'alignèrent sur le bord du quai. La cloche sonna.

La mère Stioura se leva la première et donna quelques vigoureux coups de semelle sur le sol. Le Râpé, lui, se redressa lentement, comme s'il se décollait du banc ; ses jambes avaient autant de répugnance à se mouvoir que celles d'un déporté qui se relève et s'éloigne du feu auquel il s'est chauffé pour aller travailler dans le grand froid. D'ailleurs, il avait bien l'air d'être gelé dans son bonnet de fourrure, son manteau hermétiquement fermé par l'écharpe nouée autour du cou. Elle l'aida à prendre son sac et l'embrassa à la hâte. Il la serra convulsivement dans ses bras, et le sac glissa de l'épaule vers le coude. À peine eût-il posé le pied sur le marchepied que les attelages du train claquèrent avec force et le wagon s'ébranla. Le Râpé se retourna, saisi d'épouvante : la sueur lui perlait aux tempes, ses yeux brillaient d'une lueur démente.

— Stioura !…

— C'est rien, c'est rien.

Elle suivit le mouvement du wagon qui s'était mis en marche.

— Allez, tiens-toi mieux que ça.

Haletant, la langue pendante, Rouslan loucha dans leur direction. Dans notre morgue de rois de la planète, nous avons beau les appeler nos frères, ils ne sont jamais pour nous que des frères inférieurs, de petits frères, et pourtant, qu'aurait fait n'importe lequel d'entre nous s'il s'était trouvé dans la peau de Rouslan ? Se serait-il lancé à leur poursuite ? Aurait-il rattrapé son prisonnier ? L'aurait-il fait descendre du train en le tirant par le pan de son manteau ? L'aurait-il plaqué contre l'asphalte en rugissant avec fureur ? Déjà le marchepied sur lequel se trouvait le Râpé était arrivé à la hauteur du bâtiment de la gare, déjà la mère Stioura, fatiguée de suivre le wagon, avait fait demi-tour et, noire et plate comme une cible, portait sur ses épaules le disque pourpre du couchant ; mais Rouslan restait allongé là, il attendait, sans croire que le Râpé était parti, perdu pour lui. Quand le sac s'envola et s'affala sur le quai, il aurait pu tout aussi bien détourner les yeux, il n'avait pas même besoin de regarder pour voir Stioura s'approcher du Râpé et, jurant et sacrant, l'aider à se relever, pour les voir tomber dans les bras l'un de l'autre, sur le quai à présent désert, comme s'ils se retrouvaient après une longue séparation.

Elle le conduisit vers le banc, le fit asseoir, mais resta debout devant lui, secouant la tête et fronçant les sourcils d'un air mécontent. Puis elle lui enleva son bonnet, déboutonna son manteau.

— Bon, reste un peu assis là. En voilà un idiot, on aurait pu rendre le billet avant. Bon, tant pis, considérons que tu y es allé et que t'es revenu. Repose-toi, maintenant.

— Non (il haletait comme une bête traquée), considérons qu'il a jamais été question que j'y aille. Qu'est-ce que j'ai à y faire, là-bas, comprends-moi…

— Je te comprends.

Ils mirent beaucoup de temps à rentrer à la maison. Ils s'asseyaient sur presque tous les bancs qu'ils trouvaient sur leur chemin, devant des porches inconnus. Le Râpé tenait son bonnet à la main, elle, ses souliers. Rouslan – ils ne l'avaient toujours pas remarqué – les suivait de loin, sans trop se réjouir de ce retour. S'ils avaient su quels soucis supplémentaires ils lui donnaient là ! Il fallait trouver une solution pour le Râpé ; à bout, las de croire et d'attendre, il venait d'essayer de partir, mais il avait compris que ça ne servait à rien. Et là où Rouslan voulait l'installer, seul endroit où le prisonnier pouvait trouver le repos, Dieu sait ce qui se passait.

C'est que, depuis le jour où il avait senti la trace du maître au bout de la grand-rue, il n'y avait plus remis les pieds, il n'avait plus pensé à l'ancien camp. En s'attachant à garder son unique déporté, il avait perdu de vue quelque chose de plus important qui, sans qu'il sût pourquoi, était lié par des canaux mystérieux, par des fils invisibles, à la personne de la mère Stioura, aux paroles qu'elle avait prononcées sur le quai ; car, pour une raison inconnue, il s'était souvenu du camp à ce moment précis, alors qu'il était caché derrière le banc.

Jusqu'à une heure tardive, tandis qu'ils parlaient bruyamment autour de leur bouteille – le Râpé, de sa voix pleurarde, revenait sans cesse à son histoire – sans parvenir à se calmer, Rouslan continua à fouiller dans sa mémoire pour tenter d'y voir clair. Combien de fois avait-il vu s'engager sur la voie en cul-de-sac des plates-formes surchargées, d'où l'on retirait des plateaux de briques, de longues poutres grises, des panneaux préfabriqués, d'énormes caisses avec des inscriptions noires. On entassait le tout sur des camions qui empruntaient une route qu'il connaissait bien. Pour la forme, il aboyait contre ces camions, sans que personne lui commandât « aboie ! », mais il assurait un service personnel et indépendant et pouvait donc se donner à lui-même des ordres à titre temporaire. Parfois, il les accompagnait, se rapprochant de l'endroit auquel il répugnait tant à penser à présent, mais pas une seule fois il n'avait eu l'idée de courir jusqu'au bout ! S'il avait pu rougir, il serait devenu écarlate du bout du nez à l'extrémité de la queue. Il en eût fumé de honte !

Le lendemain matin, il prit la route. Elle avait beaucoup changé depuis la dernière fois, on l'avait élargie et tapissée de gravier blanc, dès la sortie du bourg. Et la courbe qu'elle décrivait le long du ravin avait été maintenant redressée par un énorme remblai sur le versant duquel gargouillait un bulldozer qui donnait de la bande. Dans la forêt, elle ressemblait à un fleuve, largement déployé entre ses rives boisées : c'eût été un plaisir de la suivre à bonne vitesse, si on ne s'y était piqué les pattes. Mais, sur les bas-côtés, entre les arbres, courait tout un réseau de merveilleux sentiers, dégagés du bois chablis et des branches mortes qui s'enfuyaient dans les fourrés, ou se regroupaient vers la route, que l'on ne perdait donc pas longtemps de vue. D'ailleurs, il l'aurait toujours retrouvée tant l'odeur de chaux et de gaz d'échappement y était forte !

Mais le spectacle qui l'attendait le stupéfia. Il dut aussitôt s'asseoir, laissant pendre sa langue sous le coup d'une terrible émotion. Rien ne l'avait préparé à une telle découverte. Le terrain dans son ensemble était parsemé de bâtiments gris, sans étages, qui débordaient sensiblement le périmètre de l'ancien camp : les uns déjà pourvus de hautes fenêtres vitrées ; les autres, dont on venait d'achever la toiture, percés de baies vides ; d'autres encore dressaient tout juste au-dessus du sol leurs créneaux inégaux. Il entreprit de les compter : d'abord six, encore six, après quoi il s'embrouilla. Rouslan ne savait compter que jusqu'à six parce qu'on mettait les déportés en colonnes par cinq : quand l'un d'eux venait se caser en surnombre dans un rang, on disait : « Trop » et on le chassait vers le rang suivant. Oui, mieux valait considérer qu'il y avait « trop » de bâtiments. Mais, fait étrange, il ne restait presque plus de baraques, tout au plus deux ou trois, et les vitres en étaient brisées. Il restait la caserne des maîtres, les entrepôts et le garage. Mais, par contre, plus de… Il se précipita à la recherche du chenil : pas la moindre trace, pas la moindre odeur. Les gens qui allaient et venaient ici, et l'interpellaient joyeusement, avaient tout souillé avec leurs feux de bois, le ciment et les battitures oxydées qu'ils avaient répandus partout, si bien qu'il était impossible de repérer, même approximativement, l'emplacement de la cuisine, de la cour de promenade et du terrain d'entraînement. Il eut même l'impression que cela n'avait rien à voir avec le camp, que le camp avait été transféré ailleurs. En effet, un événement de cette nature s'était produit deux fois dans sa vie. Les forêts devenaient de plus en plus clairsemées, il fallait conduire les colonnes de déportés de plus en plus loin, et la « zone d'habitation » du camp était surpeuplée par de nouveaux contingents de malades qui venaient se faire soigner, et puis, finalement, c'était le grand déménagement. Sur le nouvel emplacement, on repartait de zéro, on commençait littéralement par la pose du premier piquet, mais, quand l'affaire prenait forme, le nouveau camp se révélait infiniment plus vaste, la vie beaucoup plus agréable pour les chiens, les box étaient propres et la salle de garde bien chaude – chaque guérite de sentinelle était pourvue d'un radiateur. D'ailleurs, même les déportés n'avaient pas lieu de se plaindre des robustes cachots en béton où ils tenaient en beaucoup plus grand nombre que dans un quelconque enclos sans toit. Mais, le dernier été, tout le monde était de nouveau terriblement à l'étroit ; tout le monde était à bout de nerfs, des voix fortes et hargneuses se faisaient entendre parmi les déportés ; de plus en plus souvent, ils se rassemblaient, restaient de longues heures sans vouloir se disperser. Et les chiens eux-mêmes comprenaient qu'il fallait d'urgence organiser un déménagement, pour éviter les suites fâcheuses.

Et c'était encore arrivé ! et on n'avait retrouvé personne jusqu'à présent.

Pourtant c'était bien le camp. Aucun doute là-dessus ! Car c'était toujours comme ça : à l'endroit qu'on quittait, il ne restait rien, que des tisons éteints et des fosses puantes, rebouchées et aplanies. À dire vrai, Rouslan approuvait que, pour cette fois, on ait décidé de ne pas déménager, mais de s'installer plus au large, sur place. Il lui sembla seulement que les bâtiments étaient allés s'implanter dangereusement près de la forêt, certains s'y étaient même enfoncés : en admettant qu'il aperçût un éventuel fuyard, le mitrailleur du mirador n'aurait pas le temps de viser. D'ailleurs, il n'y avait même pas de miradors ! Et pas le moindre barbelé, de ces barbelés grâce auxquels tout commençait justement : puisqu'on plantait le premier piquet pour les installer !

Il en conclut qu'on les tendrait ensuite, lorsque tout serait fini. Peut-être faudrait-il encore abattre beaucoup d'arbres pour qu'on voie bien tout autour. Mais par où allait-elle passer, cette double haie de barbelés ? Elle posait à Rouslan un problème insoluble. Dans son esprit, le camp était parti pour s'étendre dans toutes les directions, et il fallait repousser les barbelés de plus en plus loin, y enfermer la forêt, le bourg, la gare, la totalité de l'univers qu'il lui avait été donné de voir. Cela lui coupait la respiration : mais alors, la lune elle-même, la maudite, se trouverait dans la zone de tir, et les maîtres pourraient l'abattre ou la reléguer au cachot ? Ce serait sensationnel, les réverbères suffiraient amplement. Ils donnaient moins de soucis, et moins de zones d'ombre.

Qu'y avait-il encore qui l'ennuyât, qui demeurât mystérieux ? Il savait que le monde était grand et qu'on le rencontrait toujours sur son chemin, où qu'on aille. Il se souvenait du jour où son maître l'avait ramené du centre d'élevage, dans la cabine d'un camion, en le laissant regarder par la fenêtre : comme ils avaient roulé longtemps ! Que de choses il avait vues ! Si le monde était si grand, combien fallait-il en planter, de ces piquets, combien fallait-il en dévider de ces gigantesques bobines ? Mais peut-être… peut-être l'heure était-elle venue de vivre sans la moindre clôture de barbelés, dans un camp universel où régnerait le bonheur ?

Ça non, conclut-il sans tristesse, ça n'arrivera jamais. Chacun irait alors où bon lui semblerait, et on ne pourrait plus surveiller personne. Il n'est tout de même pas possible de préposer un chien à la surveillance de chaque individu. Il y a tant d'hommes, alors que le chien est une denrée rare. Il ne pensait pas, bien sûr, aux chiens vulgaires – ceux-là, il y en avait à revendre – mais aux chiens dignes de ce nom, aux chiens policiers, qu'il fallait sélectionner, élever, former dans toutes les sciences ; c'était ensuite seulement qu'un chien pouvait apprendre quelque chose aux hommes, qui, eux, croissaient sans sélection et n'apprenaient rien. Et puis, à part ça, triste tâche, il fallait bien un endroit où emmener les chiens qui avaient perdu la boule et les déportés complètement irrécupérables ; on n'avait pas le droit de tirer des coups de feu dans la « zone d'habitation ». Où les emmener, alors, si le camp s'étendait partout ? Donc, pas moyen de se passer de barbelés. Mais où les mettre, ces barbelés ? Bah, là où il faudrait !

Oui, décidément, tout était pour le mieux dans le meilleur des mondes !

À présent, il rentrait, content de ce qu'il avait observé. Même si ce n'était plus le moment de partir en chasse. Et la lune que personne n'avait encore abattue s'était arrêtée à mi-chemin, pour l'attendre. Visiblement, elle n'avait pas eu envie de sortir aujourd'hui ; et pourtant, il distinguait le sentier, les buissons, les arbres. S'arrêtant pour satisfaire ses besoins, il leva les yeux au ciel et vit les étoiles. Tiens, elles avaient décidé d'éclairer sa route aujourd'hui, eh bien, soit, qu'elles l'éclairent donc ! Il repartit en courant, et elles coururent avec lui. Il s'arrêta et elles s'arrêtèrent aussi, elles l'attendaient patiemment. Il connaissait ce tour depuis longtemps déjà, mais s'en émerveillait chaque fois. Il regarda les étoiles avec reconnaissance, voulut leur aboyer un salut amical… et, tout à coup, il comprit que le train qu'ils attendaient si ardemment, le Râpé et lui, allait arriver.

Une vive étincelle illumina son cerveau, y suscita une vision, la plus douce de toutes les visions. Jamais il n'avait vu la mer, mais le sel de notre mère originelle n'en était pas moins dissous dans son sang ; il se rappelait le mugissement menaçant de l'océan qui roulait ses vagues infinies sur une plage de galets gris, les gerbes d'eau des crêtes écumantes et bouillonnantes, et, dans le ciel sombre, les oiseaux blancs qui volaient à tire-d'aile en appelant le malheur de leurs cris. Le bourdon et la pèlerine blanche du maître gisaient sur le rivage, près de ses sandales de corde et de son baluchon contenant du pain, et le maître nageait au-delà de la crête du ressac. À bout de forces, incapable de franchir les rouleaux mugissants, il appelait à l'aide et Rouslan aboyait en retour : « J'arrive tout de suite, tiens bon quelques instants. » Il se jetait dans le mur d'eau qui se dressait devant lui, il le perçait avec son museau, aveuglé, à demi assourdi. Il n'entendait plus que le crissement de verroterie des cailloux et, au moment où l'air, déjà, s'échappait de sa gueule, il émergeait, reprenait haleine en soufflant fortement par le nez, puis il nageait vers son maître, heureux comme un roi, fier comme Artaban, porté bien haut par les vagues, puis, dévalant leurs pentes, il se rapprochait du maître, tour à tour perdant de vue sa tête puis la retrouvant au milieu de l'élément en furie.

Revenu à lui, il reprit sa course. Un nouveau souci le brûlait, l'aiguillonnait : il fallait renforcer la surveillance du quai, prévenir tous les chiens. Allait-on le croire, lui, qui depuis longtemps ne suscitait plus chez eux que de l'irritation ? Embourbés eux-mêmes dans le péché, ils se réjouissaient de subodorer, chez lui aussi, le péché. Quant à la rumeur qui circulait sur son compte et selon laquelle il servait le Râpé, ils n'auraient rien pu inventer de plus ignoble ! Mais, en y regardant à deux fois, il fallait reconnaître qu'il s'était quelque peu laissé aller : il appuyait le front contre le genou de son prisonnier, quelle honte ! Et déjà il s'interrogeait avec effroi. À la veille de la restauration du Service, n'avait-il rien à se reprocher ? Avait-il jamais servi un autre maître que le Service ?

Non, non, et non. Il n'avait rien accepté de personne, il n'avait exécuté d'ordre de personne, il n'avait remué la queue pour personne. Il n'avait pas fréquenté de personnes étrangères, pas eu de relations dégradantes pour un chien policier. À moins que… ce qui s'était passé entre Alma et lui ? Oui, précisément, entre Alma et lui, sans commandement, sans laisses, sans maîtres pour assister à l'opération. Mais, Seigneur Dieu ! il n'y avait rien eu entre Alma et lui ! Seulement un élan frémissant, un mouvement incontrôlé de l'âme ; elle courait à ses côtés comme une ombre, leurs épaules se touchaient, mais elle n'avait qu'une idée en tête : ses chiots ; et ses chiots, pour le coup, c'était son péché à elle, Dieu sait comment elle allait s'en dépêtrer. Certes, il plaignait beaucoup Alma ; mais lui, il était propre.

Messieurs les seigneurs de l'existence ! Nous pouvons être satisfaits, nos efforts n'ont pas été vains. Cet animal sauvage, débordant de toute la force de sa maturité, courait la nuit dans la forêt déserte et sentait peser sur lui notre harnais dur et hideux, il croyait devoir se réjouir de ce que ce harnais ne le serrait ni ne l'écorchait nulle part. Si l'on avait entrepris de remplir la fiche signalétique de Rouslan – sans doute en possédait-il une, jadis, mais elle avait disparu avec les autres archives dans les caves de la

« conservation perpétuelle » –, elle aurait revêtu l'aspect enchanteur d'un questionnaire ne comportant que des traits de plume et portant partout la mention chère à notre cœur : « néant ». Il n'avait… pas été… Pas eu… Pas fait partie… Pas participé… Pas été attiré… Pas subi… Pas hésité…

En bonne justice, le Grand Service se devait d'en tenir compte et de l'appeler en tout premier, lui qui galopait vers Lui sous les étoiles en craignant d'arriver trop tard.

Une fois encore, le Service appela Rouslan.

5

Il attendait, et son attente fut récompensée. Qui attend avec tant de frénésie voit toujours son attente récompensée. Il se trouvait lui-même sur le quai quand la lanterne rouge s'alluma. Une petite locomotive crasseuse et enrouée, précédée de son tender, attira sur le quai en cul-de-sac un certain nombre de wagons de voyageurs gris-vert. À peine le martèlement des roues sur les rails eut-il cessé, à peine l'air comprimé commença-t-il à chuinter, que l'on vit se déverser, se détacher des marchepieds un magma inouï, invraisemblable, qui criait, braillait, riait, piétinait le sol avec des bottes, des bottines, traînait des espadrilles, entrechoquait des valises, des ballots, des sacs à dos ; ce tohu-bohu assourdit Rouslan, l'aveugla, lui emplit les naseaux d'un flot de senteurs étourdissantes ; il se leva d'un bond et se précipita, en aboyant comme un forcené, à l'autre bout du train ; jamais il ne s'était comporté de la sorte. Certes, il ne lui était jamais arrivé non plus d'accueillir un contingent aussi énorme, aussi bizarre, criard, incohérent et, de surcroît, composé pour moitié de femmes : pourquoi en avait-on amené autant, de celles-là ?

Mais le Service était là, et il était prêt à l'honorer. Au bout d'une minute, il se sentit transfiguré, plein de fermeté : le regard des yeux jaunes était devenu perçant ; le poil de l'échine bouffait comme une collerette, les rugissements graves et métalliques faisaient frémir les oreilles, le ventre et l'extrémité de la queue tendue. Il se rendit aussitôt coupable d'une nouvelle incorrection, de joie, cette fois : il attrapa et traîna un sac à dos, qu'on lui arracha dans un grand éclat de rire en tirant d'un coup sec sur les courroies – il s'en fallut de peu que ses crocs ne viennent avec elles –, mais, loin de se fâcher, il sauta contre la poitrine des gars, leur lécha le visage, jusqu'au moment où on lui fourra dans la gueule le coin d'une couverture militaire râpeuse ; il ne prit pas la mouche là non plus, mais il mit longtemps à reprendre son souffle. Ils étaient tous revenus ! Et revenus d'eux-mêmes avec ça. Ils avaient acquis la conviction qu'il n'y avait pas trace d'une vie meilleure là-bas, au-delà des forêts, loin du camp – ce que tous les maîtres et les chiens savaient fort bien –, et ils étaient heureux d'avoir découvert cette vérité.

Mais il n'oubliait pas ses obligations pour autant : il devait vérifier que tout le monde descendait bien des wagons, à l'exception des convoyeurs, coiffés de leur casquette, puis les nouveaux venus s'écarteraient à deux pas du train et attendraient l'arrivée des maîtres sans quitter le quai.

Oh, comme ils étaient en retard, ceux-là ! D'habitude ils formaient leur cordon dès l'arrivée du train : chaque maître se postait devant sa portière avec son chien. C'était ici, sur cette dalle de béton, que le détachement de garde du train remettait le nouveau contingent à la patrouille des gardiens du camp ; on faisait asseoir les arrivants dos à dos, les mains derrière la nuque, et les maîtres passaient entre leurs rangs, faisant l'appel, les recomptant, palpant leurs bagages ; tout le superflu était retiré et entassé sur un camion ; en cas de protestation, les chiens intervenaient sans en attendre l'ordre. Mais aujourd'hui l'affaire semblait se dérouler dans l'anarchie : personne ne s'assit ni ne déposa ses bagages, l'ensemble des voyageurs se dirigea en troupeau Dieu sait où, son saint-frusquin sur le dos. Cela lui fendait le cœur. Pourtant, il se tranquillisa quand il vit qu'ils ne pensaient pas à s'égailler dans la nature ; ils ne sautaient pas du quai, mais suivaient l'itinéraire bien connu : les marches qui menaient au petit square. Il n'incombait à Rouslan que de veiller à ce que leur colonne ne s'étirât pas trop, voire de presser l'un ou l'autre en le poussant avec son museau et ses pattes. Cette habitude consistant à pousser les traînards, d'où lui venait-elle ? Qui en avait eu le premier l'idée ? Ingouss, sans doute. Qui d'autre aurait pu imaginer une telle absurdité ? Ceux qu'il poussait ainsi n'aimaient pas ça du tout ; lui, il les poussait pour les mettre plus vite au chaud, mais eux, ils faisaient des sauts de carpe en criant d'épouvante, à croire que le chien, pressé lui-même de rentrer au chaud au plus vite, ne se plaisait qu'à mordre ! Il faut dire qu'ensuite Djoulbarss avait repris le truc et, bien entendu, ce salaud avait tout gâché selon son habitude. Mais enfin, on connaissait Djoulbarss !

Sur la petite place, près de la clôture du square, ils se rassemblèrent, déposèrent leurs valises sur le sol et tournèrent leur visage vers la gare. Là-bas, déjà, sur le perron, les attendaient deux petits hommes vêtus du même costume gris orné d'un objet écarlate sur la gorge, l'un plutôt gros, l'autre plutôt maigre. Le petit gros se bornait à sourire, les mains derrière le dos. Le maigre chaussa des lunettes et déploya un papier auquel il se mit à parler de façon interminable. De temps à autre, il projetait une main en l'air, comme pour lancer un bout de bois qu'il faudrait rapporter, et il répétait, après une pause – il le clama deux ou trois fois : « Et voici que vous, jeunes constructeurs du combinat de cellulose et de pâte à papier… » Puis il plia son papier et, juste à ce moment-là, le petit gros, ramenant les mains de derrière son dos, applaudit. Alors tous les autres aussi se mirent à applaudir et à crier : « Rrah ! » et ceux du fond criaient « Ouah ! » et ça leur faisait le plus grand plaisir. Puis l'un des nouveaux arrivants monta sur le perron, posa sa valise à ses pieds et tira, lui aussi, un papier. Mais, lui, il parla un peu moins longtemps à son papier et son refrain était un peu différent : « Et voici que nos jeunes, constructeurs du combinat de cellulose et de pâte à papier… » Ces mots curieux chatouillaient les oreilles de Rouslan, comme ceux qu'aimait à crier le Râpé quand il avait lampé le contenu de sa bouteille : « santal », « palissandre », « Finnois blancs »… « Mais, au fait, pensa Rouslan, ça serait bien de l'amener ici, lui aussi. Si j'allais le chercher ? » Seulement voilà, il n'en avait plus le temps : ils avaient fini de parler, d'agiter les bras, de fumer, et maintenant ils ramassaient leurs affaires – que personne n'avait finalement vérifiées ! – et s'alignaient pour former une colonne. Ça, c'était une nouveauté agréable : ils l'avaient formée tout seuls, leur colonne ! Eux qui avaient déjà enfreint tant de règles, ils n'avaient pas oublié la principale, ils l'avaient observée : ne pas marcher en troupeau, mais en colonne. Et, rempli de joie et de fierté à l'idée d'escorter tout seul un contingent si important, de savoir où l'emmener, Rouslan les imita. Il se plaça à son poste habituel – sur la droite, à la tête de la colonne –, et s'engagea ainsi sur la route qui se terminait en cul-de-sac.

La colonne avait débouché sur la rue principale. Elle s'écoulait sans hâte sur ses fondrières durcies, foulant le plantain qui la parsemait, soulevant de ses mille pieds sa poussière, cette poussière claire, argileuse, qui se déposait sur les rares peupliers et sur les pieux pointus des palissades des potagers… Quelque part dans les profondeurs des rangs, des accords de guitare résonnèrent, des accordéons grincèrent et, aussitôt, sans se faire prier, une fille en pantalon d'homme, aux cheveux courts comme un garçon, se détacha à l'avant de la colonne, se retourna vers elle et commença à marcher en esquissant de tout petits pas de danse dans la poussière et en chantant d'une voix criarde et fêlée :

Ah, qu'il est battu, battu,
Le sentier battu !
Mon ami voulait m'dompter,
Mais j'suis indomptable !

Infraction sans précédent ! Mais l'auteur en était une femme et Rouslan, perplexe, ne savait comment s'y prendre avec elle. Dans les colonnes qu'il avait escortées, ces créatures étaient des curiosités rares et ne lui avaient jamais donné de fil à retordre, sauf qu'elles restaient peut-être plus souvent à la traîne que les autres, qu'il fallait les presser, mais jamais elles ne cherchaient à s'évader, et en définitive elles lui étaient devenues parfaitement indifférentes. Celle-là aussi, il décida de ne pas la toucher, d'autant plus que sa sortie des rangs n'avait pas perturbé l'ordre de la colonne. Entre-temps, les accordéons s'étaient mis à grincer avec violence ; la fille fit un tour sur elle-même et reprit sa marche à reculons, tandis qu'un sourire s'épanouissait sur tout son visage basané aux pommettes saillantes. Elle chanta encore, mais sa voix était à présent couverte par celles des hommes qui s'étaient mis à beugler de leur côté : « Un roubl' pour le foin, deux pour la charrette, et un et d'mi pour l'transport, oh, des lentilles et des vesces, et des vesces et des lentilles », et dans d'autres rangs, on chantait : « À lui on ordonnait d'aller vers l'ouest, à elle, dans l'autre direction », puis il était question d'un chat perché sur une palissade et qui engloutissait de l'oxygène, « et voilà pourquoi les gens manquent d'oxygène ».

Et les petites fenêtres quasi aveugles des maisons s'entrouvraient, les habitants regardaient dehors ; certains l'air ahuri, d'autres avec l'éternel sourire étonné ; dans les jardinets et les potagers, des femmes aux jupes retroussées se redressaient et regardaient fixement, leur main en visière pour se protéger du soleil. Un vieux à la tête chenue, vêtu d'une vareuse rapiécée, s'approcha de la clôture basse en lattis qui fermait son jardin et, impassible, il posa sur la colonne le regard de ses yeux bleus, délavés. Ses mains qui serraient le manche de sa pelle, et sur lesquelles couraient de grosses veines aussi sombres que ce manche, son visage, tout aussi brun et sillonné de profondes rides, contrastaient avec ses coudes et son cou dénudés qui étaient grêles et blancs, veinés de bleu clair. Le vieux bougea les lèvres pendant un bon moment, puis il se caressa la tête et demanda :

— Vous, comme ça, d'où sortez-vous ? C'est-y que vous êtes de Moscou ?

— On est de partout, grand-père ! De Moscou, de Briansk, de Smolensk. T'en as jamais vu, des gens comme ça ?

— J'en ai vu, dit le vieux. On a vu passer toutes sortes de gens, ici. Y en avait aussi de Briansk et de Smolensk. Seulement, ils ne chantaient pas.

Il sourit de sa bouche ébréchée et retourna clopin-clopant à ses plates-bandes.

Elle avançait ainsi cette colonne, en braillant, en riant, en interpellant à grands cris des interlocuteurs de rencontre, et cela entamait le bonheur de Rouslan. Il n'aimait pas ces nouvelles règles qui violaient la solennité silencieuse du Service. Mais il savait qu'il devait s'armer de patience, ces manières bruyantes, nerveuses, infantiles leur passeraient bien vite, de même que leurs gueules bien nourries, et ils deviendraient calmes, avec de grands fronts et de grands yeux, comme illuminés de l'intérieur. Il regrettait de ne pouvoir leur annoncer ce dont ils étaient loin de se douter, à savoir qu'on avait préparé là-bas un camp très vaste pour leur illumination, des baraques spacieuses, franchement magnifiques, où ils réussiraient tous à se caser, tous sans exception – sauf qu'il faudrait peut-être en pousser quelques-uns pour les faire entrer. Quant aux barbelés qui faisaient encore défaut, ce n'était pas un drame, ils les installeraient eux-mêmes. C'étaient toujours eux qui installaient leurs propres barbelés, qu'ils ne franchissaient plus ensuite : ils avaient même peur de s'en approcher.

Soudain, Rouslan vit que, de tous les côtés, des chiens accouraient vers la colonne. Ils surgissaient des rues, des cours, ils sautaient par-dessus les palissades. Semblables en tous points, avec leurs dos noirs et lisses, leurs ventres jaunes et duveteux, ils montraient leurs dents dans un même rictus de joie stupide, laissant pendre leur langue du même côté. Tous des ex-camarades : Djoulbarss, Iénisséï, Baïkal, les inséparables, Douille et Ere, Chien-de-Fusil et Culasse, Dick et César, et puis Le Gris, Le Brave, Le Blanc, Alma, accompagnée de son gigolo à l'œil enfariné : non mais, que venait-il chercher ici, ce pékin-là ? En plus dudit pékin débarquait d'ailleurs toute une meute de cabots, tous ces Trésors, ces Boutons, ces Kabyzdokh, ces Mignonnettes et autres Mirettes, y compris ceux qui n'avaient pas de nom. Le dernier à apparaître fut Lux, que ses maîtres n'appelaient jamais autrement que Luxik – un être extrêmement antipathique à Rouslan, une âme corrompue dans la peau d'un chien. Dans les bagarres, ce Luxik se couchait immédiatement sur le dos, ou bien se plaignait à Djoulbarss, son protecteur. Et cette protection, il l'avait gagnée en attrapant les puces de Djoulbarss, qui n'en avait d'ailleurs aucune, mais Luxik simulait si bien que chacun croyait les voir. Voilà les rôles qu'il jouait dans la meute : ceux de lèche-bottes et d'amuseur public. À présent, il se roulait dans la poussière et faisait un saut de carpe en refermant les mâchoires dans un claquement sec, comme pour attraper une puce qui s'envolait : c'était justement pour exécuter ce numéro qu'il était arrivé en retard. Et, pour la peine, les autres chiens le saluaient par des sourires et des battements de queue, alors qu'ils avaient fait mine de ne pas remarquer Rouslan. Enfin, il n'était pas le premier à se heurter à cette étrange habitude qu'ont les foules d'adorer le bouffon et de haïr secrètement le héros.

Tandis qu'il courait rejoindre son poste, Djoulbarss le mordit amicalement à l'épaule ; Rouslan se détourna en grondant : il n'avait pas oublié le fameux tas de bûches et l'avorton en peau de bique. Il n'était pas jaloux, mais, à présent, il enviait intensément, férocement Djoulbarss. Ce salaud marchait toujours en tête de colonne et lui, Rouslan, ne venait qu'en second ; aujourd'hui encore, il lui fallait reculer. Puis, il se retrouva dans l'obligation de marcher la tête contre la cuisse d'un gars qui avait des brodequins neufs avec d'épaisses semelles de caoutchouc dont il devait, pardessus le marché, renifler l'odeur ! Et, malgré tout, il ne pouvait s'empêcher de sentir une buée chaude lui monter aux yeux, il ne pouvait pas ne pas reconnaître que, en dépit de leur comportement de renégats, ils s'étaient présentés au premier appel du Service. Même Aza, l'aveugle, était venue clopin-clopant et avait repéré sa place sans se tromper : la quatrième à gauche. L'opération s'était déroulée comme il fallait, sans précipitation, en silence. Les seuls à aboyer avaient été les cabots, de loin seulement car, dès qu'ils s'étaient retrouvés devant la colonne, ils étaient restés figés de stupeur : le spectacle leur était familier, bien qu'ils l'eussent un peu oublié.

Cela s'était déroulé si simplement, si calmement que pas un des nouveaux venus n'avait pris peur ni esquissé le moindre mouvement de recul en voyant les chiens encadrer la colonne ! Certains même s'enhardirent à les caresser ; cela ne plaisait guère aux chiens, mais ils le supportaient en se bornant à gronder légèrement. Ils étaient devenus plus paresseux, ou plus gentils.

— Michka, hé, Michka, beugla soudain le fameux gars monté sur caoutchouc (il était fluet, les lèvres encore gonflées, un vrai gamin). Tu te rends compte de la qualité du service ? Tu vois un peu cette escorte ?

— C'est la mairie qui nous l'envoie, répondit Michka. Ou alors carrément la direction du combinat.

— Ça, ça s'appelle prendre soin du matériel humain. Franchement, c'est pas banal, comme cinéma. Dis donc, peut-êt' bien qu'ils portent aussi les affaires ?

— Ça, c'est une idée !

Le gamin posa en effet son sac tyrolien sur le dos de Rouslan. Et, ne sachant que faire là encore, Rouslan porta le fardeau à la joie de tous, jusqu'au moment où le gamin en eut assez.

— Merci beaucoup ! (Il souleva sa casquette.) Nous le porterons à tour de rôle.

Sa voisine tendit la main pour tapoter l'échine de Rouslan. Il se détourna en retenant un rugissement ; décidément, ces débiles mentaux avaient pris bien peu de plomb dans la cervelle durant leur longue absence ! S'ils avaient tellement envie de faire plaisir aux chiens, avec leurs mains, qu'ils les mettent donc derrière leur dos !

Ceux qui contemplaient la colonne, ceux qui, du haut des trottoirs en planches, ou par les fenêtres, ou par-dessus les palissades, observaient cet étrange cortège d'hommes et de chiens, ceux-là, Dieu sait pourquoi, ne riaient déjà plus et regardaient en silence, l'air maussade. Peu à peu, dans la colonne aussi, on cessa de rire, on cessa d'exciter les chiens en les touchant, et de crier sans rime ni raison, et le silence tomba, troublé par le seul roulement des pas innombrables et l'haleine fiévreuse des chiens. Sur le moment, ce silence parut de mauvais augure à Rouslan, il fit monter en lui un pressentiment funeste : ils se doutaient de quelque chose. Mais de quoi donc, puisque, n'importe comment, ils savaient tout d'avance ? Peut-être s'étaient-ils pris à regretter d'être revenus, n'avaient-ils plus l'intention d'aller où on les conduisait ? Allaient-ils prendre la fuite ? Il se retourna et aperçut la gueule de fouine de Dick, avec sa balafre non encore cicatrisée depuis le coup qu'il avait reçu ; derrière lui, à la distance réglementaire, Baïkal, calme et majestueux, marchait en se dandinant, et, plus loin, Ere trottinait en remuant légèrement les omoplates. Tous s'acquittaient du travail pour lequel ils étaient nés, auquel ils avaient été formés ; sans aucun trouble. Alors il se rasséréna lui aussi et, regardant vers l'avant, vers l'endroit où la rue prenait fin et où la route déserte qui menait au camp escaladait une colline, il réalisa qu'ils étaient *revenus*. Ils étaient *revenus pour de bon* ! Et ce fut la plus belle minute de la vie de Rouslan, sa minute céleste. C'était pour elle, pour cette minute, qu'il avait vécu comme un crève-la-faim, un sans-logis, qu'il s'était chauffé sur des tas de mâchefer, avait subi les pluies du printemps, croqué des mulots et n'avait rien accepté d'aucune main étrangère ; c'était pour elle qu'il avait gardé le Râpé et méprisé le maître qui l'avait trahi.

Minute de bonheur ! Il se sentait plein d'amour pour les êtres qu'il escortait. Il les conduisait vers la claire demeure du bien et du repos, où un ordre harmonieux les guérirait de leurs maux : ainsi le frère charitable conduit-il vers la salle d'hôpital le malade dont la raison a été ébranlée par les soins excessifs de son prochain. Et cet amour, cette charité, cette fierté se reflétaient avec netteté dans le sourire de Rouslan, un sourire éblouissant qui lui fendait la gueule jusqu'aux oreilles.

Ce sourire ne l'avait pas encore quitté quand il se retourna : il crut subitement défaillir ; un rugissement sourd, un effroyable hurlement humain venaient de retentir. Et déjà, il se sentait le plus malheureux des chiens, car, en un éclair, il avait compris : ce qui devait se produire s'était produit. Dans la grand-rue se succédaient tous les magasins, échoppes et éventaires du bourg, et personne n'avait rappelé à ceux qui *revenaient* qu'ils n'étaient pas autorisés à quitter les rangs ! Pas de maîtres pour leur réciter, dès l'abord – et pas en marmonnant, le nez dans un papier, « combinat… cellulose… et vous et nous… », mais en quelques mots brefs et sans ambiguïté – les instructions : « Un pas à droite, un pas à gauche… Les gardiens tirent sans avertissement. » Et pourtant, il fallait les leur lire chaque jour, à ces débiles mentaux, chaque fois qu'on se mettait en colonne, parce qu'ils pouvaient les avoir oubliées la fois suivante.

Sans se presser, Djoulbarss passa devant lui au trot en se raclant la gorge. Il prit Dick avec lui. Ils laissaient à Rouslan le soin de garder les rangs qui n'avaient pas encore été gagnés par le désordre. Là-bas, en revanche, tout se confondait : les aboiements hargneux, les hurlements des gens mordus ou craignant de l'être, le bruit des coups sourds accompagnés de râles – c'était le bruit produit par les coups de pied dans le ventre. Comme frappé de stupeur, il observait la rixe, les gueules aux dents menaçantes, les corps qui tombaient, les poings et les pieds, les sacs avec lesquels on tentait de repousser les chiens déchaînés. Lui aussi, il sentit un instant monter en lui une vague d'excitation frénétique, de haine joyeuse qui colorait tout en jaune, mais cette vague retomba aussitôt pour laisser place à une tristesse lancinante, la tristesse qu'il éprouvait à voir que les événements avaient pris un tour aussi absurde.

Au rugissement qu'il avait entendu il reconnut celle qui avait été à l'origine de tout : Douille, la zélée, la spécialiste des mesures extrêmes ; elle jetait immédiatement son adversaire à terre et lui sautait à la gorge. Et, bien sûr, Ere se précipitait à la rescousse. Elles n'auraient pas prévenu, ces deux-là, ni repoussé le coupable dans les rangs d'un coup d'épaule ou de tête, elles ne se seraient pas contentées de le mordre, ah non ! Pourtant, il existait pas mal de façons de forcer un homme à obéir sans lui sauter à la gorge !

Avec indifférence, il suivait la bagarre, son seul souci étant que personne ne sorte des rangs. Au début, personne ne s'y risqua, mais tout à coup une fille s'en échappa en criant, c'était la voisine du fameux gamin monté sur caoutchouc. Rouslan n'eut pas le temps de l'arrêter, et puis, d'ailleurs, il ne trouvait pas son acte bien dangereux. Mais elle revint et saisit le coude de son voisin, qui semblait complètement paralysé : Rouslan se jeta entre eux et attrapa le genou de la fille. Elle fit un bond en arrière, poussa un cri aigu qui surprit Rouslan. Même dans ses interventions éclair quand il n'avait pas le temps de prendre de gants, il savait refermer les mâchoires de façon à ne pas égratigner. En revanche, le compagnon de route de la fille n'eut pas besoin de telles mises en garde. Rouslan se borna à retrousser ses lèvres tremblantes, et déjà le gamin reprenait sa place, vexé au plus haut point, mais tout autant effrayé. Rouslan éprouva pour lui plus que de la confiance : c'était un brave garçon, il avait tout de suite pigé.

Au même instant, avec stupéfaction, Rouslan vit Djoulbarss sortir de la bagarre. Sa gueule en sang, ses petits yeux de sanglier teintés de rose, il abandonnait la partie, sans qu'aucun semblant d'ordre ait été rétabli ! À quelque distance de là, Luxik boitillait en pleurnichant. Sans doute exagérait-il ses souffrances : sur lui pas la moindre marque de lutte, en revanche innombrables sur Djoulbarss qui, loin d'y prêter attention, râlait d'exultation !

D'un signe de tête, il appela Rouslan, et ils coururent jusqu'au coin de la rue ; là, Rouslan s'arrêta, Djoulbarss aussi. Il était clair qu'il ne râlait pas d'exultation, mais plutôt de fatigue, sa carcasse tenait à peine sur ses pattes branlantes et il mourait d'envie de se coucher. En l'absence des maîtres, il pouvait bien se laisser aller. Rouslan le comprenait mais il lui enjoignait de revenir. Tant que Djoulbarss se battrait contre les hommes, les chiens continueraient la lutte. Il avait beau être las, avoir pris un coup de vieux, des habitudes de paresseux : tant que retentirait son rugissement impérieux, personne n'oserait s'esquiver. Djoulbarss avait peine à soutenir son regard ; Luxik en fut incapable : oubliant sa claudication, il bondit vers Rouslan et le mordit rageusement au cou. Hors de lui, Djoulbarss s'avança vers Luxik pour châtier cet idiot, qui, déjà, s'écartait en se plaignant d'avoir été bien assez puni comme ça : il avait malencontreusement mordu l'anneau du collier de Rouslan.

Une fois encore, leurs yeux se rencontrèrent. Dans ceux de Djoulbarss se lisait la pitié. Il n'aimait pas ce fanatique de Rouslan, mais, cette fois, ils avaient cessé même de se comprendre. Eh bien oui, quoi ! on avait mordu à cœur joie, et maintenant y avait qu'à rentrer chez soi ; le reste n'était plus l'affaire des chiens puisque les maîtres avaient déclaré forfait depuis longtemps. Et puis, enfin, en sa qualité de doyen, lui, Djoulbarss, il libérait Rouslan de ses fonctions. En vain : le fanatique y retournait déjà. Djoulbarss le suivit des yeux en secouant tristement la tête. Puis il rugit pour faire décamper Luxik et s'engagea dans sa rue. Il s'en allait vers sa vieillesse d'une foulée royale, léonine, perdant à grosses gouttes son sang et celui de ses victimes, à la fois joyeux et mélancolique de le faire pour la dernière fois.

Une surprise attendait Rouslan : il retrouva ses rangs dans l'état où il les avait quittés. Aussi incompréhensible que cela soit pour nous, êtres évolués, notre vieille et ancestrale accoutumance à l'ordre établi avait fait que la tête de la colonne n'avait pas bougé. Personne au vrai n'avait donné l'ordre de rompre les rangs ! Il courut le long des rangs en poussant des rugissements préventifs, en rectifia l'alignement.

Le combat, commencé près d'un kiosque à bière, s'était entre-temps déplacé de l'autre côté de la rue ; presque toute la meute y participait, les chiens attaquaient, esquivaient les coups, reculaient parfois sur le trottoir pour reprendre haleine. Pendant ce temps-là, la queue de la colonne continuait sa lente progression, piétinant, écrasant ceux qui étaient tombés. Du côté de Rouslan, l'ordre régnait plus ou moins. Paisiblement accoudés au comptoir, trois hommes buvaient dans des chopes un liquide jaune et se régalaient de filets de poisson.

Ces habitants du bourg ne présentaient aucun intérêt pour Rouslan ; d'ailleurs, ils avaient poliment écarté les jambes pour le laisser passer.

Fait étrange, il ne vit ni Ere ni Douille : et pourtant, elles auraient dû se trouver là et nulle part ailleurs ! La règle n'est pas compliquée : pendant que les uns bataillent, les autres tiennent le reste du troupeau. Il ne les entendait pas non plus parmi les combattants qui, à cet instant, affrontaient la mort. En revanche, il aperçut dans une clôture en lattis une brèche par laquelle s'enfuyaient leurs traces. Quand les hommes avaient arraché des lattes de cette clôture pour rosser les inséparables, ils n'avaient réussi qu'à leur faciliter la fuite. Pour les rosser, il ne fallait pas des lattes mais plutôt des brancards ou des poutres ! Pas d'erreur : elles, les plus zélées, qui avaient tout déclenché, étaient parties les premières. Et, non loin de la brèche, il vit le résultat de leur travail. Qu'il fût arrivé jusque-là en rampant après avoir franchi le fossé ou qu'on l'eût transporté pour l'y installer, un point était sûr : il était cuit. Il se tenait la gorge des deux mains, le sang dégoulinait sur sa chemise blanche en lambeaux, ses yeux étaient troubles, une pâleur bleutée transparaissait même à travers le hâle de son visage. Et encore, elles avaient opéré en vitesse : autrement, il n'aurait pas même pu s'asseoir.

Les yeux de la bête et de l'homme se rencontrèrent. L'homme fit un effort, il se demandait si ce monstre aux crocs énormes, dont seul le fossé le séparait, ne sortait pas de son délire ; puis une expression de désespoir et de supplication apparut dans ses yeux, de grosses gouttes de sueur roulèrent sur son visage. Quant à la bête, on lisait dans son regard un reproche maussade : tu as donc tout oublié ? Comment un chien des camps pourrait-il se jeter sur un homme à terre sans en avoir reçu l'ordre ? Il remua les oreilles, en signe de paix, et se détourna.

Au même instant, une femme déboucha en courant. Vêtue d'une robe à grosses fleurs, elle tenait un truc blanc dans ses mains. Elle se dépêchait de rejoindre le blessé, elle ne remarqua pas Rouslan. Mais, brusquement, après un léger temps mort, elle se rappela l'avoir vu, et se retourna. Son apparition silencieuse, son air calme lui causèrent une plus grande frayeur que s'il avait rugi et s'était précipité sur elle.

Les yeux écarquillés par l'épouvante, elle marcha lentement à reculons en marmonnant, s'adossa à la paroi latérale du kiosque en agitant son chiffon blanc. Et c'est avec ça qu'elle espérait repousser son agresseur !

Il voulait déjà passer son chemin lorsqu'un coup féroce lui ôta le souffle et le rejeta contre la paroi. Il ne put se retenir qu'en s'affalant contre les genoux de la femme aux grosses fleurs. Elle poussa un glapissement affreux et se mit à le fouetter avec son chiffon – et Rouslan put constater qu'il n'avait rien à craindre d'elle.

Lequel de ces trois hommes aux visages décomposés qui approchaient en tenant dans leurs mains leurs sacs lourds comme du plomb lui avait lancé un coup dans le ventre ? Aucune importance, d'ailleurs. L'heure était venue d'entrer dans la danse. Il les évalua d'un bref regard : l'un était blessé, il avait été mordu à la main ; un instant plus tôt, il gisait là, jeté à terre par Baïkal ; maintenant, il clopinait, l'esprit encore embrumé. Le deuxième – courtaud, râblé, avec un visage rond impénétrable, des petits yeux bouffis à peine visibles – était vraiment dangereux ; les types de ce genre n'étaient pas faciles à jeter à terre et, comme ils pensaient lentement, ils ne se pressaient pas de battre en retraite. Et le troisième, c'était son gamin de tout à l'heure, le gamin vexé, avec ses lèvres gonflées, son sac à dos et ses semelles en caoutchouc. Celui-là, on lui avait pardonné une infraction, alors pourquoi venait-il encore chercher la bagarre ? Pourquoi se mettaient-ils à trois pour attaquer, alors qu'un seul des trois valait quelque chose ?

Ah, c'était ça ! Ils parlaient avec la fille aux grosses fleurs, ils la réconfortaient, ils venaient lui porter secours. Le plus absurde, c'est que Rouslan ne lui voulait aucun mal, elle lui était indifférente. Elle s'était tout simplement trouvée entre lui et le fossé, qu'elle n'avait pas eu l'idée ou l'audace de sauter, parce qu'elle aurait dû lui tourner le dos. Comme c'était bête.

Il marcha sur eux, montrant les dents, fléchissant légèrement les pattes postérieures. Ils reculèrent – ils ne s'attendaient vraiment pas à ce qu'il les attaque –, mais pas tous. Le petit râblé ne bougea pas, comme l'escomptait Rouslan qui s'était légèrement accroupi pour bondir. Il parvint tout de même à culbuter l'homme, mais celui-ci eut le temps d'avancer une épaule ronde, dure comme du bois. C'était une erreur de s'acharner contre cette épaule, pourtant Rouslan était déjà entré dans une rage frénétique : si au moins l'autre avait crié ! Non, sans un mot, sans hâte, le râblé dégagea ses deux mains et lui saisit le cou. Le monde devint blafard, un froid intense lui brûla les entrailles. En labourant de ses griffes impuissantes la poitrine du râblé, Rouslan essayait de se libérer, tendait le cou de toutes ses forces sans même sentir les coups qui pleuvaient sur son dos, un dos de bois. La conscience ne lui revint que lorsqu'un objet lourd et compact s'abattit sur son crâne et lui fendit l'arcade sourcilière. Mais le râblé avait dû recevoir, lui aussi, un coup de ce même sac à armature sur les doigts, car la pression de ceux-ci faiblit, et Rouslan se dégagea d'une saccade, aspira une bouffée d'air et recula d'un bond vers le kiosque. La fille aux grosses fleurs avait disparu.

La colonne se désagrégeait, se transformait en un gâchis indescriptible, en une ignoble foule braillarde qui se massait de l'autre côté de la rue. On entendait encore aboyer trois ou quatre chiens. Oui, trois ou quatre, en tout et pour tout, sous les ordres de Baïkal. C'était un bon combattant, ce Baïkal, calme, fort, courageux : il agissait sans précipitation, ne se fatiguait pas vite, il savait communiquer son calme aux autres. Pourtant, si Djoulbarss avait été là, ils se seraient fait tous tuer, mais le troupeau eût été maté.

Les trois gars auxquels Rouslan avait livré combat revenaient à la charge. Le râblé s'était relevé, impassible, sans un mot, sans même se tenir l'épaule. Rouslan comprit que ça devenait sérieux.

Ils furent devancés tous trois par un quatrième homme. Vêtu d'une vareuse de soldat, portant une culotte de cheval, avec des bottes de l'armée. Il avait une courte frange couleur paille. À la façon dont il approchait, en écartant largement les mains pour l'attraper par le collier, à la façon dont il sifflait et disait d'une voix impérieuse et caressante : « Ici, mon mignon, viens ici », Rouslan devina qu'il avait l'habitude des chiens. Le Rouslan d'autrefois aurait sans doute obéi au soldat, mais pas le Rouslan d'aujourd'hui, qui avait reçu du poison des mains d'un traître. Ce soldat de la race des maîtres, mais qui faisait cause commune avec les débiles mentaux, était un ennemi encore plus pernicieux que ces derniers, beaucoup plus pernicieux !

Et voilà que Dick, surgissant de derrière une haie de dos et de jambes, traversait la rue en boitillant vers un porche. Il tenait en l'air l'une de ses pattes de devant, ensanglantée. Deux « déportés » le suivaient en lui martelant le dos à coups de latte. Fou de rage, il se retournait et essayait de se jeter sur eux ; mais, chaque fois, il oubliait sa patte blessée et s'écroulait en hurlant. Aza l'aveugle recevait aussi une nuée de coups – s'était-elle vraiment battue, elle aussi ? Et le soldat, qui voyait tout ça, avait le culot de dire : « Viens ici, mon mignon ! »

Il ne renonça à ses tentatives qu'au tout dernier moment et se protégea avec son coude : Rouslan y planta ses crocs et roula dans la poussière avec le soldat. Le soldat se débattait sous lui en gémissant, il essayait faiblement de le repousser avec l'autre main : il s'était probablement rendu, mais, déjà, ses complices rassemblés autour d'eux martelaient de coups de pied les côtes de Rouslan, lui tiraient la queue et les oreilles. Rouslan tint bon, il ne lâcha pas. Inutile ! Il comprit qu'il ne les effrayerait pas, même en sectionnant le bras du soldat ; il fallait attraper le prochain à la gorge. Au premier instant de répit, il s'écarta d'un bond pour reprendre haleine.

Au comble du désespoir, il vit Alma qui fuyait par la brèche de la clôture : son gigolo à l'œil enfariné partait avec plus de dignité, il trouva même moyen de mordre un bon coup un déporté qui lui tombait dessus avec un bâton ; il avait encore beaucoup à apprendre, cet œil-blanc : comment pouvait-on prendre à la jambe quelqu'un qui brandissait un bâton ? Par une échappée, là où la foule était plus clairsemée, il aperçut Baïkal : refoulé dans une rue latérale, il lançait des assauts qui se brisaient contre deux lattes qu'on lui fourrait dans la gueule en rigolant. Fini ! Il restait tout seul. Tout seul pour rassembler ce troupeau qui s'était dispersé, qui hurlait, qui refusait d'obéir… Ah ! retenir au moins ce troupeau jusqu'à l'arrivée des maîtres : ils allaient bien finir par arriver, ceux-là !

À l'arrière, il était protégé par le mur du kiosque. Quant aux trois hommes accoudés au comptoir, il n'avait rien à craindre d'eux : pendant tout le combat, ils paraissaient ne pas avoir changé de pose, et ils observaient la scène avec une stupéfaction d'ivrognes. Rouslan n'avait rien à craindre non plus de cette femme qui, de l'autre côté de la palissade, s'appuyait sur sa pelle en plissant tristement son visage bruni par le soleil. Le plus dangereux de tous, le soldat assis dans la poussière, pressait son coude blessé contre son ventre. Celui-là, il en connaissait un rayon sur le Service, et il pouvait tous les exciter contre lui, le sale traître, les instruire, mais il semblait trop préoccupé par sa blessure. Restait encore une palissade basse, que Rouslan pouvait sauter à l'occasion pour tromper ses poursuivants et déboucher ailleurs. C'était là sa dernière ressource. Et déjà la foule s'avançait, formant autour de lui un demi-cercle de visages haineux, de mains étayées de bâtons et de sacs pesants.

Il poussa un rugissement menaçant, furieux, frénétique pour montrer à cette foule qu'il ne plaisantait pas. Il était prêt à tuer, prêt à mourir. Il fit un pas en découvrant ses crocs – ils s'arrêtèrent, mais ne reculèrent pas. Non, il ne les avait pas effrayés. Inlassablement, il se jetait sur l'un ou l'autre d'entre eux, mais ils l'esquivaient ou faisaient un mur de leurs sacs à dos. Ils s'approchaient sur les côtés et lui lardaient les flancs de coups de latte, ou bien, faisant exprès de se découvrir et de le narguer, ils lui fourraient un blouson ou un imperméable sous le nez. Il comprit qu'ils l'épuisaient à dessein pendant que les autres, derrière, s'égaillaient. Il lui fallait en attraper au moins un pour de bon. C'était ce que lui avaient enseigné les maîtres, l'instructeur et les surtouts gris : mieux valait en attraper un pour de bon que cinq à moitié.

Déjà il voyait le monde coloré d'un jaune intense : jaunes l'herbe et la poussière, jaune le ciel bleu de midi, jaunes leurs visages et son propre sang qui dégoulinait de l'arcade sourcilière fendue ; lorsqu'il était dans cet état, il n'avait pas de pire ennemi que lui-même. Il choisit le gamin qui, Dieu sait pourquoi, l'irritait plus que tout autre, bien qu'il se tînt à l'écart et se bornât à regarder ; peut-être fit-il ce choix, justement, pour impressionner les autres et les retenir plus longtemps. Et, quand deux hommes s'avancèrent vers lui, il feinta, passa d'un bond entre eux et se jeta sur sa victime.

Le long corps de Rouslan s'étira dans ce bond, portant vers l'avant un museau ensanglanté qui montrait les dents. Les oreilles se plaquèrent vers la nuque. Mais, avant de retomber sur ses pattes, il sentit qu'il allait manquer son coup. À présent, il ne voyait plus que d'un œil, l'autre étant inondé de sang, il avait mal évalué la distance, il avait sauté trop tôt. Le gamin poussa un cri affreux, un vrai cri de bête : un instinct animal se réveilla subitement en lui, lui plia le corps presque en deux. Rouslan le frôla de son ventre, fit la culbute et alla rouler dans la poussière. Aussitôt, sans lui laisser le temps de se relever, deux lattes s'abattirent sur sa tête et quelqu'un, accouru on ne sait d'où, prit son élan et le frappa à toute volée sur le dos avec une lourde valise aux angles ferrés.

Après un tel coup, quelle force peut faire relever une bête ? La peur de recevoir un nouveau coup ? Mais on ne le battait plus et il sentit que, s'il restait couché, on ne le battrait plus. La peur pour sa progéniture aurait pu le faire relever, mais il n'y avait pas de petits dans la vie de Rouslan, il ignorait ce sentiment. En revanche, il en connaissait un autre, celui du devoir, un sentiment que nous lui avions inculqué sans savoir ce que c'était au juste ; c'est précisément ce sentiment du devoir qui le poussait à se relever.

La gueule remplie de poussière, il étouffait. Toussant pour la rejeter, il se redressa au prix d'un effort incroyable, s'assit, incapable de rien faire de plus. Soudain l'épouvante l'étreignit : ils allaient deviner sa faiblesse. Ils étaient si proches de lui, à présent, qu'il aurait pu les atteindre. Il ne le faisait pas, il se bornait à remuer la tête en rugissant.

— Foutez-lui la paix, les gars, il ne faut pas le harceler, dit le soldat.

Il était toujours assis dans la poussière et déchirait sa manche pour panser son coude.

— Il fait son travail.

— Personne ne le harcèle, fit le gamin.

Il ajouta, indigné :

— Alors, comme ça, il fait son travail ? Quel salopard !

— Mais non, c'est pas un salopard. On l'a formé pour ça. Alors il fait son travail. Si seulement tout le monde pouvait faire aussi bien le sien. On devrait en prendre de la graine, toi et moi.

Il sourit en grimaçant de douleur.

— Soit dit en passant, j'en prendrais bien un comme ça.

— Mais il me semble qu'il vous a bien pris, lui aussi…

— C'est justement pour ça que je le prendrais : Approche pas ! T'es pas mon maître !

Le soldat entreprit de serrer avec ses dents le nœud qu'il avait fait sur sa manche. Le gamin s'approcha.

— Vous voulez que je vous aide ? Ils ont déjà appelé une ambulance, là-bas. Il y a une vingtaine de blessés !

— Eh bien, dit le soldat, puisqu'on a appelé une ambulance, je n'ai plus besoin de toi. Mais les victimes, mon gars, on ne l'annonce pas comme ça, à tout le monde. On dit simplement : « Il y a des victimes. »

Rouslan restait assis, il s'appuyait de toutes ses forces sur ses pattes et baissait la tête. De temps à autre, il rugissait encore – pour rappeler qu'il ne s'était pas rendu –, mais ne comprenait pas pourquoi ils tardaient tant à agir. Ou alors, peut-être ne devinaient-ils pas qu'il ne pouvait plus se relever ?

C'est dans cet état que le Râpé le vit : assis dans une mare de sang, pitoyable et effrayant. Ses flancs se levaient et s'abaissaient en fumant. Et ses pattes de derrière étaient rejetées sur le côté de façon si absurde, avec une courbure bizarre du dos – il lui sembla qu'une articulation supplémentaire était apparue dans sa colonne vertébrale.

— Et pourquoi lui avoir brisé l'échine ? demanda le Râpé. C'était pas obligatoire. Ah, les jeunes ! Vous aimez ça, la bagarre, hein, les gars. Et puis, à mort, hein, à mort !

— Oui, ils se sont un peu excités, dit le soldat.

— Vous pouvez parler ! dit le gamin, manifestant de nouveau son indignation. Il faut voir ce qui s'est passé ici. Vous n'êtes pas au courant.

— Ce qui s'est passé ici, dit le Râpé, ça, je suis bien placé pour le savoir. Toi, t'as pas connu ça !

— On connaît tous les deux, dit le soldat.

Le Râpé s'approcha de Rouslan, il voulait le caresser. Les lèvres frémissantes se retroussèrent, les crocs apparurent. D'ordinaire, un tel avertissement suffisait pour que les hommes comprennent et regagnent leur place. Rouslan pouvait d'ailleurs laisser un petit peu plus de temps au Râpé pour qu'il se fasse à l'idée que jamais, pas une seconde, il n'avait été son maître.

Le Râpé n'eut pas besoin de ce temps-là. Il rentra dans les rangs aussi vite qu'il put ou, plutôt, revint à l'endroit où s'étaient formés les rangs auparavant.

— Mais, dis donc, tu ne l'as pas oublié, dit le soldat avec un sourire narquois, tu t'en rappelles bien, du Service ! Il ne te manque que les mains derrière le dos.

Le Râpé ne répondit pas.

Il faut croire que le gamin avait, lui aussi, quelque peu compris – il restait là, triste et pensif.

— Très bien, mais qu'est-ce qu'on va faire de lui ? demanda-t-il en promenant sur tous les assistants un regard désemparé. On peut quand même pas le laisser comme ça. Il faut l'emmener chez le vétérinaire.

— Tu veux rire, fit le Râpé. Il est pas né, le vétérinaire qui pourra lui rafistoler l'échine !

— On va demander ça à l'haltérophile, dit le soldat. Hé, toi, l'haltérophile !

Il s'adressait au râblé.

— T'as toujours une dent contre lui ? Prends une pelle et active-toi. Il le faut, tu comprends ? La patrie te l'ordonne.

Le râblé jeta à Rouslan un bref regard de ses yeux bouffis, il se dirigea vers la clôture. Docile, la femme lui donna aussitôt la pelle et s'éloigna. Elle avait tout vu à travers les larges fentes du lattis.

Le râblé tourna et retourna la pelle entre ses mains. Elle ressemblait vraiment à un jouet entre ses poings massifs et puissants. Mais il n'avait encore jamais eu l'occasion de tuer, et il ne savait pas comment s'y prendre, et n'en avait aucune envie.

— Pourquoi le faire comme ça ? demanda le gamin. Y a vraiment pas moyen de trouver une carabine, dans le pays ?

— Non, dit le Râpé. Ici, personne n'a de fusil, c'est interdit.

Tout le monde s'écarta devant le râblé. Rouslan, arrêtant de gronder, baissa de nouveau la tête. Il vit deux pieds chaussés de bottes poussiéreuses se placer à quelque distance l'un de l'autre, il vit passer l'ombre de la pelle brandie, et soudain la fureur l'assaillit, une fureur bien à lui et qui ne lui avait pas été inculquée par nous autres. Cette fois, il avait saisi qu'il ne pouvait plus retenir personne, il était vaincu ; mais, pour défendre leur vie, les bêtes sauvages se battent jusqu'au bout, elles ne lèchent pas les bottes des meurtriers. Relevant brusquement la tête, il se jeta à la rencontre de la pelle et en saisit le fer entre ses dents.

Si grande que fût sa douleur, il put quand même voir blêmir le visage du râblé et ses petits yeux bouffis s'emplir d'effroi, de désarroi.

— Eh bien dis donc, c'est un costaud ! dit-il en lui arrachant la pelle, avec un petit sourire coupable.

Il devait esquisser le même sourire quand il ne réussissait pas ses exercices du premier coup.

— Alors, qu'est-ce qu'il faut faire de lui ?

— Eh bien, finis ce que t'as commencé, dit le Râpé. Il faut l'achever. Il peut plus vivre comme ça.

Le râblé releva la pelle, son visage s'empourpra en un clin d'œil. S'étant approché sur le côté, là où Rouslan ne pouvait le voir, il abaissa l'instrument en oblique, avec une expiration rauque. Tournant la tête, Rouslan eut encore le temps de voir briller la pelle, mate et froide comme le fond bien léché d'une gamelle en aluminium…

Après cela, ils le prirent à deux – le râblé et le gamin – par les pattes de devant, et le tirèrent vers le fossé en laissant derrière eux une traînée rouge discontinue. Mais les habitants des maisons riveraines s'opposèrent énergiquement à ce qu'on leur laisse une charogne devant les fenêtres, et les jeunes gens durent traîner la bête au-delà de la maison du bout de la rue et la jeter du haut d'un remblai fait au bulldozer.

Ils y jetèrent aussi la pelle, tachée de bave et de sang.

6

Aza, la chienne aveugle, lui lécha les plaies de ses flancs et de son dos, ainsi que la terrible blessure près de l'oreille. Elle hurla au-dessus de lui, en dressant convulsivement vers le soleil son museau sans yeux, et s'en alla, désespérant de voir Rouslan sortir de sa léthargie.

Il en sortit pourtant. Si invraisemblable que cela puisse paraître, en s'appuyant sur ses pattes de devant et en raclant faiblement le sol avec ses pattes de derrière, il réussit à gravir le remblai de caillasse et à parcourir le chemin qui le séparait de la gare. Cela ne peut paraître invraisemblable qu'à celui qui ignore avec quelle opiniâtreté, quel élan, quelle infaillibilité toute créature touchée par le malheur rampe vers l'endroit où, une fois déjà, elle a pu venir à bout de ses souffrances et guérir !

Conscient, il ne l'aurait sans doute pas fait. Mais dans sa conscience obscurcie, il ne restait plus que ce recoin, près d'une clôture de pierre, entre des cabinets et une boîte à ordures, l'endroit où il avait jadis triomphé du poison.

La chaleur torride de l'après-midi avait chassé les gens à l'ombre des volets, dans la fraîcheur des chambres au plancher aspergé d'eau ; les rues étaient désertes. Abasourdis, les cabots somnolaient dans les niches ou sous les perrons, et ils restèrent muets quand Rouslan rampa le long des trottoirs. Néanmoins, à l'approche du crépuscule, après leur longue sieste, ils s'intéressèrent à lui, ils lui firent reprendre conscience. Il allait devoir endurer ce tourment supplémentaire, le plus humiliant de tous : être harcelé par toutes ces Mignonnettes, ces Noiraudes, tous ces Boutons, ces Kabyzdokh qu'il avait naguère méprisés. Il ne savait pas à quel point il les avait blessés dans leur amour-propre. Et il avait compté sans la particularité la plus vile de la gent canine – particularité explicable, sans doute, chez ces petites créatures incapables de se défendre et souvent humiliées par l'homme : l'habitude d'attaquer en meute les êtres terrassés et à bout de forces, avec d'autant plus de frénésie et de plaisir qu'ils sont plus gros.

Étrangement, leurs attaques avortèrent ou se révélèrent plus faibles qu'il ne le redoutait en entendant leurs voix bouillonner de fureur. Qu'est-ce qui les empêchait donc de lui régler son compte ? Quelqu'un du côté de son œil aveugle – peut-être Alma, peut-être Baïkal, il ne pouvait l'identifier d'après sa voix – repoussait puissamment leurs attaques, en essuyait lui-même une partie. Et les roquets dépensaient l'énergie qu'ils possédaient à se mordre les uns les autres. Par la suite, un passant charitable les chassa ; ils s'éloignèrent de bon gré, très contents d'eux ; tout ce qu'ils souhaitaient, c'était le mordre une petite fois, histoire de s'en vanter ensuite !

Plus tard, en traversant la place, il aperçut son défenseur et regretta de n'être pas resté au bas de son remblai : ce n'était nul autre que Trésor, ce Trésor courtaud et pansu dont, hier encore, il aurait trouvé déshonorant d'accepter l'aide. Trésor l'accompagna jusqu'au bout de ce voyage. Lorsque les pattes postérieures de Rouslan se refusèrent à entrer dans le fameux recoin, il le secourut encore. À présent, Rouslan était protégé sur trois côtés et, sur le quatrième, il espérait pouvoir repousser les attaques. Trésor avait le droit de s'en aller. Mais il demeurait là, assis, à se reposer, secoué parfois de grands frissons et de sanglots, provoqués par ses frayeurs éternelles et ses nombreuses blessures. Il voulait avant de partir une réponse à la question qui palpitait dans les yeux tristes et pleins de reproches : « Pourquoi as-tu fait cela, frère ? »

Rouslan lui dit adieu en remuant la tête, cette tête qui faisait peur à Trésor, avec son œil plein de sang – et Trésor comprit qu'il ne servait à rien de lui poser cette question, Rouslan lui-même était incapable d'y répondre. Il comprit qu'il devait s'éloigner sans plus attendre : ce qui se préparait était plus terrible que tout, plus important que tout ce qu'on pouvait avoir envie d'apprendre, et cela, personne ne devait y assister. Il recula, le poil hérissé par la peur. Quand il eut contourné la boîte à ordures, il partit au galop en poussant un hurlement irrépressible.

Parfois, à la tombée de la nuit, on voit courir au milieu d'une rue un petit chien qui pousse de légers hurlements, sourds et convulsifs, comme s'il gardait ses mâchoires serrées : on dirait qu'il fuit devant quelqu'un, bien que personne ne le poursuive. Il donne l'impression de se fuir lui-même : par imprudence ou par curiosité, il a regardé au fond d'un abîme où aucun être vivant ne doit jeter les yeux, il a effleuré un secret qui le fera frissonner dans la tanière la plus chaude. Trésor n'emportait avec lui que le début de ce secret et, déjà, il était condamné à ne plus pouvoir se réchauffer, ni toucher à sa nourriture, ni répondre à l'appel de sa maîtresse, condamné à se tapir dans l'encoignure la plus sombre, le museau enfoncé dans un angle, en clignant les paupières. Même là, le fil qui le reliait à Rouslan ne se romprait pas ; il ne se sentirait pas en sécurité, resterait figé par l'effroi, écouterait battre fortement son cœur : tout en ignorant que ses battements coïncidaient avec ceux d'un autre cœur, et qu'il en serait ainsi tant que celui-ci battrait. Il lui faudrait attendre que le lien soit rompu pour parvenir, enfin exténué, à retrouver le sommeil.

Le hurlement décroissant de Trésor ne fut pas le dernier son qui inquiéta Rouslan. Longtemps résonnèrent des bruits de voix et de pas qui se rapprochaient, le fracas du couvercle de la boîte à ordures juste au-dessus de son oreille, le ferraillement d'un seau qu'on vidait. Chaque fois, il s'immobilisait, retenait son souffle ; par une grâce du destin, on ne le remarqua pas. On l'aurait pris d'ailleurs sans doute pour un tas de chiffons ou d'ordures.

Il attendait la tombée de la nuit. Le silence et le vide envahiraient les rues. Il devait absolument se rappeler, saisir quelque chose qui lui échappait. Condamné à ignorer ce qui lui arriverait avant l'aube, il se préparait néanmoins à un obscur événement : il allait devoir retourner quelque part – peut-être dans ce sombre néant d'où il avait un jour surgi ? Et le temps de Rouslan commença lentement à remonter son cours.

Presque uniformes, tels les piquets d'une clôture de barbelés, tels des alignements de baraques, ses jours se mirent à défiler, ses rondes de garde, ses escortes, ses chasses à l'homme, ses bagarres. Il les revoyait parfaitement, colorés d'un jaune hargneux, et, partout, il était prisonnier – en laisse ou sans laisse : jamais il n'était libre. Or il avait envie maintenant de retrouver la joie première de la bête : cette liberté qu'elle n'oublie jamais et dont elle ne peut jamais accepter la perte. Il remontait en toute hâte toujours plus loin, et finit par l'atteindre ; il parvint jusqu'à elle, il se vit dans la vaste cage du centre d'élevage, il vit les mamelles roses, tachetées de brun, de sa mère, une chienne médaillée, aux mérites reconnus, et cinq chiots qui se battaient, qui se roulaient les uns sur les autres, sur la litière moelleuse. À travers le grillage, qui occupait la surface de l'un des murs, lui et ses frères, lui et ses sœurs apercevaient une verdure éclatante, un sable jaune, un azur aveuglant. Quant au grillage, ils ne le remarquaient pas, ils ne s'interrogeaient pas sur sa présence. Et puis, de l'autre côté, des hommes s'étaient approchés, avaient ouvert la porte, grillagée elle aussi, et le maître était entré. Il était entré avec un autre homme que les chiens connaissaient déjà et qui, jusque-là, était venu souvent ici : il apportait les repas quotidiens de la mère et balayait la cage avec un balai inoffensif.

C'était la première fois que Rouslan voyait son maître. Jeune, fort, bien bâti, vêtu des beaux habits des maîtres, celui-ci avait un visage magnifique, divin. Ses yeux, où dansaient des flammes menaçantes, ressemblaient à des écuelles emplies d'une eau trouble et bleutée. Pour la première fois, Rouslan avait ressenti une peur irraisonnée que même la proximité de sa mère ne parvenait pas à calmer.

— Choisis, avait dit l'homme au balai.

Accroupi, le maître avait longtemps regardé, puis il avait avancé la main. Et, soudain, les cinq frères et sœurs de Rouslan avaient rampé vers cette main, dociles, geignant plaintivement, tremblant de peur et d'impatience. Émoustillée, fière d'eux, la mère les poussait avec son museau. Et lui, Rouslan, lui seul, il s'était hérissé, il avait grondé en rampant vers un coin sombre de la cage. C'était la première fois de sa vie qu'il grondait : il avait eu peur de la main du maître, de ses doigts courts, garnis de petits poils roux clairsemés. Mais la main était passée devant tous les autres, elle s'était tendue vers lui seul et, l'attrapant par la peau du cou, l'avait sorti vers la lumière. Le visage menaçant s'était approché, ce visage qu'il devait adorer avant de le haïr : il souriait, tandis que lui grondait en agitant les quatre pattes et la queue, plein de colère et d'effroi.

C'est dans cette position qu'il devait apprendre son nom, pas celui de « Yrm » que lui donnait sa mère pour le distinguer de ses autres enfants.

— Sous quel nom tu l'as inscrit ? avait demandé le maître.

— Rouslan.

— Où t'as pris ça, Rouslan ? C'est un nom de chien de chasse. Moi, je l'aurais appelé Jerry. Mais c'est vrai qu'y en a déjà un, de Jerry. Oh, pis merde, il a qu'à s'appeler Rouslan. T'as entendu comment tu t'appelles ? Qu'est-ce t'as à gigoter comme ça ? Tu lui fais pas confiance, au monsieur ?

Avec deux doigts, il avait ouvert la gueule du chiot et il lui avait examiné le palais.

— Il a l'air plutôt peureux, avait fait remarquer l'homme au balai.

— Tu parles comme il est peureux, avait dit le maître, il est simplement méfiant, le sagouin. En voilà un qui badinera pas, question service. Ouh qu'il est méchant ! Il s'en est même pissé dessus !

Partant à rire, il envoya une douloureuse chiquenaude sur le petit ventre encore glabre de Rouslan et remit celui-ci dans le même coin, à l'écart des autres.

— Voilà, celui-ci, elle a qu'à le nourrir encore un peu. Ceux-là, tu les noies. C'est des lécheurs, de la merde.

Et la mère, qui déjà les ignorait, n'avait ramené vers elle que Rouslan. Les cinq chiots qu'elle avait rejetés avaient été mis dans un seau et emportés ; on lui en avait apporté d'autres – d'une voracité effrénée, ils devaient la faire terriblement souffrir avec leurs dents qui avaient déjà percé ; elle les avait tous acceptés et léchés en regardant d'un air soumis le visage du maître.

Pourquoi ne s'était-elle pas précipitée sur lui ? Pourquoi ne l'avait-elle pas mordu ? Quand il se revit tel qu'il était alors, sans défense, il ne put, cette fois encore, comprendre la sérénité de sa mère, l'absence de toute ride sur son front. De nouveau, saisi d'épouvante, il se débattait pour voler au secours de ses gentils frères et sœurs, et retombait, plaqué sur le sol par la lourde patte de sa mère. Quel accord y avait-il donc entre le maître et elle ? Quelle funeste vérité connaissait-elle pour livrer si docilement ses enfants à la mort ? Car, enfin, chez les bêtes sauvages, toute mère à qui l'on retire ses petits les sait voués à la mort et à rien d'autre !

Et la sinistre vérité s'était révélée à lui ajourd'hui, quand, culbuté par un coup de pied, il avait vu approcher les trois hommes grimaçant de haine, quand le sac à dos s'était abattu sur lui, et quand la pelle avait jailli dans les airs et que le Râpé avait dit : « Achève-le. » Jamais, jamais la haine de ces malades mentaux ne s'apaisait, ils n'attendaient que l'instant propice pour la déverser sur vous, simplement parce que vous accomplissiez votre devoir. Les maîtres avaient raison : en chacun d'eux, sans exception, un ennemi se cachait. Mais parmi les maîtres eux-mêmes avait-il vraiment eu des amis ? Son seul véritable ami avait été l'instructeur, celui qui était devenu chien. Mais qu'aboyait-il alors dans la nuit glacée, au milieu des hurlements du blizzard ?

— Quittons-les, ils ne sont pas des frères pour nous. Ils sont des ennemis. Tous, tous des ennemis !

Ainsi, avait-elle prévu tout ce qui l'attendait, cette chienne pleine de sagesse condamnée à mettre au monde et à nourrir des êtres hargneux et méfiants en échange de la soupe qu'on lui donnait. Elle ne se tourmentait pas, parce qu'elle savait que le sort dévolu aux cinq chiots jetés dans le seau n'était pas le pire.

… Toute créature touchée par le malheur rampe vers l'endroit où, déjà une fois, elle a pu venir à bout de ses souffrances et guérir. Mais ce n'était pas pour cela que Rouslan était venu ici. Ni la vertu curative de la salive d'Aza ni le parfum des herbes et des fleurs amères, qui montait jadis à ses narines quand d'aventure il tombait malade ou qu'il se blessait, n'auraient pu le sauver.

Une bête blessée vit aussi longtemps qu'elle veut vivre. À présent, il avait senti que l'abîme où il s'engloutissait ne contenait ni cave, ni coups de laisse, ni piqûres d'épingle, ni moutarde. Rien, ni sons, ni odeurs, ni soucis. Seulement le repos et l'obscurité. Il en eut envie. Revenir en arrière n'avait plus aucun sens pour lui. Son amour indigent et hideux pour l'homme était complètement mort, et il ne connaissait pas d'autre amour. Couché dans son recoin malodorant, sanglotant de douleur, il entendait les coups de sifflet et le martèlement des trains qui se rapprochaient, mais il n'en espérait plus rien. Et les visions d'autrefois continuaient à le hanter, mais ces visions naguère si douces et qui illuminaient sa vie ne faisaient à présent que le tourmenter, tel un mauvais rêve dont on a honte au réveil. La réalité lui en avait assez appris sur le monde des bipèdes, imprégné de l'odeur de la cruauté et de la trahison.

Il est temps pour nous d'abandonner Rouslan, c'est d'ailleurs son seul désir : que nous tous, qui sommes coupables envers lui, nous le laissions enfin en paix. Tout ce qui pourrait encore sortir de son cerveau déjà enfiévré est à jamais inaccessible à notre entendement.

Il était néanmoins écrit que, jusque dans ses derniers instants, le Service ne pourrait laisser Rouslan en paix. Même ici, alors qu'il s'apprêtait à passer sur l'autre rive, il perçut encore son appel, appel qui attendait de lui ne fût-ce qu'un écho. À l'heure où les plus fidèles d'entre les fidèles qui avaient juré de lui faire don de leur vie tout entière le trahissaient ; à l'heure où les ministres et les généraux, les juges et les bourreaux, les indicateurs rétribués ou bénévoles abdiquaient et battaient en retraite ; à l'heure où ses porte-drapeau jetaient dans la boue ses étendards couverts de crachats, le Service cherchait un soutien, implorait un reste de fidélité… et le soldat mourant entendit l'appel de la trompette guerrière.

Il crut voir revenir son maître… non pas le caporal d'antan, mais un autre, sans odeur, chaussé de bottes neuves auxquelles il allait falloir s'habituer. Mais la main, qu'il posa sur le front de Rouslan, était ferme et impérieuse.

… Avec un déclic, le mousqueton libéra son collier. Le maître tendit le bras vers le lointain, en direction de l'ennemi. Et Rouslan bondit, galopa vers l'horizon – en longues foulées, sans toucher le sol –, puissant, ignorant la douleur, ignorant la peur, ignorant l'amour. Et il entendit voler à sa suite un mot, son mot, la seule récompense de toutes ses peines, de toute sa fidélité :

— Attrape-le, Rouslan, attrape-le !…

Collection « Belfond [Vintage] »

AYRTON ZANGWILL Edith
Forte tête

BEAUMONT Charles
Un intrus

BETTAUER Hugo
La Ville sans Juifs

CALDWELL Erskine
Haute tension à Palmetto
La Route au tabac

COATES John
Patience

COLEGATE Isabel
La Partie de chasse

CONNELL Evan S.
Mrs. Bridge
Mr. Bridge

DANE Clemence
Régiment de femmes

DAVIDSON Lionel
Johnny Porter et le secret du mammouth congelé

DONOSO José
L'Obscène Oiseau de la nuit

GIBBONS Stella
La Ferme de cousine Judith

HARTLEY L. P.
Le Messager

INGALLS Rachel
Mrs Caliban

ISHIHARA Shintarō
La Saison du soleil

JACKSON Charles
Le Poison

JOHNSON Josephine
Novembre

KENNEDY William
L'Herbe de fer

KEUN Irmgard
Après minuit

LAMPE Friedo
Au bord de la nuit

LEHMANN Rosamond
L'Invitation à la valse
Intempéries

McCARTHY Mary
Des filles brillantes

MILLER Caroline
Les Saisons et les Jours

MORTIMER Penelope
Le Mangeur de citrouille

NAYLOR Gloria
Les Femmes de Brewster Place

O'FLAHERTY Liam
Le Mouchard

PETRY Ann
La Rue

PYM Barbara
Des femmes remarquables
Comme une gazelle apprivoisée
Les Ingratitudes de l'amour
Quatuor d'automne

REIN Heinz
Berlin finale

SAVAGE Thomas
Le Pouvoir du chien

SHARP Margery
Les Aventures de Cluny Brown

SIMONS Ida
Une heure avant minuit

SLIM Iceberg
Du temps où j'étais mac

SMITH Betty
Le Lys de Brooklyn
La Joie du matin
Tout ira mieux demain

WILDER Thornton
Mr. North

WILSON Sloan
L'Homme au complet gris

WOLKERS Jan
Les Délices de Turquie

Composition et mise en pages
Nord Compo à Villeneuve-d'Ascq

CET OUVRAGE
A ÉTÉ ACHEVÉ D'IMPRIMER
SUR ROTO-PAGE
PAR L'IMPRIMERIE FLOCH
À MAYENNE EN DÉCEMBRE 2022

N° d'impression : 101710
Imprimé en France